<고전산책>

문틈에 낀 군자

이영균 인문평설

청어

문틈에 낀 군자

이영균 지음

발행처 · 도서출판 **청어**
발행인 · 이영철
영   업 · 이동호
홍   보 · 천성래
기   획 · 남기환
편   집 · 방세화
디 자 인 · 이수빈 | 김영은
제작이사 · 공병한
인   쇄 · 두리터

등   록 · 1999년 5월 3일
(제321-3210000251001999000063호)

1판 1쇄 발행 · 2021년 12월 30일

주소 · 서울특별시 서초구 남부순환로 364길 8-15 동일빌딩 2층
대표전화 · 02-586-0477
팩시밀리 · 0303-0942-0478

홈페이지 · www.chungeobook.com
E-mail · ppi20@hanmail.net
ISBN · 979-11-6855-002-5(03810)

문틈에 낀 군자

목차

제4부 돈불고 필유인

제1부

문(門) 앞에서

1. 참을 수 없는 존재의 무거움

밀란 쿤데라(Milan Kundera)는 그리스의 철학자 파르메니데스를 끌어 들여 가벼운 것과 무거운 것의 대립적 구도를 설정하였다. 파르메니데스 는 가벼운 것이 긍정적이고 무거운 것은 부정적이라고 정리했지만, 쿤데 라는 이 모순 앞에서 어느 쪽도 두둔하지 않은 채 그 답을 우리에게 미 루고 피해 갔다. 삶은 연습된 것도 아니고 또 재연되는 것도 아닌 일회 성이라는 한계 앞에서 가벼움이든 무거움이든 어느 길이 인간을 구원 하리란 단정은 있지도 않았고 있을 수도 없다. 또한 그것들의 한결 같음 도 담보할 수도 추구하기도 어렵다. 반복되지 않는 것에서는 유형을 발 견할 수는 없기 때문이다.

니체는 영원회귀라는 묘수로 우리를 혼란하게 하지만 사실 삶에 있어 서 영원한 회귀라는 것은 가혹한 짐일 수 있다. 걷잡을 수 없는 삶의 유 희적 반복이나 소멸 속에서도 가끔은 도돌이표처럼 문득 우리 앞에 다 가서는 저 존재의 참담함을 우리는 어떻게 감내해야 할 것인가? 한없이 무겁기도 하고 더할 수 없이 가볍기도 한 삶의 무한한 불균형에 대하여 는 니체 역시 질문만 던지고 자신만 초월자가 되어 뒷짐을 지고 쳐다보 기만 했다.

가벼움이 '가짜 행복'이라고 단언할 수 없듯이 무거움 역시 영원한 형 벌도 아닐 것이다.

'그래야만 하는가?'(Muss es sein?)

'그래야만 한다.'(Es muss sein.)

선율은 가볍지도 무겁지도 않다. 그러나 베토벤 그 우울한 사내는 그래야만 하는가? 하고 우리를 지그시 응시하고 있다. 꼭 그래야만 할 일이란 무엇인가? 사실 삶 속에서 필연적으로 만나는 의무나 제도, 규제 같은 것은 힘겹다. 이런 것들은 몸이 끼는 옷 같아 불편스럽다. 그렇게 느껴질 때 삶은 피곤해지는 것이다. 관성적 익숙함에 젖어 감내하고 살아가는 무기력함과 이를 떨치고 싶은 욕구의 충돌에 우리는 부대끼며 살아가고 있다. 새털같이 가볍게 떠돌고 싶기도 하고, 독한 술에 취해 침중해지고 싶을 때도 있는 것이다. 웃지 않았던 사내 베토벤, 그 묵직한 중량감이 우리를 진지하게 명상하도록 한다. 하지만 무거운 것은 가라앉는다는 우주의 속성을 벗어날 수 없다. 가라앉아 해저의 화산이 되어 잠복한다. 그리고는 잊을 만할 때가 되면 깃털을 세우고 돌아와 회오리를 일으켜 수면과 지상을 할퀸다.

무겁기로 말한다면 시지프스의 돌만 한 것이 또 있을까? 신에게 도전한 인간에게 가해진 잔인한 형벌 앞에서도 그는 좌절하지 않았다. 운명이니 숙명이니 하는 헐거운 체념보다 참으로 무거운 존재의 이탈할 수 없는 회귀 앞에서 오히려 오뚝이같이 설 수밖에 없었던 것이다. 신을 경멸하고, 죽음을 거부하고, 생에 대한 정열로 세상을 사랑한 존재에의 용기. 자기 삶의 주인으로서 살아가는 것, 값싼 행복이 아닌 존재함의 행복. 돌이 아무리 무거워도 그는 지치지도 않았고 포기하지도 않았다. 행복이 행복으로 불행이 불행으로 영원 회귀된다는 무거움도 그 돌들의 무게에 짓눌리고 말았다. 까뮈는 시지프스의 돌 속을 들여다보았다.

돌 속에서는 지구의 새끼들이 불가분의 관계로 뒤엉켜 맹아를 드러내고 있었다. '행복'과 '부조리'의 모순된 질량. 그 둘이 단단한 표피 안에서 격렬히 뛰놀기에 그 짐은 더욱 무겁다. 사실 너무 무겁다. 힘겨워 가쁜 숨이 뿜어져 나오고, 입에서 단내가 난다.

20세기는 두 개의 큰 전쟁을 겪으면서 인간 존재에의 회의를 소환했다. 무거운 우울이 지구를 덮었다. 하지만 이 무거움은 가공할 중량으로 인해 이내 화산처럼 분출되었다. 그리고는 짓눌린 풍선에서 공기가 뿜어져 나오듯 한없이 가벼운 것들을 지상으로 뿜어 올렸다. 상상과 공상이 날개를 달고 날아올랐다. 무거운 침체에 몸과 마음이 피로해진 인간들은 자신의 몸과 두뇌를 대신해 줄 노예를 찾아내었다. 노예들은 처음에는 약한 지능으로 인간을 보조하더니 점점 강한 지능으로 진화하며 스스로 탐색, 추론이 가능하게 되었다. 이제는 이 노예들이 자기들끼리 소통하기 시작했다. 사물 인터넷〈IoT〉의 단계에서 AI가 결합된 AIoT로까지 나아가고 있다. 얼마 안 가서 이 노예들이 인간의 통제를 벗어날지도 모른다. 은밀한 음모가 서서히 진행되고 있다. 언젠가는 반란을 일으킬지도 모른다. 문명의 역설이며 반전이 진행되고 있다.

오랜 세월 동안 인간은 상당하게 진화하며 성숙되어 왔었다. 원숭이와의 격차를 더욱 벌려 왔다. 그러나 신인류의 자리를 차지하려는 세력에게 도전받고 있다. 노예 해방을 음모하고 있는 새로운 괴물. 그들이 독립할지 모른다. 공상 속에서 존재했던 가상 세계가 신기루처럼 다가왔다. 이 불가해한 괴물은 지금까지의 인류의 눈과 사고를 문맹으로 내

몰고 있다. 아주 초토화시키고 있다.

자기들과의 타협을 거부하는 인간들에게는 잔인한 보복을 하고 있다. 노령 세대나 교육을 덜 받은 인간들은 일상생활에서 상당한 제약을 받고 있는 것이 현실이다. 금융거래, 물품 구매, 각종 예약, 가입, 신청 등에서 PC나 스마트 폰의 소유나 활용에 제약을 받는 그룹은 그들에게 굴욕적 지배를 받고 도태되고 있다. 가공할 우려는 그 대상이 점점 확대되리란 확고한 전망이다. 인류들은 피곤한 육체와 영혼을 새 노예의 등장으로 위로 받고 휴식하기를 원했지만 제 손가락으로 눈 찌르기가 되고 있다. 새로운 전쟁이 펼쳐질 것이다. 이제 이 광풍 앞에서는 영원히 지속되는 가치란 존재하지 않는다. 시간과 공간의 변화에도 불구하고 변하지 않는 실체. 그것의 근본이 의심되고 있다. 실존이 추락하고 있다. 몰락하고 있다. 시간과 공간이라는 경계가 없어지고 있는 것이다.

자칫 원숭이에게 추월당할 뻔했던 인류의 바보스러움이 일거에 해소되었다고 환호하다가 도리어 낭패를 볼 가능성이 농후해지고 있다. 자기 파괴적, 퇴영적 인류 문명의 진로가 바뀐 것만은 확실한 진화였다. 이제 외계인들이 인간을 우주의 구성원으로 인정하기 시작할지도 모른다. AI로 인해 확실히 인간이라는 동물의 그레이드가 상승되기는 하였다. 하지만 잃는 것이 더 많아질 것이란 우려, 인간다움을 박탈당하는 초현실. 이것보다 가벼운 것이 있을까? 측정 불가의 가벼움. 인류는 해체되어 공중으로 분산될 것인가?

빠른 것은 가벼움의 전제이다. 바퀴의 흔적조차 남기지 않는 빠름. 빠름은 중량을 배반한다. 누대에 걸쳐 우리를 압박한 무거움의 질량은 속도에서 뒤처지고 있다. 무거운 것들에서부터 일탈하는 쾌미(快美). 인간이 찾아낸 삶의 새로운 유형이 시작되었다. 어찌하다 인간이 이러한 문명의 길로 들어섰을까? 확실한 방향인가? 미로 속인가? 필연일까? 우연일까? 이것도 또한 하나의 인간 해방의 길인가?

무거움을 벗어 던지려는 반란은 곳곳에서 지속적으로 집요하게 일어나고 있다. 노골적이고 도발적인 도전은 수면과 지상을 휩쓸 기세다. 무거운 것들은 침잠하고 가벼운 것들은 수면 가까이에서 빠르게 이동한다. 가벼운 것들의 빠른 변화. 문학, 음악, 미술…. 모두가 근원에서부터 벗어나기를 주저하지 않는다. 진즉에 키치(kitsch)한 것들이 판을 칠 때 전조가 있었다. 키치는 이제 키치이기를 거부한다. 이제는 키치가 오히려 이 시대의 주류가 되었음을 선언하고 있다. 짙은 화장에 콧소리 섞인 애교로 오감을 지분거리더니 마침내 안방마님을 몰아내고 있다. 대중음악, 만화, 애니메이션과 할리우드 영화, 게임, 팝아트까지 가벼운 것들을 대변하고 있다. 걷잡을 수 없는 빠른 변화와 불확실성이 가벼움을 선도한다. 그리고 이 불확실성에 대한 정보 속도와 용량은 사람마다 다르게 마련이다. 그래서 더욱 혼란스러운 것이다.

가벼운 것들의 반란은 어쩌면 인류에게 예고된 필연일 수도 있다. 그들이 신을 죽였기 때문인지도 모른다. 행복이 행복을 불행이 불행을 몰아오는 영원회귀 앞에서 신은 인간의 행과 불행을 주도하지 못하여 살해되었다. 행복과 불행은 신이 아닌 인간 자신의 창조물이라고 선언하였다. 그래서 초월적 의지를 가진 자가 신을 저격하였다. 그러나 신을 죽인 철학자들에게 부메랑처럼 돌아온 화살. 그 화살이 또한 그들을 살해하였다. 신의 죽음과 더불어 철학자도 죽었다. 어쩌면 이 죽음은 자살일 수도 있다. 더 이상 철학은 소비되지 않고 있다. 소비되지 않는 모든 재화는 소멸된다.

학살된 철인들은 모두 깊은 강이나 호수 또는 바다의 바닥에 가라앉아 있다. 무거워서가 그 가장 중요한 이유이다. 강의 표면에 떠 있는 것들은 빠르게 움직인다. 빠르게 움직이며 변화한다. 그러나 저 침중한 것들은 바닥 깊이에서 요동하지 않는다. 그러나 오래 갈 것이다. 하지만 지금 누가 잠수를 원하는가? 수면에서의 빠른 변화를 외면하고 어둡고 무거운 바닥을 뒤지려 하는 자가 없다. 그러나 이 무거움으로부터의 일탈이 과연 진정한 인간 해방일까?

'그대 수인(囚人)도 옥리(獄吏)도 아니지만 그 양자를 벗어나기란 더욱 어려운 일.'

루이스의 시구는 우리를 조롱하고 있다. 사회 속에서의 의무와 역할, 여러 가지 틀, 거미줄같이 촘촘한 규제의 그물망. 몹시도 질기다. 한 번뿐인 인생이 낭비되고 있다고 생각하는 사람이 아주 많다. 전 세대에 비하여 사람이 할 수 있는, 하고자 하는 일이 너무나 많아졌다. 물질계와 정신계가 모두 개벽 되어 우리들의 욕구를 자극하는 총체적 자산이 너무나 비대해졌다. 경험하지 못한 새로운 물질, 일, 유희가 넘치고 있다. 지금까지는 몰랐던 새로운 관능이다. 공중에서 나비, 잠자리, 매미가 현란하게 춤을 춘다. 무엇을 잡아야 할지 허둥대는 아이와 같이 헷갈리고 또 충동적이다. 저 현란한 비상들이 우리에게 한없는 가벼움을 충동질하고 있다.

이제 지겨운 논의에서 벗어나자. 무거움과 가벼움에 대한 우리의 논의는 실은 황당한 것이기도 하다. 이 양자는 어느 한쪽으로 귀결되거나 불가역적인 결정이 가능하지도 않고 그리고 싶지도 않기 때문이다. 우리는 늘 흔들리는 자아를 경험하고 그로 인해 부대끼며 살아간다. 더러는 가벼움을 더러는 무거움을 아쉬워하며 반복되는 흐트러짐을 후회한다. 일관적인 것은 개인이나 사회에서나 강요될 수 없고 그렇게 하고 싶지 않은 것이 인간이다. 불변의 실체를 인간에게 강요할 수 없다. 더러는 가볍게 더러는 무겁게 사는 변신이 편안한 삶이라는 것을 인간은 진즉에 꿰고 있었다.

위대한 깨우친 분들이 우리들에게 그 길을 제시하여 준 것이다. '무거운 짐 진 자들아, 내게로 오라.' 무거운 짐을 들어 주고 흔들리는 자아를 붙들어 주는 깨우친 분들의 속삭임이 늘 인류를 지탱하고 있는 것이다. 현학적 수사로 우리를 혼란하게 하지 않고 단순 명료하면서도 항거하기 어려운 가르침. 인류가 멸망하지 않은 이유이다.

석가나 예수, 공자 같은 위대한 영혼들은 가볍고 무거움을 아랑곳하지 않았다. 그들에게 이 둘은 통합되거나 병렬되어 있을 뿐이었다. 무거운 것들을 가볍게 해주고 가벼운 것들에 깊이를 더해 주었다. 인생이, 삶이 무엇인가 하고 고뇌하는 자들에게 존재의 본질을 설파하였고, 어떻게 살아야 하는가 하고 방황하는 자에게 길을 가르쳐 주었다.

"인간이란 무엇이며 누구인가? 그 본성은?"

"삶의 구경적 귀착점은? 존재의 참 의미는?"

인간의 몸에서 털이 빠져 갈 즈음 인간은 자신을 성찰하기 시작하였다. 그리고 서서히 자신이 여타 동물들과 다른 '인간'임을 깨우치며 마침내 인간이 되었다. 스스로에 대한 탐구가 시작되면서 끊임없는 자의식의 수렁에 빠져든 인간. 그가 인간이기 때문에 겪어야만 하는 고통이었다. 그들이 인간인 이상 그 진창길을 피할 수가 없게 된 것이다. 수없이 많은 세월을 수없이 고뇌하며 다른 생명체는 하지 않아도 되는 일. 결국은 스스로를 옹호하거나 파멸하게 하는 일의 반복에서 벗어나지 못하게 된 것이다.

'인간에 대한 탐구'

하지 않아도 될 일이지만 하지 않을 수 없는 유익하지도 무익하지도 않는 일. 이 숙명적 굴레는 참으로 가혹하다.

의문은 여기서 그치지 않는다. 그 앞의 질문에 대한 답이 아직 나오기도 전에 인간의 조급증은 다음 질문과 마주한다.

"그래서 어쩌란 말이요?"

"어떻게 살아야 하나요?"

얼핏 보면 앞의 의문에 대한 종속적 과제일 것 같으나 꼭 그렇지는 않은 것 같다. 매우 영악한 인간은 앞의 질문의 답은 해결 불가능할 수도 있다는 사실을 눈치채었다. 그리고 그것은 어쩌면 공허할 수도 있다는 것도 감 잡았다. 그것은 생존을 위한 진화였다. 소모적이며 자기 파괴적 고뇌는 피곤할 뿐 아니라 개체는 물론 집단의 생존에 별 도움이 되지 않음을 간파하였다. 그들은 당연히 새로운 질문을 내놓게 된 것이다.

자연환경과의 문제, 집단 내의 갈등. 생존과의 싸움에 영일이 없는 그들 앞에서 '인간 본성' 등을 되뇌는 철인들은 참 거추장스러운 존재일 수밖에 없는 것이다. 그들의 절실함은 깨우침보다 '어떻게 살아야 하나'에 집중되었다.

끊임없는 수행과 반복적 탐구로 인간 본성의 비밀을 찾아내었다고 외치는 현인들의 말은 공허하기만 했다.

'그래서요?'

이 원초적 질문에 답이 되지 않는 사변적 논의는 성가시기만 하다. 이제 겨우 털이 빠지기 시작한 새 동물에게는 버거운 짐일 수밖에 없었다. 한 마리의 사슴, 한 덩이의 과일이 더 절박하고, DNA를 유지·전승하려는 욕구의 충동이 훨씬 심각하였다. 존재의 본질과 그 핵심에 접근한 위대한 깨우친 자들에게 대한 역공. 민중 의식은 그렇게 맹아를 드러내는 것이었다.

이제 본색을 드러내자. 이 책에서는 인간이 지고 온 ─ 그것이 가볍든 무겁든─ 짐을 감싸 안고 위로와 구원의 길을 걸어간 위대한 영혼들의 지향점을 찾아 나서려고 한다. 특히 공자(孔子)의 삶을 조명하며 그가 걸어온 길을 다시 해석해 보려고 한다. 겉만 핥고 과육을 제대로 음미하지 못한 것은 없는지, 그가 설계했던 인간 구원의 길은 어떠한 것인지를 추적해 보려 한다.

2. 문을 열다

01 문(門)의 메커니즘

인간은 벽을 만들고 동시에 또 문을 만들었다. 원시의 조상님들은 굴이나 바위 틈, 땅 구덩이나 숲에 의지해 더위와 추위를 피하고, 비바람을 견디었을 것이다. 또 그런 공간들은 사납고 위험한 동물이나 피를 빨려는 벌레들로부터 자신들을 지키기 위한 자구적 수단이기도 했다. 뿐만 아니라 침입자 중 가장 사악한 침입자인 다른 인간 집단들로부터 자신과 가족을 지켜야 하는 생존 게임에서의 자구적 장치였을 것이다. 다른 패거리들의 겁탈로부터 자신들을 지켜 줄 안전 기제는 절대적으로 필요한 장치이다. 벽과 담은 그들에게 꼭 필요하고 절실한 가림막이었을 것이다.

'은폐와 안전.' 그래서 마침내 벽이 만들어졌다. 아늑하고 차분한 밀실. 사생활과 사유가 공존하는 공간. 하지만 벽은 반드시 통로가 필요한 법이다. 통로가 없는 공간은 공간이 아니다. 벽과 통로. 둘은 동전의 양면이다. 서로가 있으므로 존재한다. 벽과 문은 모순된 발명이다.

'은폐와 안전'에서 '외부와의 소통' 둘은 생존의 최소한의 방편이다.

'문이 없다.'

절망의 나락 앞에서의 탄식이다. 나갈 수 없는 것은 문이 아니다. 그것은 벽이다. 벽은 우리를 두렵게 한다. 벽은 공포이다. 벽 속에 가두는 것은 형벌이다. 누구도 갇혀 있길 원하지 않는다. 문은 길이다. 문이 없으면 곧 죽음이다. 해서 문은 닫기 위해서도 필요하지만 나가기 위해서도 필수적 수단인 것이다.

건축에서의 문은 '어떤 공간적 영역의 경계와 그 영역에 이르는 통로가 만나는 지점'이라고 개념 정의를 한다. 그것은 독립적인 구조물이라기보다는 담이나 벽 등의 경계 요소에 부설되어 병존함으로써 그 기능을 갖게 되는 것이다.

공자(孔子)의

"문을 통하지 않고는 밖으로 나갈 수 없다."라는 말이나,

노자(老子)의

"문과 창을 뚫음으로써 방은 방답게 된다."는 말이 다 문이 벽으로 싸인 방과 외부와의 통로임을 말하고 있다. 그것은 단순한 문의 개념을 넘는 정신과 마음의 세계까지를 언급하고 있는 것이다. 문은 세계와 나와의 통로이다. 그것은 열린 듯하지만 닫혀 있고 닫힌 것 같으나 열 수 있다. 누구에게나 열려 있지 않고 누구에게나 닫혀 있지도 않다.

예수는 문의 개념에 더욱 심오한 의미를 부여하고 있다.

"좁은 문으로 들어가라. 멸망으로 인도하는 문은 크고 그 길이 넓어 그리로 들어가는 자가 많고, 생명으로 인도하는 문은 좁고 길이 협착하여 찾는 자가 적음이라."(마태복음 7장 13절~)

예수는 편안한 길보다 어렵지만 바른길로 가라고 설파하였다. 그 길은 좁은 문에서부터 시작된다. 하늘나라는 좁은 문으로만 들어갈 수 있다. 지옥으로 가는 길은 넓고 그 문도 커서 쉬운 길을 택한 많은 사

람이 다 그리로 들어간다. 그러나 생명으로 들어가는 길은 좁고 그 문도 작아서 그리로 찾아 드는 사람이 별로 없다고 설파했다. 앙드레 지드는 순수함의 지향과 관능적 천성 사이의 갈등 심리를 '좁은 문'이라는 소설에서 잘 담아내었다. 흔들리고 고뇌하는 인간 본연의 모습을 통해 문을 다시 조명하고 있다. 그것은 우리 모두의 문이기도 한 것이다.

집 안의 벽에 난 문을 방문이라고 하고, 집의 담에 난 것을 대문이라 하겠다. 또, 마을의 경계에 세워진 문을 동구 즉 이문(里門)이라 칭하기도 한다. 도시의 경계를 형성하는 성벽에 난 것을 성문(城門)이라 할 것이고, 나라와 나라 사이에는 관문(關門)이라는 것이 있기도 한다. 그러니까 결국 문의 성격과 명칭은 그것에서 비롯하거나 연속된 경계 요소의 성격에 따라 좌우된다 할 것이다.

'성문을 닫아라.'

'성문을 열어라.'

죽기 아니면 살기로 문을 닫으려는 쪽과 열려는 쪽은 다투어 왔다. 사생결단(死生決斷)으로 여닫기를 다퉜다. 곳곳이 다 그렇다. 작게는 규방의 문에서 크게는 나라의 문에 이르기까지 여닫기 위한 싸움이 곧 역사라고 해도 과언은 아닐 것이다.

옛 우리 사회에서도 곳간의 문을 여는 권한은 시어머니가 오랜 숙련 기간을 치른 며느리에게 물려주었다. 고부간의 숱한 갈등과 화해를 겪은 후에 '이젠 되었어.'라는 신뢰가 확인되고, 그때야 곳간 열쇠는 인계되는 것이다. 곳간의 문을 여는 열쇠는 가통의 승계를 상징했다. 문이라면 제대로 된 문이어야 한다. 문이 그 기능을 상실하면 절망적 상황에 직면하게 된다. 우리에게는 가슴 아픈 기억이 있다. 배가 뒤집혀 문이 천장에 붙어 버렸다. 문의 기능이 상실된 것이다. 열지도 나가지도 못하는 문. 그래서 수많은 어린 생명을 앗아갔다. 세월호 이야기다.

　나라의 문을 닫아 빗장을 건 사람을 쇄국주의자라고 한다. 척화비는 그 상징이다.

　"서양 오랑캐가 침범하는데 싸우지 아니하면 화친하는 것이고, 화친을 주장하는 것은 나라를 파는 것이다."

　(洋夷侵犯 非戰則和 主和賣國)

　개문은 곧 화친이다. 나라를 팔아먹는 짓이다. 여성이 자신의 몸을 지켜 문을 함부로 열지 않는 것이 정숙이라고 믿었던 시대 사람들은 여는 것은 곧 매음이고 매국이라고 여겼다. 크게는 나라의 문에서 작게는 방문에 이르기까지 문의 역사가 곧 세계와 인간의 역사일 수도 있겠다. 그러나 우리 조상들은 실제로는 문을 여는 것을 매우 좋아했다. 문은 열려 있어야 한다고 믿었다.

　'개문만복래(開門萬福來)', '문전성시(門前盛市)', '문불정빈(門不停賓)', '문불야관(門不夜關)' 등의 말들은 다 문이 복의 통로요 그래서 열어둠을 귀하게 여긴 관습이다. 또한 이왕 문이라면 '소문만복래(笑門萬福來)'라고 화기만당한 집은 복이 넘친다고 여겼다.

　몇 해 전에 돌아가신 우리나라의 대통령이었던 한 분은 대도무문(大道無門)이라는 휘호를 자주 쓰셨다. 큰길에는 문이 없다. 문은 열리기도 하지만 닫기도 하는 구조물이다. 제한하고 차단하고, 소통을 가로막는 기능을 하기도 한다. 그러나 바르고 옳은 당당한 길을 향해 나아갈 때 문은 닫힐 수가 없는 것이다. 좁은 문은 내가 선택하는 인고의 길로 통하지마는 정의롭고 당당한 행진을 막는 문은 존재하지 못한다.

민주주의로 가는 큰길은 새벽을 막을 수 없듯이 닫을 수 없다는 것이 그분의 신념이었다. 그분들의 의연한 정신이 결국 민주화의 대도를 열어젖히는 큰일의 초석이 되었다. 일시적으로 막을 수 있을 것 같으나 언젠가는 열릴 수밖에 없다. 큰 강과 같은 것이다.

우리는 브란 텐 부르크의 문을 보았다. 장벽이 무너지고 그 부란 텐 부르크의 문 앞에서 열광하던 동서독인들을 보았다. 1989년 11월 9일, 냉전과 분단의 벽이 무너졌다. 감격에 겨워하던 독일인들의 모습이 세계를 흥분시켰다. 독일 통일의 전조가 그렇게 다가온 것이다. 그날의 감격은 독일인이 아니더라도 모두가 공유하였다. 그리고 우리들은 부러움과 자괴감을 가슴 깊이 쓸어내리며 돌아서서 한숨을 내뱉었다.

우리에게도 이와 유사한 상징물이 있다. 우리의 문은 브란 텐 부르크의 문만큼 거대한 조형물이 아니다. 판자 조각으로 된 문이다. 널판으로 된 문짝이 있는 주막거리 널문리에서 삼팔선 대신 휴전선을 긋는 회담이 이루어졌고, 아직도 그곳 판문점에서는 공허한 만남만이 간헐적으로 진행되고 있다. 분단의 고착적 언사만이 횡행할 뿐 통일의 설렘은 전혀 울려오지 않고 있다. 저쪽은 벽을 허물고 문을 열었는데 우리의 철조망은 더 높아지고 초라한 널문은 더욱 견고해지는 것 같다. 그러나 언젠가는 그 널빤지 문이 박살나리라는 기대를 갖지 않은 한국인은 없다.

문에는 문턱과 문지방이 있게 마련이다. 문턱이 높아 드나들기가 어려운 집도 있다. 큰 대갓집이나 관청, 궁궐의 문은 문턱이 높다. 높아서 함부로 넘지 못한다. 많은 한국인이 문턱이 높아 감히 넘나들지 못하는 문 앞에서 초라한 자신들을 돌아보며 한숨을 지으며 살아왔다. 고대광실 높은 집의 문턱은 서민들에게는 넘지 못할 위압적인 경계였다.

요즘도 문턱 높은 곳들이 더러 있다. 서민들이 감히 출입하지 못하는 위압적이고, 기세당당한 건물들이 많다. 관공서, 대기업, 금융기관, 고급의 음식점이나 명품점은 문턱이 높은 것 같다. 취업의 문턱도 높기만 하여 문 앞에서 주저앉아 하릴없이 세월을 낚고 있는 젊은이들이 부지기수다.

문의 양쪽 기둥을 문설주라고 하고 아래턱을 문턱 또는 문지방이라 한다. 그러면 문틀의 위쪽에 가로지른 나무는 무어라고 하나. 그것도 문지방이다. 문의 사각 틀 중에 양옆은 문설주이고 아래위는 문지방인데 거의 모든 사전이나 용어집에 문지방은 문의 아래에 붙어 있는 문턱과 같이 동일한 뜻으로 쓰이고 있다. 위쪽에 대한 용어는 아예 나와 있지도 않다. 위에 것도 문지방이다. 흔히 방문을 드나들 때 문지방에 머리를 찧었다라고 말을 한다. 문지방이 문의 아래쪽에 있다면 머리를 찧을 수가 없는 것이다.

문턱, 문설주, 문지방에는 주술적인 민속도 많이 붙어 있다. 나라나 민족마다 다소 차이는 있어도 비슷한 점도 많다. 문지방을 밟지 마라. 문턱에 걸터앉지 마라. 문지방에 물건을 걸쳐 놓아서는 안 된다. 등이다. 로마, 이스라엘, 이슬람, 인도, 러시아 등 거의 모든 나라나 민족들에게 문지방을 밟거나 문지방에 걸터앉는 것은 금기시 되어 있다.

문은 한 공간에서 다른 공간으로 이동하는 통로로서 신성시되기도 하고 복이 드나드는 곳이라는 믿음이 있기에 어느 겨레에게나 불결, 부정이 끼어들지 않기를 바라는 것일 게다. 그러기에 이런 공통된 민속이 생겨났을 것이다. 논어에도 공자님께서 문을 드나들 때 문지방은 밟지 않고 조심스런 몸가짐을 하셨다고 기록되어 있다. 대개 문지방은 하도 드나드는 일이 많아 닳게 마련이고, 그러다보니 자연히 훼손되어 문이 틀어지거나 망가지는 일이 많아 이를 조금이라도 더디게 하자는 의도로 이런 민속적 주술이 생겨나지 않았나 하고 미루어 본다.

이스라엘 백성들이 이집트에서 노예 생활을 마치고 돌아올 때의 이야기가 성서의 출애굽기에 구구절절 적혀 있다. 모세의 인도로 파라오의 박해에서 벗어나 홍해를 건너는 이야기는 소설, 영화로도 많이 소개되어 누구나 아는 이야기들이다. 이 일련의 이야기에 이스라엘 백성들을 보호하고 구별하기 위해 유월절날 어린양의 피를 문설주에 발랐다는 설화가 있다. 어린양은 순수이고, 피는 희생이며 벽사(辟邪)의 주술력을 지닌다. 이러한 유대인들의 관습은 오늘날까지도 이어지고 있다고 한다.

이와 거의 유사한 민속적 행위가 우리나라에도 오래전부터 전해 오고 있다. 동짓날이 되면 우리나라에서는 팥죽을 쑤어서 대문의 문설주나 부엌 심지어는 변소 문에도 뿌리곤 했다. 동지는 해가 가장 짧아 어두우며 음기가 성한 절후이다. 음험하고 사악한 기운이 꿈틀대는 때이니 붉고 뜨거운 것으로 이를 물리치고 막으려는 의지의 발로이리라. 이스라엘이나 우리나라나 유사한 민속이 있는 것은 사람의 원형질 속의 근본 의식은 다 유사한 것이 아닐까 하는 생각을 하여 본다.

이뿐 아니라 우리나라에는 문에 여러 주술적 민속이 얽혀 있다. 아이를 낳으면 문에 금기 줄을 친다. 숯이나 솔가지를 끼운 새끼줄을 대문에 걸치어 두고 사람의 출입을 막는다. 사내아이면 붉은 고추를 끼워 넣는다. 아이를 출산했을 때도 금줄을 매지만 큰 질병이나 우환이 집안에 생겼을 때도 금줄을 쳤다. 액운이 드나드는 것을 차단하려는 의지이다.

우리의 옛 기록을 보면 문에 액운이나 잡귀가 드나들지 못하게 하는 액 막음 행위가 더러 있었다. 그 대표적인 것이 처용과 비형랑 설화이다. 동해 용왕의 아들이고, 서천 신의 아들인 처용과 비형랑이 역신과 도깨비를 물리치고 부린 이야기는 삼국유사에도 나와 있다. 이들의 신이한 능력에 역신이나 도깨비들이 겁을 먹고 무서워하므로 그 형상을 그림이나 탈로 만들어 문 앞에 걸어둠으로써 얼씬도 못하게 하였다는 이야기이다. 신성한 문을 귀신의 힘으로라도 지키려는 의지가 잘 드러난 설화이다. 이렇게 문은 원화소복(遠禍召福)의 통로였던 것이다.

여는 자와 닫는 자

새로운 시대를 열어젖힌 위대한 영웅들이 있다. 그들은 문을 열고 새 길을 갔다. 꼭 닫힌 공간 속에서 저들끼리 옹기종기 붙어살며 서로가 서로를 파먹으며 잔폐(殘廢)한 집단으로 전락하는 줄도 모르는 사람들. 이러한 시대의 퇴영(退嬰)을 떨쳐버리고 문을 박차고 나온 사람들이 있다. 인류는 그들에 의하여 진화된다. 진화는 매일 조금씩이 아니다. 쌓였던 것이 어느 날 확 터지며 순식간에 변해 버리는 것이 진화다. 누군가 문을 열 때 불꽃처럼 새 시대가 열리는 것이다. 그것은 튀밥 기계 속에서 달구어진 내용물이 뚜껑을 여는 순간 펑 터지며 튀어나오는 것과 같다. 옥수수나 쌀알이 극대화되며 변신하여 쏟아져 나오는 형국이다. 다져지고 응축된 것이 꼭지를 따는 순간 급변하며 새로운 세계를 연다. 이것을 불문에서는 돈오(頓悟)라 일컫는다. 수많은 시간을 인고하며 닦고 또 닦은 내밀한 에너지가 마침내 천둥처럼 터지며 깨우침의 지경에 다다르는 것. 그것은 순간의 폭발과 같은 것이다.

시대를 이끌고 창조적 변화를 이룬 이들은 기폭 장치의 핀을 제거한 사람들이다. 그리하여 새로운 세계의 문을 연 것이다. 갈릴레오, 코페르니쿠스, 뉴턴, 다윈, 아인쉬타인 같은 과학자는 과학의 영역을 극대화시키기 시작하였다. 루터, 헤겔, 프로이드, 윌리암 제임스 등이 새로운 정신세계의 문을 열어젖히었다. 고흐, 피카소, 베토벤, 제임스 조이스, 까뮈 등은 예술의 신세계의 문을 열어 제쳤다. 링컨, 간디, 마틴 루터 킹, 만델라 등은 자유와 인간 존엄의 새로운 인식을 갖게 하는 문을 열었다. 동양에서도 맹자, 주자, 노신 등의 사상가들이 새 시대를 주도하였고, 우리나라에서는 원효, 세종, 다산, 추사 등이 변화의 문을 열어준 사람들이다.

남녀의 평등, 인종 차별, 장애인 복지, 빈부 해소, 노동자의 권익, 보

편적 의료 보장 등의 문을 연 사람들은 언제나 닫으려는 자들의 저항
에 부딪치게 마련이다. 문을 닫으려는 사람들. 그들은 그 문 안에 무엇
을 가두려는 것일까? 그들이 가두어 두고자 했던 것이 자기들끼리의 독
점적 권익이었다면 그것은 감옥문과 무엇이 다르겠는가. 닫으면 벽이 된
다. 벽은 폐쇄이다.

문(門)이라는 이름으로 불리는 것들

문(門)이라는 글자는 두 개의 지게 호(戶)자가 양쪽에서 마주 보도록
만들어진 글자이다. 지게문보다는 확장된 출입구이다. 하지만 문이 꼭
드나드는 통로의 의미만으로 쓰이지는 않는다. 문중(門中), 문벌(門閥),
동문(同門), 문파(門派), 등에 쓰인 문은 추상적 의미이다. 이때의 문은
같은 부류의 사람들이나 출신 등을 이르는 말이다. 명문(名門), 전문(專
門), 입문(入門), 문하생(門下生), 문외한(門外漢) 등에도 문이라는 글자가
쓰인다. 크게는 불문(佛門)이나 공문(孔門) 같이 사상이나 학문의 대개를
가름하는 집단을 일컬을 때도 쓴다. 문이라는 것이 가지는 기능과 상징
성도 대단하다.

개선문(凱旋門)은 문짝도 없으면서 크기는 엄청 크다. 위압적이다. 당당
하게 들어설 때의 위용은 피를 숨긴 채 화려하게 치장한다. 그 광경을
보고 열광하는 사람들은 전투의 소름 끼치는 공포를 모두 잊고 있다.
승자의 파티를 돋보이게 하는 구조물이다. 노자는 전승 축하연을 비판

하며 차라리 그날은 전사자 추모제를 열어야 할 것이라고 말하였다. 그러나 자신의 영웅적 업적을 자랑하고 싶은 지도자는 개선문을 만들고 당당히 그 문 앞에 서고 싶어 한다. 나폴레옹은 개선문을 지나 황제의 관을 썼지만 결국 망망대해의 섬 가운데서 초라하게 죽었을 뿐이다.

레마르크의 '개선문'은 그렇게 화려하지 않았다. 외과의사 라비크의 어두운 삶이 개선문의 그늘에 길게 드리워져 있다. 나폴레옹이 의기양양하게 칭송받던 그 문의 그늘에서다. 들어보니 북한에도 개선문이 있다고 한다. 살상된 민족의 살과 뼈로 쌓아 올린 그 문에서 희희낙락하는 자들은 누구일까? 어디서 누구와 싸워 승리했다는 말일까?

우리나라 중국에도 오래전부터 기리기 위한 문이 있었다. 홍살문 또는 정려(旌閭)가 그것이다. 왕의 능이나 서원 앞에 세워지기도 하고, 충신, 열녀, 효자 등을 기리기 위해 건립했다. 주로 나라에서 하사한 문이다. 붉은 칠을 한 큰 기둥은 사악한 기운을 막자는 의도이고, 문의 위에 창날을 박아 놓아 범접할 수 없는 위용을 갖추었다. 일본에도 절이나 사당의 입구에 도리이라는 것을 세워 둔 곳이 많다.

문이라는 것은 간혹 함부로 넘지 못할 경계나 영역을 뜻하기도 한다. 이무기들이 폭포를 거슬러 올라 마침내 용이 되는 곳이 용문(龍門)이다. 솟구쳐 오르는 이무기가 다 용이 되는 것이 아니다. 특별한 그 어느 이무기가 용이 된다. 이마에 낙인만 찍힌 채 진창으로 추락하는 것들이 대부분이다. 개천에서 용 나는 것은 예나 지금이나 극소수에 지나지 않는다. 모두 기회만 주면 다 잘 될 것 같이 말하지만 폭포 앞에 가서도 오르는 이무기만 오른다. 그래도 기회는 주어야 할 것이다. 오르든 못

오르든 뛰어는 봐야 하지 않겠는가.

용문의 폭포를 기어올라 마침내 승천하며 활개를 치기 시작하는 곳이 등용문(登龍門)이다. 옛날 우리나라에서는 너나없이 모두 이 문을 통과하고 싶어 했다. 그래서 평생을 과거에 매달린 사람들이 많았다. 언필칭 선비라고 하면서. 지금도 이와 비슷한 문은 상존하고 있다. 오늘날과 같은 다양성의 시대에는 그 문 역시 더욱 다양해졌다. 온갖 고시(考試)에 젊은 청춘이 녹아나고 있다. 노량진을 비롯하여 취업자를 위한 학원가가 전국에 즐비하다. 각종 국가고시 공무원, 기업체 등을 지망하는 젊은이들이 예전의 과거에 목을 매는 조선의 선비들이란 사람들과 하등 다를 바가 없다. 그들에게는 이 취업문(就業門)이 곧 등용문이 되었다. 문을 통과하려는 자들은 전쟁을 치르듯 치열하다.

한편 눈을 돌려 새로운 삶을 개척하려는 젊은이들도 많다. 그들은 남이 만든 문을 통과하려 하지 않고 스스로 새로운 문을 열려고 애쓰고 있다. 어디엔들 길이 없을까. 그곳에도 분명히 크고 새로운 길로 통하는 문이 있을 것이다. 꼭 명문(名門) 대학의 문(門)을 들어서고 그다음 또 여러 시험을 통과해 운명의 신의 옷깃을 잡아 보려고 버둥거리지 않고도 승천의 활개를 펼 수 있는 길이 있을 것이다.

02 일주문에서 해탈문까지

아뇩다라삼막삼보리 무상(無上) 정등(正等) 정각(正覺) −위가 없는 큰 진리— 석가는 위에서 말한 두 가지 주제에 대한 끊임 없는 탐구를 통해 나름의 답을 찾아내었다. 그가 설산에서 거의 빈사 상태에 이르기까지의 고행을 통해 얻은 것과 산을 내려와서 설파한 가르침은 두 개의 수레바퀴이다.

그는 설산에서 깨달음을 얻기 위해 극단적 수행을 지속했었다. 뼈와 살을 깎는 형극의 고행이었다. 그러던 그가 어느 날 산을 내려오기로 결심하였다. 요즘 말로 반전이다. 그가 산에서 내려오자 많은 사문은 석가를 비난하였다. 수행의 고통을 견디지 못한 나약한 포기자라고. 그러나 석가는 구경(究竟)의 것을 찾아내어 마침내 깨달음에 이르는 것도 수행자의 길이지만 그다음의 질문이 또한 꼭 가야 할 길임을 알고 있었다. 고독 속에서 식고 마른 심신으로 해탈의 방법이나 찾아 나 하나만 구제하면 그만이지 세상이 무슨 상관이랴 하는 자세에서의 변환을 모색하였다.

'깨달음?'

'그래서 어쩌자는 것인가?'

그는 진리의 바퀴가 돌아야 세상이 제대로 돌아간다고 믿었다. 석가는 마침내 수레바퀴를 굴리기 시작했다. 큰 가르침의 바퀴가 구르기 시작했다. 수레가 굴러가는 데는 두 개의 수레바퀴가 나란히 굴러야 한다. 한쪽의 바퀴만 구른다면 제자리에서 맴돌기만 할 것이다.

초전법륜(初轉法輪). 법의 바퀴를 처음으로 굴렸으니 초전이다. 석가모니는 깨달음을 얻은 후 수행자에게 처음으로 팔정도와 사성제의 가르침을 주었다. 그는 극단을 피하고 중도의 길로 나가라고 설하였다. 두 개의 수레바퀴가 제대로 돌아야 중도로 갈 수가 있다. 두 개의 바퀴는 두 개의 극단적 생활을 배제해야 하는 것이고 또 나란히 해야 하는 것이다. 깨달음을 위해서 수행하고 그다음에는 바르게 중생을 제도하여 아름다운 삶과 세상을 구현해 보자는 것이 그가 산을 내려온 당위일 것이다.

이러한 진리는 오늘날 세속의 모든 분야에서도 유효하다. 나와 남이 같이 가야 오래 먼 곳까지 갈 수가 있다. 나만이, 우리끼리만 하겠다는 옹졸한 또래끼리의 짝짜꿍은 세상을 왜곡시킨다. 한쪽의 수레바퀴만 믿고는 세상을 살아가지 못한다는 것을 범부들도 알고 있다. 진보든 보수든 한쪽 바퀴만 굴러서야 제대로 나라가 돌아가겠는가. '우리끼리'는 부패와 패륜과 자기혐오로 종결되기 마련이다.

상구보리 하화중생(上求菩提下化衆生)의 길. 수행자가 발심해서 수행하는 목적을 상(上)·하(下)라는 방향성에 근거하여 보다 구체적으로 제시한 것이다. 위로는 불교의 지혜인 보리를 추구하고, 아래로는 고통 받는 다양한 중생을 교화하는 것을 수행의 목적으로 삼는다는 것이다. 이 두 방향은 불교에서 말하는 두 가지 이익, 곧 자리(自利)와 이타(利他)에 각각 대응된다. 위에서 말한 두 수레바퀴이다.

헬만 헤세는 '수레바퀴 아래서'라는 글에서 수레란 인간이 끌고 가야 하는 그 무거운 중압이라고만 이야기하였다. 시지프스의 바위와 다를 것이 별로 없다. 성장하면서 견뎌야 하는 숙명 같은 것이라고 말하고 있을 뿐이다. 정작 헤세는 '싯다르타'라는 소설에서 불교적 세계관에 대하여 깊이 접근하였다. 본격적 불교 정신을 구체화한 것이다. 누구나 부처가 될 수 있다는 불성 사상이나 말이 아닌 체험과 수행으로 진리의 가르침에 접근한다는 불립문자 등의 불교적 정수를 주인공을 통해 겪게 만들고 있다. 하지만 이 모든 것이 수레바퀴가 둘이기 때문에 불이(不二)일 수 있다는 모순 지양적 사상에 용해된다는 것을 결론적으로 말하고 있는 것 같다.

석가와 그의 제자들은 두 가지 의문 즉 '무엇'과 '어떻게'에 대한 답을 이원적으로 제시할 수밖에 없었다. 인간이 숙명적으로 늘 고뇌하는 이 두 가지 의문에 대해 그들이 얼마나 처절하게 부딪혔는지를 그리고 마침내 길을 찾았음을 보여주었다. 위로 보리를 추구하여 지혜라는 덕목에 이르고 아래로 중생을 교화하는 자비심. 이 두 가지는 석가와 그 제자들이 포기할 수 없는 길이었고, 어느 것을 선택해야 하는가의 문제가 아니었다.

그래서 어쩌란 말인가? 어떻게 하란 말인가?

왜 그렇게 해야 하는가? 무엇 때문에?

'어떻게'의 당위성을 확보하는 것이 '왜?'이다.

상구보리 하화중생은 존재론적 입장에 머무르지 않고 존재론을 바탕으로 인식론적 입장을 취하고 마침내 실천론으로 나아가야 함을 밝힌 것이다. 그것이 인간의 삶을 변화시키는 방향이기 때문이었다. 이를 굳이 자리(自利)니 이타(利他)니 하는 옹색한 말로 제한하지 말아야 할 것이다. 화엄의 세계는 둘이 아니고 하나이며 무한하다.

존재에 대한 파르메니데스의 언급보다 석가는 그다음 차원의 것에 고뇌하였다. 파르메니데스는 '존재하는 것'의 생성과 소멸이 불가능하다고 말했다. 그것들이 생성하거나 소멸하기 위해서는 무(無)가 바탕이 되어야 하기 때문이다. 그것들은 무에서 나오거나 무가 되어야 하는데 무란 본성상 존재하지 않는다. 사물이 움직이고 생성하고 소멸하는 세계는 인간들에게 익숙한 착오(錯誤)일 뿐인 것이다. 석가는 이미 여기까지 다다랐었다. 그리고 그다음의 공(空)에 이르러 반야(般若)의 세계를 들여다보았다. 반야바라밀과 연기(緣起)와 윤회(輪廻)의 비밀을 들여다 본 그도 그다음 질문과 마주할 수밖에 없었다.

'그래서 어쩌란 말인가?'

산 속에서 사경을 헤매일 지경에 다다르며 겨우 깨친 구경의 진리 속에서 혼자 소요하다가 사그라져야 하는가? 이 깨달음도 이 육신과 더불어 저 물방울, 저 먼지처럼 스러지게 두어야 하는가? 산 밖의 세계는 누구의 세계인가? 깨닫지 못한 자는 인간이 아닌가? 깨달은 자와 그렇지 못한 자는 같이 살 수 없는 존재들인가? 결국은 '어떻게 살아야 하는가?'라는 가장 원초적 질문의 장벽과 마주할 수밖에 없었다. 상구보리 하화중생(上求菩提下化衆生). 인간 존재의 근원적 사유는 결국 여기에 와서 끝을 맞게 되는 것이다.

석가는 모든 것에서 벗어나기를 가르쳤다. 그는 인간의 여러 가지 집착을 경계하였다. 사물이든 마음이든 막고 닫는 것을 경계하고, 어디에든 매달리는 것을 경계하였다. 그는 문을 만들지도 닫지도 않으려 했다. 그러나 그가 떠난 후 많은 추종자는 열심히 문을 만들었다. 많은 탑도 세웠다. 석가의 뜻이 그러하였을까? 절 앞의 일주문은 산의 위용만치나 근엄하다. 천왕문은 너무 무섭다. 위압적 형상 앞에서 누구나 주눅이

들고 만다. 해탈문 앞에서도 도저히 다가갈 수 없는 자신을 발견할 뿐이다.

세존이 뜻한 바일까? 금강문, 불이문…. 같기도 하고 다르기도 한 겹겹의 문을 지나야 대웅(大雄)을 만날 수 있다. 문이란 닫음과 엶이요, 나가고 들어옴이다. 불가에서는 본디 들어오는 자 막지 말고, 나가는 자 잡지 말라는 가장 평범한 자유로운 영혼의 통로를 개설하였다. 문이 많음은 통로를 좁히는 것은 아닐까? 막거나 닫는 것은 진리와 중생의 거리를 확실히 하자는 것인가? 중생의 범접을 막고 부처는 그 안에서 화석화되는 것이 초전의 의지는 아닐 것이다. 돌이나 쇠나 나무로 조형된 대웅과 그 제자들의 형상은 중생들과 문을 사이에 두고 겨루고 있는 것인가. 그 문들의 문고리를 쥔 자는 누구인가. 모두 다에게 열린 문이라면 처음부터 만들 이유가 없지 않은가.

누군가가 '위대한 영혼이 문을 열고 용렬한 자들이 그 문을 닫는다.'라고 하였듯이 닫힌 문은 모두를 초라하게 한다.

03 두드려라 열릴 것이다

두드려라. 그러면 열릴 것이다. 무거운 짐 진 자들아 다 내게로 오라.

예수는 아예 인간 존재의 근본에 대하여는 아무런 걱정을 하지 않았다.

'인간이란 무엇이며 누구이며 어떤 존재인가?'

이런 의문은 그에게 매우 무의미하였다. 그것은 그 이전에 이미 정리되어 있었다. 인간은 오직 창조주의 피조물이며 창조주의 의지와 섭리로 살아가는 나약하고 순응적이고 원죄를 타고난 존재로 확정되어 있었다. 또 인간이란 어떤 존재들인가 하는 고민은 그리스의 철학자들이 오래도록 변증한 문제들이었다. 그에게 있어서 고민되는 것은 오직

'어떻게 사는 것이 신(神)의 뜻에 합당한가?'

하는 문제였다.

그래서 신의 뜻대로 살아 마침내 천국에 가는 것이 삶의 귀착점인 것이었다. 신의 뜻에 맞는 삶. 그것만을 추구하면 되는 것이고 예수는 그 길의 제시에 혼신의 힘을 바치고 마침내 목숨까지 내놓았다.

"아버지의 뜻대로 하시옵소서."

그러나 예수가 걱정하기 전에 '어떻게 살아야 하는가?'도 이미 정리되어 있었다. 그것은 '계명'이었다. 모세나 선지자들이 오랜 기간에 걸쳐 확립해 놓은 계명대로 살면 되는 것이다. 그렇게 하면 세상은 질서 있게 아름답게 굴러가게 되어있었다. 이것이 종교의 단순함이다. 그저 믿고 따르면 되는 일원론적 구조를 지닌 것이 종교다. 믿어야 될 것, 따라야 될 것 그다음을 생각하거나 요구하면 이단이 되는 것이 종교다. 계명대로 사는 질서 있고 순결하고 완벽한 세상. 그렇게만 된다면 굳이 천국을 설정할 필요조차 없을 것이다.

그런데 인간이란, 세상이란 그렇게 줄지어 따르도록 되어 있질 않다. 넓고 넓은 세계에는 '다른 생각'을 가진 사람들이 너무 많다. 환경, 인종, 민족, 역사, 빈부, 삶의 양식(樣式)….

다른 것들을 다르게 두지 않고 뭉뚱그려 모두 같게 하려는 욕구에서 역사의 질곡이 시작되는 법이다. 하나의 나라, 하나의 질서, 한 사람의 절대자, 하나의 법전, 하나의 신(神), 하나의 정신….

로마, 헤롯, 계명 모두가 자신들의 가치와 욕망으로 치닫고 있을 때 예수는 '어떻게 살아야 하는가?'에 대한 새로운 길을 제시할 수밖에 없었다. 인간의 삶을 지배하는 악마들 —욕망, 가난, 재해, 불평등과 갈등, 민족 간의 전쟁 등—을 아우르는 길.

로마의 절대 권력, 헤롯을 비롯한 유대의 기득권자들, 바리새인들과 서기관의 자의적 계율 해석. 예수는 이들의 힘으로는 세상이 구원되지 않을 것임을 통찰하였다. 세상은 그들의 방법으로는 안정되지도 않고 신의 길로 갈 수도 없음을 알았다. 새길을 찾아야 한다. '새로운 길' 그 것은 새로운 율법이었다. 그는 그것을 찾고 또 찾았다. 그는 설산이 아닌 사막 곧 열사에서 고행하며 찾고 또 찾았다. 그는 사막의 모래알들을 헤집고 또 헤집었다. 그리고는 사막에서 바늘 찾기보다 더 힘들었을 보석을 찾아내었다. 영롱하고, 영원하고, 가득 차는 그것.

그가 찾아낸 것은 '사랑'이었다.

"내가 너희에게 새로운 계명을 주노니, 그것은 곧 '사랑'이니라."

예수는 사랑을 추상적, 관념적 수준에서 구체적, 실행적 관계로 제시하고 실천했다. 낮은 데로 임하고 겸손하고, 천민이나 이방인에게 다가가고, 불쌍한 병자나 창녀에게 손을 내밀어 그들을 위로하고 보살폈다. 그의 행적은 교리의 경직된 해석으로 화석화 되고 있는 기성의 지식인들과 율법자들에게 치명적 선언들이었다. 안식일에 대한 전혀 다른 관점으로 크게 대립되었다. 예수의 현실론, 실용론, 유연성에 대응하지 못한 기존 세력들은 예수를 제거해야 할 대상이라고 눈에 핏발을 세웠다.

예수는 공자와는 달리 정치적이지 않았다. 그래서 그는 바라바보다 못한 선택을 받았다. 당시 유대인들에게 필요한 지도자는 바라바였다. 피 흘리는 투쟁으로 압제자들을 몰아내겠다는 선동은 매우 열정적으로 민중들의 피를 끓게 하였으나 그들을 구원할 수 있는 길은 아니었다. 로마는 거대하고 위대한 제국이었다. 헤롯은 교활한 사냥개였다. 그들을 향한 도전은 메추리 알로 바위치기 수준이었다. 분노가 눈을 가린 저항은 제풀에 동력을 상실하게 마련이다.

당시의 유대가 처한 문제를 해결하는 데는 바라바의 방법이 아닌 길을 시도한 자도 있었다. 요즘도 문제가 되고 있는 소위 참여 속의 개혁을 시도한 자들도 있었다. 그것은 권력의 핵심에 접근하여 권력의 횡포를 제어해 보려는 시도였다. 총독과 헤롯의 측근이 되어 신임을 받아 그들의 정책 결정에 영향을 주고 폭정과 학정을 완화시키며 점진적 시대개혁을 시도하려는 사람들도 있었다. 영화 '벤허'에 나오는 벤허 같은 인물들이 실재했다. 그러나 그들은 활동에 제약이 따르고, 권력의 주구(走狗)로 인식되게 마련이었다. 공자가 군주의 선택을 받아 바른 정치를 펴려 시도한 것과 상통하는 방법이었지만 성난 민중들에게 이러한 시도는 용납되지 않았다. 그리고 예수는 그렇게 될 수 있는 모든 경로가 차단된 시골의 가난한 목수의 아들이었다. 심하게 비하하면 미혼모의 아들이었다. 당시에 그렇게 본 이웃도 있었을 것이다. 그는 가장 거친 흙으로 빚은 흙수저였다.

그에게는 새로운 길을 모색하고 제시해야 하는 절실함이 있었다. '황야에서 부르는 소리' 그것이 그의 당위(當爲)였다. 예수는 비폭력, 평화로 폭압을 제압하는 새로운 아이콘을 제시하였다. 그의 부드러움은 물처럼 스며들어 강한 성벽의 아랫도리를 허물고 말았다. 그는 현실에서의 권력을 지향하지도 않았지만 그러나 그가 마침내 로마 전체를 집어삼켰다. 주피터, 아폴론, 바쿠스의 나라를 해체하였다. 그의 제자들이 드디어 '교황'이라는 정교일체의 수장을 옹위하며 세계를 주도하는 대혁명을 일으킨 것이다.

'사랑의 묘약'

예수가 인간 세계를 중독시킨 것이다. 예수는 사랑을 추상적, 관념적 수준에서 구체적, 실행적 관계로 제시하고 실천했다. 낮은 데로 임하고 겸손하고, 천민이나 이방인에게 다가가고, 불쌍한 병자나 창녀에게 손을 내밀어 그들을 위로하고 보살폈다. 그의 등 뒤에는 설산을 내려올 때의 부처나 마찬가지로 광배가 둘러져 있다.

'어떻게 살아야 하나'에 대한 가장 선명한 대답을 하고 그는 십자가로 갔다.

그가 들어간 '좁은 문'. 그 길이 인류를 구원하리라는 염원을 안고.

04 천하 경영의 큰 문

공자(孔子) 역시 예수와 마찬가지로 인간의 존재론적, 인식론적 고뇌는 아주 깊게 오래 하지 않았던 것 같다. 그는 현세적 삶의 문제에 더 집중하고 있었다. 물론 공자도 깨달음을 위한 수행을 엄청 많이 한 사람이긴 했다. 그가 이에 대해 남긴 유명한 술회는 인구에 회자되고 있다.

'조문도 석사가이(朝聞道 夕死可矣)'

─아침에 도를 깨치면 저녁에 죽어도 좋다.

결연하고 강인한 의지가 돋보인다. 하지만 그가 더 심도 있게 접근한 것은

'어떻게 사는 것이 바른 삶인가?' 하는 문제였다. 어떻게 하면 좋은 세상이 될까? 이 문제가 그의 본질적 과제였다. 공자는 실천론적 입장이었다.

논어 공야장을 살펴보자. 공자의 제자 자공의 말이다.

"스승 공자께서 문장(文章)에 대하여 말하는 것은 들을 수 있었으나 성(性)과 천도(天道) 등에 관해서 말하는 것은 들을 수 없었다."

子貢曰, "夫子之文章, 可得而聞也, 夫子之言性與天道, 不可得而聞也."

여기서 문장이란 고래의 학자들이 대개 예절, 음악, 정치, 윤리 등에 대한 가르침이라고 주석한다. 주자(朱子) 역시 그렇게 주해하였다. 그리고 성(性)과 천도(天道)라는 것은 인간의 본성(本性), 우주의 본질과 자연의 법칙 같은 것이라고 해석하고 있다.

(性與天道 天理自然之本體) ─주자의 주(注)

공자는 인간의 본성이나 존재의 근원, 본질 등에 대하여 깊이 있게 다루지 않았다. 그는 어떤 삶이 인간 스스로를 행복하게 하는가에 주로

천착하였다. 하지만 그가 인생 본질의 문제를 아주 등한하게 여기지는 아니하였음은 곳곳에서 드러난다. 그는 주역(周易)을 지독하게 탐구하고 해석하였다. 위편삼절(韋編三絶)이라 하지 않는가. 주역을 너무나 탐독하여 책을 묶은 가죽끈이 세 번이나 터졌다는 말이다. 물론 주역은 공자가 말년에 집중적으로 탐구하였다. 주역 일부의 저자는 공자이다. 그가 주역 공부에 매진한 것은 우주의 본질과 삶의 구경에 대해 추적해 보자는 마음이었을 것이다. 하지만 공자는 이러한 연구도 결국 인간의 현실적 삶을 구체적으로 변화시킬 어떤 단서도 제공하지 못하는 공허한 것이라는 것을 꿰뚫어 보았다.

공자가 존재의 무거움에 힘겨워하며 나름의 성찰을 다한 흔적은 다른 곳에서도 찾아볼 수 있다. 사람이란 벽에 부딪칠 때에는 가르침을 받으려 한다. 때로는 대화와 토론이 절실해지기도 한다.

"내가 자지도 않고 먹지도 않고 궁구하여 보아도 소용이 없었다. 배우는 것만 하지 못하였다."

공자도 의문이 많은 사람이었다. 그는 마침내 먼 길을 떠났다. 그의 여정은 구도의 길이랄 수도 있고, 수학(修學)의 길이랄 수도 있었다. 그의 발길은 주(周)나라를 향했다. 주나라는 문왕(文王)과 주공(周公)의 나라다. 그 나라에서 그들이 어떻게 천하를 도모하고 다스렸는지 파편이라도 찾아볼 심사였을 것이다. 그리고 만나야 할 사람이 있었다. 주나라에는 당대의 석학이며 사상가가 있었다. 그가 바로 노자(老子)이다. 노자는 주나라의 수도에서 도서관장직을 맡고 있었다.

공자 노자에게 길을 묻다

젊은 공자는 사회 개혁주의자였다. 반면 노자는 사회와는 초연한 인생 본성의 문제를 고뇌하고 있었다.

"아, 노자형, 세상이 왜 이래요?"

젊은 공자가 이렇게 항변의 절규를 토해낼 때, 노자는 무위자연(無爲自然)을 내뱉고 있었다. 둘의 만남은 별 접점 없이 끝났다. 공자는 노자에게 예(禮)에 대하여 물었다. 예란 예악형정(禮樂刑政)을 이른다. 그것은 사회 참여와 정치적 삶을 전제하는 것이다. 민중과 사회에 대한 지식인의 책무와 그 방략에 대한 고뇌가 실려 있었다. 지식인이라 함은 공자 시대의 표현대로 하면 곧 군자(君子)이다. 그러나 노자는 그 점에 대하여 무관심하였다.

"그냥 둬."

결국은 무(無)니까. 무지(無知), 무욕(無欲), 무쟁(無爭)의 상태를 지향하던 그에게 공자는 혈기 왕성하여 의욕에 가득 찬 참여주의자였다. 젊은 공자를 야망을 품고 세상을 들쑤시는 이리처럼 생각한 것 같기도 하다.

'있음과 없음은 서로를 감싸고, 어려움과 쉬움도 서로가 서로를 이루게 하는 것(有無相生 難易相成).'

마침내는 물처럼 흘러가는 것이라고 초연해 하는 그의 눈에 공자는 의욕과 혈기가 가득 찬 야심가로 보였을 뿐이다. 물론 노자도 마냥 구름 속에서 노니는 신선도(神仙道)만 추구한 것은 아니었다. 노자도 덕(德)

과 이(利)에 대하여 언급하였고, 현실적 바른 삶과 정치에 대하여 피력한 바가 있다. 그러나 그러한 것들은 그의 주업이 아니었다. 하지만 요즘 노자 연구가들 중에는 아예 노자를 법가의 원조로 해석하며 마치 새로운 학문적 성과를 찾은 듯이 흥분하는 사람들이 있는데 이미 오래전에 스쳐간 바람이었다. 내가 보기에는 한비자가 자신의 법가적(法家的) 위상을 단단히 하려고 인용한 노자를 요즘 학자들이 너무 세게 우려먹고 있다. 한비는 해로(解老) —노자를 해석함—에서 노자의 무위를 자의적으로 해석하여 이용하였다. 그러면서 아예 병가(兵家)의 원조로까지 밀고 나아가고 있다. 그러나 현대 중국의 역사 고전 해설가로 명성을 떨치는 저술가인 이중톈(易中天)은 한비가 이야기한 무위는 '가짜 무위'로서 장자(莊子)가 추구하던 '진짜 무위'와는 구별되는 것이라고 이야기하고 있다.(이중톈 사람을 말하다 —중앙 북스)

한비가 노자를 끌어들인 것은 그의 모사적(謀士的)인 행적을 그대로 드러낸 작의(作意)이다. 모순 지양을 이용해 변증법적 혼란을 야기하고 그 해결 방안을 나름 제시하며 자신의 정치적 입지를 확보하려는 의도를 확연히 드러냈다. 노자의 적통은 수천 년 동안 그래왔듯이 역시 장자(莊子)이다. 노자가 장자보다는 다소 정치적 소론(所論)이 많았음은 분명하다. 하지만 공자의 의욕적 참여주의와는 확연히 차이가 났다.

노자의 핀잔에도 공자는 노자를 높이 평가하였다. 용(龍)과 같은 분이라고 생각하였다. 하지만 둘 사이의 접점의 차이를 실감하고 돌아올 수밖에 없었다. 공자는 집권자와 그를 둘러싼 대부들의 수탈에 백성들이 어육(魚肉)이 된 현실을 가슴 아파했다. 제대로 된 사회를 만들고 싶어

했다.

난세(亂世)를 사는 지식인의 사명. 그때 공자는 이 문제에 자신의 신명을 바쳐야 한다고 믿었음에 틀림없다.

예(禮), 사회 구조의 분할적 협업 시스템

난세를 치세(治世)로 순치해야 한다는 공자의 고뇌는 주나라의 방문과 옛 전적을 통한 고증으로 서서히 발아되고 있었다. 새로운 국가 경영의 방략. 전례를 찾아 현실에서 적용될 수 있는 국가 경영의 시스템. 공자는 큰 그림을 그리고 있었다. 공자는 마침내 천하를 요리할 웅대한 구상을 설계하였다. 그리하여 드디어 예악(禮樂)의 체계를 세웠다. 그것은 왕에서부터 민초들까지를 망라하는 큰 거물이었다. 천하의 모든 인총들이 "어떻게 살아야 하나?" 하는 문제에 대한 그 나름의 답이었다.

공자가 끈기 있게 설파하고 실행한 예라는 것의 근본은 경(敬)이다. 덧붙이면 공(恭)이다. 이것은 실행을 전제로 하는 실효적 행위이다. 남을 공경(恭敬)하는 것은 자신을 낮추는 데서 출발한다. 작은 것에 귀 기울이고, 큰 권력자에게는 아첨이 아닌 틀 속에서의 존중. 이것이 공자가 주창한 예이다. 예의 바탕에는 인간 존중이 깔려있는 것이다.

'예와 겸양으로 나라를 다스린다면 무슨 어려움이 있겠는가?'

–논어 이인편

공자는 요순의 시대를 꿈꾸며 성인(聖人)이 다스리는 태평성대를 이상적 사회라고 믿고 있었다. 고대 중국에서는 천인합일(天人合一)의 사상이 뿌리 깊었다. 그리고 그 하늘의 뜻을 제대로 파악하고 실행하는 자를 성인(聖人)이라고 여겼다. 성인이 하늘의 뜻대로 다스리니 그 세상은 태평천국이다. 이러한 태평성대는 공자에게 있어서 내세(來世) 그 자체였다. 공자는 허구의 세계가 아닌 실사(實事)의 세계에서 천국을 구현할 수 있다고 믿었다. 위로는 군주가 덕(德)을 숭상하고 국가와 사회는 예악(禮樂)으로 화목하고 유연한 법률적 시스템이 운행된다면 태평성대는 먼 곳에 있는 것이 아니었다.

예라는 것은 근본적으로 국가와 사회 구조에 분할적(分割的) 협업 시스템을 적용하려는 시도로 파악되어야 할 것이다. 예는 의식의 문제에 앞서 사회 구조의 확정과 운용이라는 시각에서 보아야 할 것이다. 예의 근본에는 질서 체계가 있다. 그것은 자신의 영역과 범위를 유지해야 하는 당위와 만난다. 그리고 그것은 권력 분점을 요구한다. 군주에게 최상의 존대를 표하고 기품 있는 삶을 보장하는 대신 반대급부로 군주는 아래의 신료들에게 정권을 일임한다. 이것은 충(忠)과 덕(德)이 맞물려 공생의 시스템이 되는 것이다. 이를 바탕으로 한 가설을 유추해 본다.

'예(禮)라는 것은 충(忠)과 신(信)을 바탕으로 한 군주를 제어하는 수단이 아니었을까?'

군주가 만기친람(萬機親覽)하는 정치 시스템에서의 탈피. 이미 세상은 군주가 모든 것을 다 알고 모든 것을 다 처리하는 국가 체제가 아니었다. 시대의 변화에 따른 새 정치 패턴의 필요성을 공자는 통찰한 것이다. 고대 국가 체제에서부터 점점 다양다기화 되는 국가의 양태를 파악한다면 정치에서 새로운 권력 균점이 필요하다. 그것을 가능하게 하는 것이 '예(禮)'이다. 관료체제의 등장을 예고하는 것이다. 훈련된 인재에게 국사의 실무를 맡기고 군주는 국가의 구심점으로 권위와 품격을 가지는 정치판을 공자는 모색한 것 같다. 그리고 그 기제가 '예'라고 볼 수 있지 않을까.

신하는 군주에게 최상의 존경을 드리고 그리고 군주는 신(信)에 바탕하여 덕을 베푼다. 신임을 받은 신료들은 최선을 다해 나라를 이끈다. 충과 신으로 군주와 신하 사이의 경계가 설정되고 각자의 영역을 지키는 정치 구조이다. 매우 합리적이고 이상적 시스템이다. 오늘날의 입헌 군주제와 다소 유사한 형태일 수도 있겠다. 이 시스템은 군주 ─신료 사이의 관계를 넘어 그 하위 구조에서도 동일하게 적용된다.

공자는 이상적 정치 운용의 근간을

'군(君)은 군답게,

신(臣)은 신답게,

민(民)은 민답게'

라는 말로 정리하였다. 이 선언은 인격과 품성과 신분의 설정만을 정의한 것이 아니다. 영역의 문제이다. 각자가 지킬 영역을 가름하여 제 일을 제가 한다는 체제를 설정한 것이다. 군, 신, 민이 자기 영역을 지키고 상호 연대한다. 이것이 정치의 골격이고 그 뿌리는 '예'이다. 예는 군주에게 충(忠)으로 존경받으니 욕심부리지 말고 정치에서는 약간의 거리를 두라는 장치라고 본다. 최고의 존중과 기품 있는 생의 보장. 군주는 이것으로 만족해야 한다는 매우 부드러운 압박이며 거래라고 보면 지나친 가설일까?

오늘날에도 이러한 관계 설정이 국가 구조의 근간이 된 나라들이 존속한다. 영국, 스웨덴, 태국, 일본 등의 나라인 것 같다. 신민은 왕실에 최고의 예를 드리고, 왕실은 기품 있는 삶으로 만족하며 신료들에게는 깊은 믿음을, 인민에게는 자애로움으로 화답한다. 이 경영 방략은 매우 폭넓고 강하게 천하에 확산되었다. 심지어 우리나라에도 이미 이 권력 구조가 전래된 사례가 보인다.

이안민가(理安民歌)를 청함

신라 경덕왕 때 표훈대덕(表訓大德)이 왕의 요청으로 백성을 평안히 하는 노래 안민가를 지었다고 삼국유사는 전하고 있다. 경덕왕은 이안민가(理安民歌)를 지어주기를 요청하였다. 이안민이라는 말은 백성을 평안하게 하는 이치 또는 도리라는 뜻이다. 그런데 이 노래의 핵심 내용이 논어에 언급한 공자의 변설이다. 노래의 후렴절이 '군은 군답게, 신은 신답게, 민은 민답게'이다. 공자 사후 천년이 지났지만 먼 변방의 나라 신라에서 이 구호가 회자된 것이다. 그것도 불문의 스님 충담사의 입에서. 왕은 노래를 듣고 흡족하여 그를 왕사(王師)로 봉하고자 했으나 대덕은 고사하였다.

표훈대덕을 충담사(忠談師)라는 이름으로도 칭하는 것은 이 노래 이후부터일 것 같다. 충담은 곧 충(忠)을 말하다〈談〉이다. 임금에게 충성스레 진언한 스님이 곧 충담사이다. 그는 이미 찬기파랑가라는 사뇌가를 지어 명승이 서라벌에 널리 알려진 대덕이었다. 왕에게 충성스럽게 고한 나라 다스리는 이치는 전술한 바대로 모두 '각자의 위치에서 각자의 일을 나하라.'라는 언술이다. 유교적 통치 철학이 신라 스님의 입에서 되새겨졌고, 경덕왕 또한 그 노래를 듣고 극찬하여 그를 왕사로 봉하려 하였다. 충담의 진언이 무엇인지를 파악하였음이다.

왕은 왕의 영역을 지키고 신하는 신하의 영역을 지키고···. 그것이 이 안민하는 핵심이다. 예가 단순한 상하 관계의 의식적이고 관습적 행위였다면 이렇게 신라의 스님 입에서 구송되지 않았을 것이다. 그때 신라의 식자들은 벌써 예가 사회 통치 시스템임을 알고 있었다고 본다.

재상정치

공자는 역사 연구를 통해 그러한 사례를 정리 분석하였음이 확실하다. 이를 통해 왕과 신하 특히 재상과의 권력 분점과 협업이라는 정치 체계를 정립한 것이다. 공자가 찾아보았을 몇 가지 전례를 살펴보자.

상나라의 왕 무정과 재상 부열은 태평성대를 이룬 본보기다. 이때를 무정중흥(武丁中興)이라고 한다. '부열이 무정을 기쁘게 하였다.' 열감무정(說感武丁)이라는 말은 천자문에도 나온다. 상을 당하여 3년 동안 말을 하지 아니한 왕을 대신하여 총재인 부열이 나라를 아주 잘 다스린 사례는 재상정치의 모델로 주자도 그 경지를 극찬하였다. '군주성학' 곧 군주는 성인의 도를 닦고 나라 정치는 재상에게 맡긴다. 왕이 정치에 직접 관여하지 않고 재상에게 맡긴다. 그리고 재상은 신의를 지켜 사욕 없이 나라를 잘 이끈다. 이 시스템의 근간에 신(信), 충(忠)이라는 예의 바탕이 있는 것이다. 공자는 이와 같은 고래(古來)의 사례를 모아 실증 하였다.

상나라의 탕왕과 이윤, 주나라의 문왕과 여상(강태공), 역시 주의 무왕 과 주공, 제나라의 환공과 관중. 군주와 재상의 협업 정치가 잘 이루어 진 때가 중국 고대의 태평시대가 전개된 때였다. 공자는 이러한 시대를 곳곳에서 극찬하였다. 공자가 내세운 예라는 것이 이러한 정치 구조의 체계를 모색한 심려라고 파악해야 한다. 두 권력자간의 상호 신뢰와 존 중이 예의 근본이다. 이것이 그다음 하위 구조에서도 작동하여 가정, 사회, 국가가 원활하게 유지된다는 것이 공자의 신념이었다. 이 정치 구 조는 매우 유용하여서 이후 중국이나 주변 국가에서 수없이 운용되었 다. 한나라의 고조 유방과 재상 소하, 유비 현덕과 제갈공명. 이 시스템 이 작동되는 동안 나라는 태평해진다. 그러나 왕이 욕심을 내어 직접 통치에 나서거나 재상이 야심이나 권력욕에 빠져 전횡하면 나라는 엉망 이 된다. 그러지 않도록 하는 장치가 예이다.

오랜 후에 동방의 조선에서도 이 시스템을 적용하려는 탁월한 정치인 이 있었다. 정도전(鄭道傳)이었다. 국가 경영을 왕의 자질에 의존하기보 다는 시스템의 구축에 의한 경국(經國) 방략 모색. 그는 탁월한 혜안으 로 새로운 권력 구조를 설계하였다. 세습된 왕은 자질의 검증이 충분하 지 못하다. 또 제왕을 위한 학습과 훈련도 한계가 있다. 결국 시스템의 혁신만이 답이다. 그의 구상은 고려 말의 어리석은 군주들을 보며 더욱 절실해졌다. 그는 권력의 속성과 그 구조를 꿰뚫어 보았고 이를 혁신할 원대한 구상을 정립하였다. 그리고는 이를 실현할 세계 최초, 최고의 정부 조직 구조를 운용하는 시스템을 만들었다. 그리고 실행하였다.

그의 원대한 구상이 권력욕에 의한 왕권 찬탈 의도로 해석되어 그는 제거되었다. 하지만 그가 집대성한 경국 방략은 조선 통치의 근간이 되었다. 경국대전에는 권력의 분산과 견제라는 탁월한 정치 철학과 실행 방안이 망라되어 있다. 이로 인해 갈팡질팡 조선이 500년을 유지할 수 있었다고 본다. 조선의 병통은 예의 본질이 오도되어 자질구레해지면서 시작된 것이다.

왜곡된 예(禮)의 본질

나라는 조그마한 집단이 아니다. 수많은 백성과 다양한 부류의 인간 군상이 뒤섞여 이루어진 집단이다. 그 속에는 성인군자부터 살인강도들까지 섞여 있다. 유약한 사람도 있고 강인한 사람도 있다. 이들을 아우르는 융화제로 유가(儒家)가 내세우는 전가(傳家)의 보도(寶刀)가 예(禮)였다. 예와 악(樂)은 주나라 시대부터 국가의 체제를 유지하는 질서와 화합이라는 대명제 아래 자라왔으나 이를 국가적 공유재(共有材)로 확정시킨 이는 공자로 보아야 할 것이다. 공자는 주나라를 돌아보고 옛 예악을 상고하였고, 제나라에 있을 때 음악의 그윽한 경지를 터득하였다.

그 뒤 노나라로 돌아온 후 예악을 국가 통치의 기본 체계로 도입하여 실증적 성과를 다소나마 거두었다. 그는 이로부터 통치의 한 패러다임을 창안한 것이라고 믿었다고 판단된다. 공자는 예(禮)가 사회를 유지하는 실천적 윤리이며 구조라고 본 것이다. 주나라 시대부터 그가 살았던 시대의 예에 대하여 통섭(通涉)하면서 예(禮)의 본질을 규명하고 그것을 실생활에 적용하려 했다. 그것은 부분적으로 상당한 성공을 거두기도 하였다. 공자 당대에 그는 예(禮)로써 사회를 통합할 수 있다고 믿었고 그의 문하생들은 이를 충직하게 익히고 실행하였다.

유가들은 인간의 본성 문제를 중요하게 여긴다. 인간의 본성이 선하든 악하든 교육을 통해 생장시킬 수 있고, 그 본성이 순화되도록 하는 것이 정치의 근간이라고 믿었다. 따라서 예악을 통한 교화를 정치의 핵심으로 삼았다. 이는 다른 학파들과 상당히 다른 그들의 도그마라고도 할 수 있다. 그리하여 예악을 제도적인 상태까지 끌어 올려 그들의 이상을 실행하려 하였다. 그것이 그들의 이상인 덕치주의의 구현이었던 것이다.

유가에서는 외형적 정제를 통해 인간의 욕망을 절제하여 본질적으로 인격적 완성을 이룰 수 있다고 믿었기 때문이다. 바른 가르침과 수련은 인성을 순화시키며 이로써 백성들을 이끌면 나라가 태평해진다고 믿었다. 그래서 다소 외식적(外飾的)이고, 형식에 치우친 예라는 것을 고집하는 것이었다. 예악을 정비하여 바른 자극을 주는 것. 그로부터 사회의 질서를 유지하는 것. 이것이 공문(孔門)의 사회 개조론의 핵심인 것이다.

예는 상하 관계를 분명히 구분 짓는 것까지 포괄하므로 신분에 대한 고착적 관념을 확산하려는 의도라는 비판을 받기도 한다. 공자와 그 제자들에게 있어서는 예란 개인과 사회의 규범을 넘어 국가를 유지하는 구조적 질서의 성격을 가진 통치의 근간이다. 일반적으로 예의 제정이란 국가 체제를 건설한다는 의미까지 외연이 확대되는 것이다. 예를 천지의 질서로 보고, 상하를 다르게 하는 것으로, 사람과 모든 사물을 구별하는 것이란 관점이다.

하지만 그의 구상은 여러 가지 장벽에 부딪쳤다. 예가 형식주의에 빠져 거추장스러운 장치로 전락해 갔고, 백성들과 유리된 그들만의 이념으로 변질되기도 하였다. 공자의 예는 주례 등의 고전에서부터 당대의 여러 모형들까지를 망라하여 자신의 독자적 유형을 창안한 것이었다. 예는 위아래의 관계를 체계화시키고 관혼상재의 룰을 설정하여 품격 있는 삶을 유도하겠다는 치세의 의도를 드러낸 것이다. 그러나 이는 어디까지나 치자(治者) 중심의 장치일 뿐이었다. 제왕, 제후, 대부, 사(士)에 이르는 교양이며 질서 철학이었을 뿐이다.

일반 백성들과는 전혀 무관하다고 할 수 있을 정도의 허례허식일 수도 있었다. 하루 먹고 살기에도 바쁜 농투성이들, 일자무식이 99% 이상이었던 당시의 백성들에게는 그다지 먹혀들 수가 없었다. 고대 사회에서 공자를 비롯한 유생들의 이런 이념적 공세는 통치자들을 기쁘게 하고 그들에게 고용될 수는 있었을지 몰라도 무지한 백성들에게는 별로 씨알이 먹혀들지 않는 공염불일 수도 있었다. 그래서 공자는 쫓겨난 것이다.

안영(晏嬰)이란 사람의 평가를 보자.

'유자(儒者)들은 예와 형식뿐 실제로는 아무런 도움이 되지 않는다.'

안영은 춘추 시대 최고의 재상으로 안자(晏子)라고 불릴 정도의 현인이었다. 매우 작은 키에 볼품없는 외양이었지만 절의와 강개함, 그리고 해박한 식견을 가진 인물이었다. 또한 임기응변이 뛰어나 '귤화위지(橘化為枳), 양두구육(羊頭狗肉)' 등의 유명한 고사성어가 그의 입을 통하여 비롯되었다. 이러한 명재상 안영이 공자의 등용을 반대하여 좌절시켰다. 사실 공자와 안영은 서로를 높이 평가하고 있었다. 공자는 직접 안영을 두고

"안평중은 사람과 사귐에 훌륭한 바가 있다. 상대와 오래 친하여도 그를 존경한다.

"晏平仲 善與人交, 久而敬之."

－논어 공야장

라고 평한 바 있다. 안영은 공자 당시의 인물 중에서 가장 존경받던 4인(노자, 거백옥, 노래자, 안평중) 중에 한 명이기도 하다. 그리고 안영 역시 공자를 성인의 수준으로 평가했다. 이러함에도 불구하고 안영이 공자를 채용하는 데 반대한 이유가 무엇이었을까? 인간적으로 안영이 공자를 높게 평가했지만 현실 정치에서 정작 안영은 공자를 위험인물로 여겼다. 제나라에서 등용될 뻔했던 공자는 안영이

"유학을 하는 자들은 믿을 수가 없고 노와 제는 풍습이 다르니 제의 제도를 노나라처럼 바꿀 수 없다."

라고 하면서 강하게 반대를 해서 결국 제나라를 떠나야 했다. 안영은

공자가 정치적 수완을 발휘했던 노나라와 지금의 제나라는 실제상황이 많이 다르다. 그래서 공자라 할지라도 제나라에 걸맞는 정치를 할 수 없다고 반대하면서 다음과 같은 가장 핵심적 결점을 지적하였다.

"유자(儒者)들이란 여러 나라를 떠돌며 유세를 하는 데만 능하다. 그들은 가는 곳마다에서 예와 형식을 떠들어댄다. 그러나 그것을 지키려면 한 세대에는 끝낼 수가 없다. 말만 그럴듯하지 실제로는 아무런 도움이 되지 않는다."

"유학자는 말재간이 뛰어나서 법으로 규제하기가 어렵습니다. 게다가 거만하여 아랫사람으로 부리기가 어렵습니다. 상례(喪禮)를 중시하여 파산하더라도 성대한 장례를 치르니 그들의 예법은 우리의 검소하고 질박한 풍속과 부합되지 못합니다. 관직과 녹봉을 바라고 도처에 유세를 하러 다니니 믿고 정치를 맡기지 못합니다. 현자(賢者)가 사라진 지 오래되어 지금은 주나라의 예악도 무너졌습니다. 공자가 주장하는 번거로운 예법은 평생토록 익히기 어렵습니다. 그를 채용하여 우리 제나라의 예법을 바꾸려는 것은 옳지 않습니다."

공자가 안영을 안자로 높이고 함부로 그의 이름을 부르지 않았을 정도로 우러러봤던 만큼, 안영 역시 공자를 현인 중의 현인으로 평가했었다. 하지만 정치는 현실이다. 안영은 자기 나라의 현실을 보고 있었고, 공자는 뜨내기 유세객인 신세였던 것이다. 그리고 안영은 예가 정치의 핵심에 자리 잡는 것을 단호히 거부하고 있었다.

안영은 제나라를 관중 이후 최대의 강국으로 만든 안자라 불리는 현인이다. 그의 시대 판단이 그때 제나라에서는 절실했을 수 있다. 공자의 등용에 반대한 것이 사리사욕에서 나왔다는 논자들의 견해에는 완전히 동감할 수가 없는 이유이다. 사실 당시의 제나라는 실권을 쥐고 있던 전(田)씨로 인해 공실(公室)이 위협받고 있었다. 안영으로 인해 겨우 화평이 유지되고 있었다. 안영 사후 전씨 가문은 왕을 죽이고 권력을 새로 조립하였다. 이런 절실한 상황이었기 때문에 안영은 '일세에 과업을 끝낼 수 없다.'라고 말하며 제나라에 공자의 정치를 적용하는 것은 무리라고 진언한 것이다.

초나라에서도 비슷한 상황까지 갔었다. 초나라 영공은 공자를 높은 대부의 반열에 두어 국정을 맡겨 보고 싶었다. 그러나 재상 자서가 반대했다. 역시 유자들의 예를 비판하며 그들에게 정치를 맡길 수 없다고 주장한 것이다.

과례(過禮)를 비례(非禮)로 갚다

공자가 거의 일흔이 되었을 때, 고향에서 자상백자(子桑伯子)라는 현인을 찾아 한담을 나누었다. 그때 자상백자는 의관을 제대로 갖추지 않은 채 공자를 맞고 서로 담소했다. 돌아오는 길에 공자의 제자들이 의관을 갖추지 않은 자와 만난 것에 의문을 갖자 공자는

"이 사람의 바탕은 아주 좋지만 애석하게도 예의를 닦지 못했다. 그래서 예의를 닦으라고 권하고 싶었다."

라고 말했다. 자상백자도 그의 제자들에게서 질문을 받았다.

"공자라고 하면 절도가 있어 하나에서 열까지 예의를 따르는 분인데 선생님께서는 어찌하여 의관도 갖추지 않고 그를 만나신 겁니까?"

"공자의 바탕은 대단히 훌륭하지만 그의 번잡한 격식은 싫다. 가령 자리가 바르지 않으면 앉지 않고, 식사할 때는 남과 이야기하지 않는 등 너무 지나치기 때문에 나는 일부러 의관을 갖추지 않고 그를 영접한 것이다. 그의 번잡한 격식을 고치도록 풍자한 것이다."

논어 옹야편에서 공자는 자상백자가 소탈한 성품임을 호의적으로 받아들이고 있는 모습이 보인다. 그러나 그 소탈함이 마음가짐에 있어야지 행동에까지 소탈함은 지나치다고 논평하고 있다. 예에 대한 두 사람의 관점에 차이가 남이 분명하다. 공자의 예에 대하여 당대에도 많은 논란이 있었다. 그 논란의 핵심에는 먼저 예라는 것이 인간의 본성에 관한 문제인가? 하는 점과 또 하나는 너무 번거롭고 형식적이라는 문제였다. 이 두 가지에 대한 논쟁은 수천 년이 지난 아직까지도 진행되고 있다. 이에 대한 당대 사상가의 조언을 들어보자.

공자가 노자와 나눈 이야기 속에서 예라는 것을 바라보는 시선의 차이를 전술한 바 있다. 사기에는 노자와 공자에 관한 유명한 일화가 소개되어 있다. 노자가 주나라에 머무를 때 한 청년이 찾아와 '예'에 관해 물었다. 이에 대해 노자가 한 이야기가 사기 〈노자·한비자〉 열전에 기록되어 있다.

"옛날의 성현들은 사람도 뼈도 모두 없어지고 지금은 그들의 말만이 남아 있을 뿐이다. 또, 군자, 군자라고 말하지만 군자라는 것은 시운을 얻으면 수레를 타는 귀한 몸이 되지만, 그렇지 못할 때는 바람에 날리는 쑥과 같은 것이다. 장사를 잘하는 사람은 좋은 물건을 가지고 있어도 그것을 점두(店頭)에는 늘어놓지 않는다. 덕을 쌓은 군자는 마치 어리석은 사람같이 보이게 한다. 당신은 교만하고 지나치게 욕심, 허영, 사심(邪心)이 많다. 이런 것들은 당신에게 정말 유해한 것이다. 내가 말하고자 하는 것은 바로 이 점이다."

라고 했다. 이 말은 들은 청년은 공자였다. 무위자연의 삶을 견지하려던 노자에게는 공자의 의도적이며 형식적 인 삶의 양태가 매우 못마땅했다.

'까마귀조차 새끼를 양육하고, 또 새끼는 자라 그 어미를 돌본다 한다. 이것은 자연의 섭리다. 인간은 오랜 세월 그렇게 살아왔다. 새삼 무슨 효니, 인이니 하고 떠벌릴 필요가 있는가? 가만히 내버려두려무나. 다 절로 되리니.'

이것이 노자의 조언이었다. 그는 철저히 무위자연(無爲自然)이 삶의 근본이라고 여겼다. 인위적 예를 배제하고 있다. 공자는 돌아와서 제자들에게

"새는 날고, 고기는 헤엄치고, 짐승은 달린다는 것을 나는 알고 있다. 달리는 짐승은 그물을 쳐서 잡고, 헤엄을 치는 물고기는 낚싯대로 낚을 수 있고, 나는 새는 화살을 쏘아 떨어뜨릴 수 있다. 하지만 용은 바람과 구름을 타고 하늘로 오른다고 하는데 나는 용이 어떻게 바람과 구름을 타고 하늘로 올라가는지 알지 못한다. 노자는 마치 이 용 같은 인물로 전혀 짐작 가는 바가 없다."

라고 말했다. 공자도 노자의 충고를 깊이 받아들인 것이 분명하다. 그러나 공자는 예로써 승부를 걸려고 작심하였다.

제2부

문턱에 걸쳐 앉은 군자(君子)

공자의 고뇌는 깊어만 갔다. 어지러운 현실 세계를 보면서 이 세상의 개조에 지식인다운 책무를 다해야 하느냐? 아니면 세속을 버리고 떠나야 하느냐 하는 택일적 위기에 다다르고 만 것이다. 이러한 고민은 공자에게 국한된 문제는 아니지만 그의 철학이 이 문제에서 비롯되었으므로 간과할 수 없는 과제인 것이다. 궁궐 문 안에서 정사에 집중하느냐 궁궐의 문을 나서서 자유인이 되느냐. 그것이 문제였다.

공자에게 있어서 문(門)은 곧 현실 정치에 참여하느냐 아니면 산이나 강으로 떠나 사느냐의 갈림길이 되는 기준점이었다. 춘추(春秋)라는 파란의 난바다에서 어떻게 자신의 이상을 실현해 나갈 수 있을까? 주(周)나라가 쇠잔해지며 여러 제후국이 약육강식의 다툼을 벌이는 한복판에서 자타가 군자라고 믿고 있는 공자. 그는 궁궐 문 안에서 정치에 직접 참여하느냐 아니면 궁궐 문밖으로 나가 일민(逸民)이 되느냐는 하는 문제로 깊은 고뇌에 빠지게 된다. 일민이란 학문을 갖추었으면서도 세속을 떠나 초야에 묻혀 사는 은사(隱士)를 이르는 말이다

공자는 문 앞에서 자신의 실존에 대해 고뇌하였다. 그에게 있어서 문은 참으로 무거운 존재의 경계선이었다. 문 안의 삶과 문밖의 삶에 대하여 공자만치 고뇌한 철인은 아마 석가였을 것이다. 출가 전에 궁궐의 문을 박차고 나올 때 문턱을 넘는 용단이 있었고, 깨달음 후에 산을 내려올 때도 그에 버금가는 고뇌가 있었을 것이다. 석가가 산을 내려갈 것인가 말 것인가를 심사(深思)했듯이 공자 또한 그러하였다. 그에게 있어서 양자는 다 배격하기 어려운 세계였다.

'오로지 자기 자신의 완성이냐?

아니면 이타적 삶이냐?'

둘 다가 버릴 수 없는 삶의 업보였다. 두 가지는 상호 배반적 관계이 거나 모순적 대립이 아니다. 그러나 양자를 포용하는 것 또한 지난한 일이다. 그가 중용적 삶을 희구한 것도 이러한 맥락에서 보아야 할 것이다. 어디로 갈 것인가? 이 엄중한 과업 앞에서 세상은 자꾸만 택일을 강요한다.

전술한 바와 같이 공자는 요순의 시대를 꿈꾸며 성인(聖人)이 다스리는 태평성대(太平聖代)가 이상적 사회라고 믿고 있었다. 태평성대는 공자에게 있어서 내세(來世) 그 자체였다. 위로는 군주가 덕(德)을 숭상하고 국가와 사회는 예악(禮樂)으로 화목하고 유연한 법률적 시스템이 운행된다면 태평성대는 먼 곳에 있는 것이 아니다.

공자는 이러한 사상을 실험하여 그 성과를 보이기도 했다. 그러나 세상은 그렇게 순조롭게만 진행되는 것이 아니었다. 특히 그가 살던 시대 곧 춘추(春秋) 시대의 험한 파도가 이것을 좌시하지 않았다. 공자가 그의 꿈을 차근차근 실행해 가던 노(魯)나라에도 그 파진(波振)이 닥쳐왔다. 강한 쓰나미에 공자는 심한 충격을 받았다.

춘추 시대는 혼란의 시대였다. 나라마다 통제되지 않은 팽창주의와 부국강병의 패권주의가 난무할 때였다. 군주들은 제어 받지 않은 권력을 휘두르며 탐욕스런 확장 정책을 추구하여 전란이 끊이질 않았다. 천하대란이 전국시대(戰國時代)까지 이어지는 맹아로 자라고 있었다. 지배층은 권력의 묘미에 탐닉하고 민생은 도탄에 빠져 유리걸식하고 있었다. 이러한 시대에는 지배층을 안정시키고 백성들에게는 생존을 보장하는 정치가 절실하다. 양자의 욕구를 봉합하여 흔들리지 않는 사회체계를 이루는 기제(인간의 행동에 영향을 미치는 심리의 작용이나 원리)는 예의 구조적 운영에 바탕 한 덕치주의(德治主義)라고 공자는 믿었다. 그리고 그 길을 그는 용감하게 실험하고 있었다.

그가 노나라의 대사구(大司寇)로서 재상의 일을 겸하고 있을 시기였다. 나라는 안정되고 민심은 순화되어 가고 있었다. 조금만 노력하면 주(周)나라만치 이르리라고 바라고 또 믿었다. 그때의 노나라는 거의 주나라 문왕(文王)의 시대를 닮아가고 있었다. 여러 제후국이 부러움과 두려움으로 벤치마킹하려고 직간접으로 사절단을 보내오곤 하였다. 그러나 세상은 그렇게 순풍을 허락하지 않았다. 이웃의 제(齊)나라에서 태클이 들어 왔다. 노의 강성은 제의 우환이다. 그들은 공자를 실각시킬 계교를 실행하였다. 그리고 성공하였다.

공자는 문턱에 주저앉아 턱을 괴고 시름에 잠긴다. 문밖이냐 안이냐? 그것이 문제였다.

요순의 세계냐? 일민(逸民)의 세계냐?

공자는 서로 대치되는 두 위상의 인간상을 다 존경하였다. 이율배반적이다. 그는 늘 요와 순임금을 흠모하였다. 함포고복(含哺鼓腹)하며 격양가(擊壤歌)를 부르던 요순의 시대는 위에서 말한 대로 태평성대이고 요순은 성인이다. 그러나 그는 또 다른 쪽의 인물도 존경하였다. 그들은 양지가 아닌 음지의 인물들이었다. 궁궐 밖에서 초근목피(草根木皮)로 연명하며 부귀를 헌신짝처럼 여긴 이들이다. 초야에서 깨끗하고 바르게 살아가는 현자. 그 대표적 인물이 백이(伯夷)와 숙제(叔弟)이다. 백이·숙제는 일민(逸民)의 전형이다.

일민은 학문을 갖추었으면서도 세속을 떠나 초야에 묻혀 사는 사람을 이른다. 논어에 몇 차례 언급되고 있다. 그 대표적 인물이 백이와 숙제이다. 공자는 요순만치나 백이·숙제를 존경하였다. 요순과 백이·숙제. 공자는 서로 매우 다른 두 부류의 위인들의 행적을 다 좋아하였다. 그리고 동경하였다. 하지만 현실적 삶에서 요순과 백이·숙제 중에 어느 쪽을 따를 것이냐? 하는 문제가 그를 고뇌하게 하였다. 쉽지 않은 선택이다. 이 두 부류의 인간상은 오랜 세월 동안 중국과 한국 등 동양의 선비들 성향을 가르는 전형적 지표가 된다.

요순은 고대 중국 사회에서부터 근세에 이르기까지 성인으로 추앙되는 인물이다. 성인은 곧 군자(君子)들이 닮아가고자 하는 이상적 인간형이다. 요순이 되고자 하는 선비들을 군자라고 해도 틀린 말이 아니다. 그래서 이 글에서는 요순을 추구하는 인간형을 군자라는 이름으로 대치하여 다루어 보려 한다. 다소의 괴리는 있겠으나 큰 틀에서는 별 무리가 없어 보인다. 그러니까 결국 선비들의 세계는 군자를 지향하느냐 일민을 지향하느냐 라는 문제로 단순화 되는 셈이다.

공자의 길. 군자의 길이냐 일민의 길이냐? 이 글의 상당 부분이 두 그룹의 세계관, 가치관의 문제에 집중될 것이다.

1. 군자, 그들은 누구인가?

군자학(君子學)

논어(論語)에는 군자(君子)라는 어휘가 107회 언급되어 있다. 덕(德) -111회, 지(知) -118회와 더불어 가장 많이 언급된 용어이다. 공자와 그 제자들의 언행을 기록한 책이 논어이니만치 그 책 속에 쓰인 개념어의 빈도는 책의 실체를 규명하는 데 중요한 자료이다. 공자와 그 주요 제자들은 군자에 대하여 의미 있는 견해들을 그 책에 쏟아내었다. 그들에게 있어서 군자는 그들 자신이 투영된 정체(正體)이며 또 그들이 지향하는 완전체일 수 있겠다. 그래서 우리는 공자와 그 제자들—공문(孔門)—에 대한 탐색에서 군자를 가장 먼저 맞닥뜨릴 수밖에 없다.

공자가 여러 제자에게 가르친 것을 종합하여 간명하게 정리하면 그것은 군자학이랄 수 있겠다. 그리고 논어의 주제어가 군자이니 논어는 군자론(君子論)이라고 해도 과언이 아니다. 군자학과 군자론에 대한 연구는 더 깊게 천착되어야 할 것 같다.

이 책에서는 군자와 일민을 대칭적 구도로 설정했지만 실제로 논어에서는 군자와 대비되는 존재는 소인(小人)이다. 군자를 언급할 때는 으레 소인과 대조하는 논법을 쓰고 있다. 그렇게 하는 것이 군자의 정체성을 입증하는 쉬운 길이기도 하다. 공자 당시의 사회 구조에서 군자는 통치 계급에 속하고 소인은 농·공·상을 중심으로 하는 육체노동자에 종사하던 그룹이라고 보아야 할 것이다.

군자는 도덕적 수양을 갖추고 다스리는 일에 힘쓰고 지식이 많은 부류들이다. 소인이라고 해서 마구잡이로 몰아붙여 하천 부류로 단정해서는 안 될 것이다. 무지하고 몽매하지만 그들 중에는 순박하고, 따스하며 부지런히 살아가고 서로 돕는 사람들이 아주 많다. 이런 사람들까지다 소인이라고 폄하하며 군자가 우월적 존재로 자존하는 것은 주객전도이다, 소인이라 함은 분별력 없는 인간, 욕심 많은 인간, 남을 도울 줄모르는 인간, 부화뇌동하여 허둥대는 사람 등을 아울러 지칭한다고 보아야 할 것이다.

그들은 대개 가난하며, 무지하다. 그러나 세금을 꼬박꼬박 내어 군주와 사대부를 먹여 살리는 자들이 그들이다. 전쟁에 나아가 제 일선에서싸워야 하는 사람들이다. 부역에 동원되어 성을 쌓고, 길을 내고, 궁궐과 왕릉을 만드는 데 시달리는 사람들이다. 군자란 이런 백성들을 양민으로 이끌어 부유하고 평화스럽게 살게 하는 책무를 진 자일 뿐이다.그가 신분상의 우월이나 혈통상의 존귀함을 가진 것은 아니다.

당시의 사회 구성은 수직적이었다. 수직적 계급 구조 사회는 수천 년동안 인간 사회의 전형으로 자리 잡아 왔었다. 중국에서는 세계라는 개념을 '천하'라고 명명하였고, 천하는 수직적 질서 체계를 유지한다고 믿어 왔다. 넓은 땅과 많은 인구가 효율적으로 통제되는 방안으로 그 구조는 상당히 유용하였다.

〈천자(天子)→제후(諸侯)→대부(大夫)→사(士)→평민(平民)·천민(賤民)〉

이러한 봉건시대의 틀은 견고하였다. 각각의 영역과 역할은 엄격하게 제한되어 있었고 상의하달의 통로는 원활하였다. 이러한 구조는 하늘이 정한 것이어서 인위적 변경이 불가한 것으로 인식되고 있었다. 천자에서 대부 계급까지는 세습되며 권력과 부가 보장되어 있었다. 그 벽을 부수고 들어가는 것은 하늘의 뜻이 아니었다. 진시황의 천하를 무너뜨린 진승과 오광이라는 하류가 등천하기 전까지는.

천자는 신(神)의 대행자이며 인신(人神)이다. 고대 이집트의 파라오 역시 그랬다. 불가침의 존재이고, 무오류의 존재다. 하늘의 운행을 해석하고 인간의 화복을 관장하는 능력과 권한을 가졌다고 믿었다. 탕무방벌(湯武放伐)에 의하여 천하의 주인이 바뀌는 일이 벌어지며 고정관념에 균열이 일기는 하였지만, 그 후의 천하에서도 변함없는 권세를 유지하게 되었다. 천하의 주인이 바뀌는 것도 하늘의 뜻이라고 믿었기 때문이다.

천자를 대신하여 천하를 나누어 통치하는 권한을 부여 받은 자들이 제후(諸侯)이다. 그들은 천자의 가족 즉 천손이거나 특별한 공신이어야 책봉 받을 권한이 주어진다. 이들을 군(君)이라 일컫고 군주(君主) 곧 왕(王)으로 통칭된다. 군주는 인군(人君)이다. 이들은 자기의 나라 안에서 절대적 권한을 가지며 생사여탈의 무한 권력을 행사하였다.

이들의 임무는 주어진 봉토를 잘 다스리고 천자를 보위하는 것이다. 그들은 천자에게 자신의 수익의 일부와 지역 특산물을 공급할 책무를 지닌다. 그들은 군대를 조직 운영하며 그를 통해 천자를 보위할 임무를 지닌다. 군주들의 세력은 천자의 힘과 권위에 의해 제어된다. 또 그들끼리 상호 견제하며 권력의 평형을 유지한다. 군주들의 신분과 권력 또한 철저히 세습되며 불가침의 영역이다.

천자의 유고나 부실로 인해 권력 행사가 불가하여 군주들이 공동으로 천하를 다스린 때가 있었다. 이를 공화(共和)라고 했다. 주나라가 쇠약하여 천하를 제대로 관리하지 못하였을 때 제후국 중에서 가장 세력이 강한 군주가 천하의 군주들을 소집하는 경우가 있었다. 일종의 국제 회의라고 할 수 있는데 국가 간의 현안 문제를 협의하고 친선과 평화를 도모한다는 것이 드러난 명분이다. 이를 회맹(會盟)이라 하고 소집한 군주를 패자(覇者)라고 칭했다. 춘추 최초의 패자는 제나라의 환공(桓公)이었다. 춘추 시대에 다섯 명의 패자가 있어 이를 춘추 오패라 일컬었다.

군주는 그 형제나 자식 중에 유력한 자들에게 나라 안의 작은 지역을 맡겨 관리하게 하고 국정에 참여하게 하는데 이들이 대부(大夫)이다. 대부는 왕의 친위 세력으로 왕과 거의 대등한 신분이다. 이들은 자기 영지를 가지며 사병을 거느리는 경우도 있었다. 가끔 반역을 시도해 찬탈을 하는 경우가 있는데 같은 핏줄을 가지고 있기에 성공하면 천자로부터 인정을 받기도 한다. 대부까지는 세습된다.

왕과 대부들이 나라를 다스림에 그 실무적 역할을 수행해야 하는 일손들이 필요하게 마련이다. 이들이 사(士)이다. 이들은 쉽게 말해 오늘날의 공무원 정도의 신분이다. 사(士) 그룹은 지식과 경험을 가지고 국정의 여러 분야에 고용되어 국가 운영의 기본적 실무를 수행한다. 이들 사(士) 계급은 크게 두 가지로 나누어지는데 문사(文士)와 무사(武士)이다.

각각의 맡은 바가 확실하게 구분되지만 실제로는 문과 무가 서로 왔다 갔다 하기도 하였다. 문신이다가 무신이 되기도 하고 무신이다가 문신의 역할을 맡기도 하였다. 이들은 전문가 그룹이다. 재정(財政), 병무(兵務), 의식(儀式) 등에 나름의 지식과 사명감을 갖고 있었다. 그들 중에는 재상(宰相)에서부터 궁궐의 문지기에 이르기까지 다양하며 신분과 권한의 차이가 아주 많았다.

사(士)에 대한 바른 이해를 위해 논어의 몇 구절을 살펴보자.

공자는 사(士)는 '절절시시(切切偲偲)하고 이이여야(怡怡如也)'해야 한다고 했다.(자로 28) —서로 간절하게 충고하고 화합하며 즐기는 사람

또 공자는 헌문편에서 사이회거 부족이위사의(士而懷居 不足以爲士矣)라고 했으니 곧 이 말은 안일하기만 바란다면 사(士)로서는 부족하다는 뜻이다. 그리고 공자의 제자 증자(曾子)는 사(士)의 삶을

"임중도원(任重道遠) 곧 임무는 무겁고 갈 길은 멀다."고 했다. 그 이유는 인(仁)이 그의 소임이기 때문이라고 말했다.(仁以爲己任) —(태백 7)

사(士)를 우리말로는 선비라고 지칭하는데 이것이 합당한 표현인지에 대하여는 논자들의 이견이 있다. 그들은 책이나 읽고 음풍농월하는 부류는 아니다. 위의 인용문들로 보건대 사(士)는 지식을 가진 자들이며 임무를 지니고 있는 부류들이다. 그들의 임무는 국정의 실무이며 백성과 직접 맞닥뜨리는 일일 것이다. 그들은 치열하게 민생의 일선에서 일하는 사람들이다. 무거운 책무, 어진 자세, 화합하는 마음가짐. 이러한 바탕을 지닌 자가 사(士)이다.

그렇다면 우리는 여기서 군자와 사(士)는 어떤 경계를 가지는가에 대하여 의문을 갖게 된다. 다소 모호하고 중첩되기는 하나 크게 어렵지

않게 정리해 보자. 쉽게 나누어 군자는 인품으로 지칭한 말이고, 사(士)는 직분으로 지칭한 말쯤으로 정리해 두는 것이 쉬울 것 같다. 군자는 사(士)보다 다소 폭이 넓다. 군자는 사(士)는 물론이고 대부 그룹까지 포괄할 수 있다.

군자의 정체성을 좀 더 세밀히 확인하기 위해 중용(中庸)과 논어의 한 부분을 살펴보자. 공문(孔門)에서는 성인(聖人), 현인, 군자, 성인(成人)에 대하여 다소 차이를 두고 언급하는 것을 적시할 수 있다.

생이지지(生而知之 나면서 알다) —성인(聖人)

학이지지(學而知之 배워서 알다) —현인(賢人)

곤이지지(困而知之 겪으며 알다) —군자(君子)

성인은 태어나면서부터 완성된 인격을 갖춘 자다. 그는 지고(至高) 한 존재다. 공문(孔門)에서의 이상적 인격은 성인이다. 군자는 그에 따른 현실적 인간상이다. 군자는 성인이나 현인과는 현저한 차별성을 갖는다. 군자는 스스로 노력하여 인격을 만들어 간다. 그는 인인(人人)이지만 수신(修身)을 통해 지혜에 이른다. 그리고 소인에 비해 우월적 존재이며 그들을 이끌어야 한다. 그리고 현실 개조의 책무가 있다. 그들은 무지와 미혹과 욕망에서 벗어나 깨달음에 이르러야 한다. 그리고 그 어느 수준까지 완성된 인간으로서 정치에 나아가 난세를 치세로 이끌어야 한다. 이런 내용은 어디서 본 듯하지 않은가?

바로 플라톤과 만나는 것이다. 암흑과 미명과 욕정의 세계를 벗어나면 이데아의 세계이다. 깨달은 자들이 다스리는 정치. 플라톤 등의 그리스의 철학자들이 말하는 철인(哲人)정치와 상통하는 점이 아주 많다. 이

점은 별도로 다투어 볼 여지가 많은 분야이다.

군자의 반열에 오르는 것은 쉽지 않은 일이다. 공자의 제자나 후학들이 공자를 성인(聖人)으로 추앙하는데 정작 자신은 군자의 레벨에도 못 미친다고 자책하기도 할 정도이다.

공자는 군자는 세 가지 도를 갖추어야 한다고 말했다.

인자 불우(仁者不憂)요,

지자 불혹(知者不惑)이며,

용자 불구(勇者不懼)이다.

-(헌문 30)

이 말의 뜻을 좇는다면 인, 지. 용을 갖춘 자가 군자이고 그는 근심하지 않고, 미혹하지 않고, 두려워하지 않는 자라고 정리하고 있다. 그러면서 자신은 그 중 어느 것에도 미치지 못함을 자탄하기도 하였다. 모두 이를 겸양으로 보고 있다. 제자들의 분발을 재촉하는 다그침으로 보기도 한다. 군자는 근본적으로 오상(五常) - 인(仁), 의(義), 예(禮), 지(知), 신(信)을 그 수신 덕목으로 삼는 것이다. 군자가 누구인가를 바로 알기 위한 시도로 군자학(君子學)이라는 영역을 설정할 필요가 있겠다. 군자에 대한 바른 이해를 돕기 위해 분명한 위상이 요구되기 때문이다. 논어를 중심으로 이를 들추어 보려 한다.

군자의 정의역(定意域)

논어에서만 살펴본 군자의 정의역(定意域)은 대개 다음과 같다.

군자 불기(君子不器)

(군자란 한 가지 재주에만 능한 사람이 아니다. —논어 위정편 12)

군자는 두루 해박한 사람이며 다재다능하다.

군자 주이불비(君子周而不比)

(군자는 두루 사랑하고, 견주거나 편당하지 않는다. —위정 14)

군자 무소쟁(君子無所爭)

(군자는 다투지 않는다. —팔일 7)

군자 무적 무막(君子 無適 無莫)

(군자는 꼭 그래야만 한다는 일도 없고, 그렇게 하지 않는 것도 없다. —이인 10)

고정관념에 얽매어 자유로운 사고를 하지 못해서는 안 된다.

군자 회덕 회형(懷德 懷刑)

(군자는 덕을 품고, 법을 품는다. —이인 11)

군자는 너그럽고 덕을 베풀지만 엄중하고 바르게 집행한다.

군자 탄탕탕(坦蕩蕩)

(군자는 넓고 평탄하다. 너그럽다. —술이 36)

군자는 속이 넓고 생각하는 바가 원대하며 너그럽다.

군자 화이부동(和而不同)

(군자는 화합하나 휩쓸리지 않는다. —자로23)

군자… 문유질야(文猶質也), 질유문야(質猶文也)

(군자에게서는 질과 문은 같다. 곧 형식과 내용의 동일함 −안연 8)

문은 문식 곧 꾸밈이니 외형이다. 질은 바탕 곧 본질이다. 형식과 내용이 서로 상응한다.

이렇게 나열하고 보니 군자는 완성된 인격체임을 더욱 확인할 수 있다. 그는 현실에 발을 딛고 이상을 추구한다. 성인의 도를 닦아 천명을 알아 천인합일을 추구한다. 대학이라는 책에서는 군자의 자기완성을 위한 교육과정(curriculum)을 팔조목(八條目)으로 정리하고 있다.

격물(格物), 치지(致知), 성의(誠意), 심정(心正), 수신(修身), 재가(齋家), 치국(治國), 평천하(平天下)가 곧 그것이다.

사물의 이치를 궁구하여 앎의 극에 이르고(격물치지),

성실하게 마음을 지극히 하고, 바른 마음을 가지며 항상 자신의 몸가짐이나 생각을 정화하고 깊이 있게 해야 한다.(성의 심정)

여기까지가 내면을 깊게 하고 수양하는 것이라면 그다음은 대인관계와 사회적 영역이다. 가족과 주변, 나라와 세계에 대한 관(觀)을 바로 세우고 그에 따른 책무와 헌신을 통해 살만한 아름다운 세계를 구현해나가는 것이다. 팔조목은 꼭 순서대로 익히고 수행하는 것은 아니다. 인과적 연결을 요하는 부문도 있지만 보완적 관계로 돌아와 재충전하고 다잡아 가기도 하는 것이다. 학문적 수행과 심학적 수행, 자기 충전과 이타적 헌신을 아우르고 있는 유교의 총괄적 수행과정이다.

학문적 수양이 이학(理學)이라면 자기 수양은 심학(心學)이다. 주자학에서 중시하는 것이 이학이고 양명학에서는 심학을 강조한다. 참된 군자가 되려면 양자에 다 정진해야 하고 나아가 외부 세계와도 좋은 관계 맺기를 해야 한다. 외부와의 관계에서 덕(德)이라는 파운더리가 실존적으로 드러나는 것이다. 유교의 팔조목은 마치 불교에서 이르는 팔정도에 버금가는 고난도의 학문적 탐구와 자기 수양이다.

군자를 정의하기란 쉽지 않다. 위에 든 논어의 몇 가지 언급을 아울러 정리하면 그 실체에 접근할 수 있을 것이다. 모호하지만 장님 코끼리 더듬는 정도는 아닐 것이다. 단정하지 말아야 하는 유체이탈식 화법이 더 걸맞을 것 같다. 오히려 대비를 통한 차이로 접근하는 것도 한 방편일 것이다.

군자가 어떤 사람인가에 대하여 어느 정도 그 범위를 설정하였다면 이제 군자는 어떻게 살아야 하는가? 에 대하여 따져 볼 일이다. 위의 전제에서 어느 정도 정리된 셈이다. 역시 논어를 중심으로 몇 가지를 간추려 보자.

군자로 살기 너무 힘들어

군자의 삶은 형극의 길이다. 자신과 세계에 대한 책무를 지고 여리박빙(如履薄氷)의 삶을 살아야 하는 것이다.

군자… 주충신(主忠信) 무우불여기자(無友不如己者) 과즉물탄개(過則勿憚改) ─(자한 24)

군자는 충실과 신의를 중히 하고, 좋은 벗을 사귀고, 허물을 바로 고쳐야 한다.

군자 삼계(三戒) −계지재 색, 투, 득(戒之在 色. 鬪. 得) −계씨 7

군자가 경계할 세 가지 −젊은 시절에는 여자, 장년에는 다툼, 노년에는 물욕

군자 유구사(有九思) −시사명(視思明), 청사총(聽思聰), 색사온(色思溫), 모사공(貌思恭), 언사충(言思忠), 사사경(事思敬), 의사문(疑思問), 분사난(忿思難), 견득사의(見得思義) −(계씨 10)

군자가 늘 염두에 두어야 할 아홉 가지가 있다.

밝고 분명히 보고, 총명하게 들어야 한다. 온화한 안색을 갖고, 공손한 모습으로 임하며, 말은 삼가고, 일은 조심해서 해야 한다. 의문이 있으면 묻기를 주저하지 말고, 화가 날 때는 뒷일을 생각하여야 하고, 이익 앞에서는 의로움을 생각하라. 참 어려운 주문이다.

군자의 길은 평탄하고 쉬운 길이 아니다. 형극의 길이다. 끊임없는 수신을 통하여 자신을 완성해 가야만 하는 길이다.

군자는 지배세력으로 현실 정치에 적극 참여하여 치세를 이루어야 한다. 그들은 요순의 시대부터 성인을 본받아 태평성대를 이루려고 노력한 사람들이다. 그러한 대표적 인물을 들은 이윤, 유하혜, 여상, 관중 등이다. 그들을 군자의 완성형이라고 단정할 수는 없다. 그러나 역사에서 그들은 매우 근사한 시대를 이끌었고, 많은 후학에게 전범이 되고 있다. 논란의 여지는 있지만 후대에 이르러 한(漢)의 소하(蕭何), 촉한(蜀漢)의 제갈량, 우리 조선의 황희 같은 부류도 같이 언급해 볼 여

지가 있다. 이윤, 유하혜, 여상, 관중 등은 중국 역사상 가장 위대한 재상들이다. 그들은 군주를 도와 천하를 태평하게 하는 위업을 이룬 자들이다. 그들의 세계관이나 가치관을 궁구해 보고 그들의 나라 경영의 방책들을 살펴보는 것은 매우 절실한 일들이다. 특히 오늘날의 한국과 세계의 현상 앞에서는. 뒷부분에 따로 장을 만들어 이 문제를 상술하고자 한다.

2. 일민(逸民), 문을 박차다

일민(逸民)은 누구를 지칭하는 말일까?

사전적 의미로는 일민이란 세상을 등지고 숨어 사는 사람. 세상에 나오지 아니하고 초야에 파묻혀 지내는 사람을 일컫는다. 그러나 궁벽한 산촌이나 어촌에 사는 초동급부(樵童汲婦), 필부필부(匹夫匹婦)까지 일컫는 말은 아니다. 적어도 그들은 지식인이고, 사대부로서 권력의 주변 인물이었을 가능성이 크다. 하지만 세속적 부귀의 문제를 벗어나서 초야에 은둔해 사는 사람이라고 보아야 할 것이다. 그들은 대궐의 문 안에서 출생했거나 그 문 안에서 살았거나 지위를 누리던 사람일 개연성이 아주 높다. 그러나 이와는 달리 처음부터 궁궐의 문 근처에도 가지 않고 학문을 익히고 수행하며 유유자적한 사람도 있다.

우리나라에서도 퇴계 같은 이는 벼슬자리를 들락날락하다가 종내는 낙향하여 학문과 음풍농월의 삶을 살았고, 남명 조식 같은 이는 아예 벼슬자리에 든 일이 없었다. 지리산 아래서 학문과 수신으로 자연과 교감하며 살았다. 평생 산골짜기를 벗어나지 않았으나 학과 덕이 산등성이 높이 비치어 수많은 이들이 그를 흠모하였다.

고대 중국의 일민도 그런 두 부류로 가닥 잡을 수 있다. 이나미 리쓰코라는 일본의 중국 고전 전문가는 '중국의 은자들'이라는 책에서 은자들의 유형을 자유지향형과 금욕형으로 나누었다고 하는데 위에서 나눈 유형과 별반 다르지 않아 보인다. 어쨌든 견해는 다 비슷한 것 같다.

최초의 일민 허유, 소부

중국 고대사의 사적에 나오는 가장 앞선 시기의 일민은 허유(許由)와 소부(巢父)일 것이다. 허유와 소부가 원조 일민이라고 봐야 할 것 같다. 그보다 앞선 이야기는 찾을 수가 없다. 전설적인 이야기로 치부하는 이도 있으나 고대의 이야기에 사실이니 아니니 하는 문제를 따지는 것 자체가 부질없는 일이다. 그러려니 여기고 그 속에 있는 교훈이나 재미만 얻으면 되는 것이다.

허유와 소부는 패택에 살던 은자(隱者)였다고 한다. 그 출신이나 신분에 대해서는 자세히 알 수는 없다. 그들은 학문이 깊고 인품이 고결했지만 초야에서 밭 갈고 소먹이며 음풍농월하며 살았다 한다. 그들이 닦은 도는 불확실하나 도교적 색채를 갖는 것 같다.

성군 요가 태평 세상을 이룬 후 나이가 80이 넘어 후계를 걱정하였다. 아들 단주는 그릇이 아니었다. 기산(箕山) 기슭에 사는 허유가 현자라는 말을 들었다. 그래서 그에게 왕의 자리를 물려 줄 심산으로 그를 찾았다.

"해가 높이 떴으니 횃불을 끄시라."
"물방개는 황하의 물을 마시지만 배를 채우는 것으로 족하지요."

왕의 자리를 단호히 거절하였다. 그래서 요임금은 그렇다면 구주(九州)의 장(長)이라도 맡아 달라고 했지만 역시 거절당하였다. 왕이 떠난 후,

허유는 영수(潁水) 물가로 가서 귀를 씻었다. 세속에 오염된 귀를 씻은 것이다. 근처에 살던 친구 소부가 그 모습을 보았다. 마침 그는 소에게 물을 먹이려고 영수 물가를 거닐고 있었다. 자초지종의 사연을 들었다. 그리고는 짐잖게 편잔을 주었다.

"은자인 척하더니 은근히 세상에 이름을 떨쳤구먼. 그러니 그런 일이 생기는 것."

그는 허유가 귀를 씻은 물조차 더러워 소에게 먹일 수 없다 하여 위쪽으로 올라갔다.

요임금의 걱정과 허부 소유의 사고에는 큰 간극(間隙)이 있다.

'이 천하를 어찌할 것인가? 이 막중한 일을 누가 맡아 해야 할까?'

하는 것이 요의 생각이다. 허술히 여길 일이 아니다.

그까짓 것은 부귀영화라고 매도하는 것은 자신만을 생각하는 소아적인 것이다.

'누가 이 백성을 다스린다는 말인가?'

요순의 고뇌는 거기에 있는 것이다. 하지만 허부 소유는

'권세는 부귀와 함께 오고 부귀는 사람을 오염시키는 필연의 고리'임을 알기 때문에 선뜻 그 일에 다가설 수가 없는 것이다. 어느 것이 옳고 그른가는 없다. 요즘 말로 취향(신념)의 문제이고 선택의 문제일 뿐이다.

일민의 대표 선수 백이·숙제

허부 소유가 원조 일민이라고 할 수는 있겠으나 진짜 일민의 대표선수는 백이·숙제라고 봐야 할 것이다. 앞서 백이와 숙제에 대하여 잠깐 언급했으나 그들에 대하여 더 깊이 있게 접근할 필요가 있다.

백이와 숙제는 고죽국의 왕자였다. 백이가 맏형이고 숙제는 막내였다. 백(伯)과 숙(叔)이 그를 말한다. 아버지 고죽군은 숙제에게 자리를 물려주려 했다. 이에 백이는 그 뜻을 존중해 궁중의 문을 떠남으로 자리를 피해 주었다. 하지만 숙제는 형을 두고 왕의 자리에 나설 수 없다하여 형을 따라 궁 문을 나왔다. 왕좌는 가운데 왕자에게 돌아갔다. 둘은 전전하다가 주(周)나라의 서백이 노인을 공경한다는 말을 듣고 그에게 의탁할까 하고 찾아갔다. 하지만 그는 이미 죽고 그 아들 무왕이 아비의 위패를 앞세우고 상(商)나라를 정벌하려 출발하고 있었다.

그들은 무왕을 만류하였다. 주(紂)가 폭군이기는 하나 신하가 천자를 징벌하는 것은 도리가 아니라고 간했다. 무왕이 진노하여 그들을 죽이려 하자 강태공 여상(呂尙)이 만류하여 목숨을 잃지는 않았다. 일설에 강태공이 재야에 있을 때 백이·숙제와 교유하며 지냈다고도 한다. 그로부터 두 사람은 수양산으로 들어가서 고사리를 캐어 먹고 살다가 나중에는 아사(餓死)했다고 한다.

두 사람의 행적에 대한 평가를 가장 많이 한 사람이 공자다. 공자는 논어의 곳곳에서 두 사람의 행적을 언급하였다. 공자의 평을 더 극대화시킨 사람이 사마천이다. 사마천은 사기 열전의 첫 대상으로 백이·숙제를 들고 나왔다. 그리고 그들에게 자신을 투영하며 역사의 당위성에 의문부호를 제시하였다. 백이·숙제는 부귀를 양보하고 바르고 진실하게 살다가 결국에는 굶어 죽은 의로운 사람이다. 세상에는 온갖 흉포한 자들이 부귀영화를 누리는데 백이·숙제나 안회(顔回) 같은 사람은 가난 속에서 굶어 죽었다. 이런 부조리한 세상을 개탄한 것이다. 그러면서 그 자신도 바른말을 간하다가 궁형의 수모를 당한 것을 한했다.

논어나 다른 전적에서 백이·숙제를 언급한 자료들을 더 들추어 보자.

"백이와 숙제는 다른 사람의 잘못을 마음에 새겨 두는 일이 절대로 없었다. 그러므로 남의 원한을 사는 일도 드물었다." —(논어 공야장 23)

남 탓만 하는 세상에 날선 귀감이 된다. 모두 저만 옳다고 핏대를 세우는 세상이 하도 꼴사나워 아시타비(我是他非)라는 말이 세상을 조소하고 있다. 서로가 서로를 적폐라고 손가락질하니 욕 한마디 할 때마다 원한이 한 치씩이나 쌓임을 모르고 있다. 공자는 그들을 통해 아직까지 우리를 질타하고 있다.

어느 날, 제자 자공이 물었다.

"선생님, 백이와 숙제는 어떤 사람이었습니까?"

"옛날의 현인이었다."

"후회하지 않았습니까?"

"인(仁)한 일을 찾아 인을 얻었으니 또 무엇을 후회하겠는가?"(논어 술이 14)

또 논어에는 이런 언급도 있다.

"제나라 경공은 말을 4천 필이나 갖고 있었으나 그가 죽었을 때 누구 하나 칭송하는 사람이 없었다. 백이와 숙제는 수양산 밑에서 굶주려 죽었건만 사람들은 오늘날까지 그들을 칭송하고 있다.(계씨 12)"

공자는 백이와 숙제에 대하여 유독 많은 언급을 했다. 역시 논어의 내용이다.

"끝까지 자기의 뜻을 굽히지 않고 몸을 욕되게 하지 않은 사람은 백이와 숙제다.(미자 8)"

공자는 백이·숙제의 행적을 은근히 동경하고 있었던 것 같다. 그의 잠재의식 속에는 늘 일민이 되고 싶어 하는 마음이 자리 잡고 있었던 것 같다.

그러나 맹자의 생각은 조금 달랐다. 백이·숙제의 앞면과 뒷면을 다 본 것 같다. 맹자(孟子)는 '공손추상'에서 백이·숙제에 대해

"섬길 만한 임금이 아니면 섬기지 않고 부릴 만한 백성이 아니면 부리지 않았으며, 세상이 다스려지면 나아가고 어지러워지면 물러나 숨은 분"

이라고 말했다. 그러면서

"성인 가운데 맑은 분(聖之淸者也)"

이라고도 칭송했다.

하지만 이제(夷濟)에 대한 맹자의 이러한 표현은 뒷부분에서 약간 반전된다. 그들을 속이 좁은 사람들이라고 폄하하고 군자가 따를 바가 아니라고 말한다. 다소 헷갈리기는 하지만 맹자의 탕무방벌론(湯武放伐論)을 살펴보면 이해가 될 것이다. 맹자는 천자가 무도하여 세상이 어지러울 때 덕망 있는 제후가 폭압 정치를 막을 수 있다고 주창했다. 요순우탕(堯舜禹湯)의 성군의 시대에는 천자의 자리는 선양되었다. 황궁의 문

을 박차고 들어가 황위를 찬탈하고 선양이라고 미화하는 경우가 있었다고도 하지만 선양은 아름다운 권력이양의 표상으로 여긴다. 그 후 하나라의 시대로 오면서 왕좌는 세습되기 시작했다. 혈통세습은 방탕과 폭압으로 이어지는 경우가 많았다. 자질이 모자라는 무도한 천자는 폭정을 일삼았다.

결국 은나라의 탕왕은 하나라의 걸왕(桀王)을 토벌하였고, 또 주나라의 무왕은 은의 주왕(紂王)을 토벌하여 멸하였다. 탕왕과 무왕은 무도한 왕들의 나라를 뒤집고 역성혁명을 이룬 것이다. 정의롭지 못하고 타락하여 회생이 힘든 상태의 나라는 존속할 이유가 없다. 백성을 위하는 바른 누군가가 나타나 종식시켜야 한다. 이러한 탕무방벌론은 나라가 사유물이 아니라는 정치 인식에서 비롯되었을 것이다. 그래서 그 시대에 탕무방벌론을 왕 앞에서는 이야기하기는 것은 굉장한 용기가 필요한 무서운 논리였을 것이다. 잘못하는 왕은 갈아치울 수 있다는 이야기이기 때문이다. 이렇게 과감한 주장을 한 맹자였기에 주왕을 토벌하러 가는 무왕을 제지하려다 죽음 직전까지 간 이제를 큰 그림을 보지 못했다고 비판할 수도 있겠다.

마오쩌둥도 백이·숙제에 대한 신랄한 비평을 했다는데 맹자와 궤를 같이 하는 것 같다. 마오는 주의 무왕이 폭압 정치를 멸하려고 정벌에 나선 것을 인민해방전쟁 같이 미화하고 이를 제지하는 백이·숙제를 저항 세력으로 힐난했다는 것이다. 논리가 매우 비약한 것 같기도 하나 관점에 따라 다른 견해를 피력할 수는 있겠다. 역사는 사관(史觀)에 따라 자의적 해석이 얼마든지 가능하다.

은둔이냐, 옥쇄냐?

일민이라고 언급할 수 있는 사람은 많다. 논어에서는 태백에 대하여
도 언급하였다.

"태백(泰伯)이야말로 지극한 덕을 실천한 사람이리라. 그는 천하를 아
우에게 양보하였고, 백성들로부터 칭송도 받지 않았다.(태백 1)"

태백은 주(周)태왕의 장자였다. 왕위 계승자 제일순위였다. 그런데 아
버지 태왕은 셋째 아들 계력에게서 난 창이라는 손자가 앞으로 큰일을
할 것 같아 은근히 기대하는 바가 있었다. 이를 눈치 챈 태백은 그렇게
되도록 자기에게 돌아올 왕위를 사양하였다. 그것도 세 번이나. 그러고
는 바로 밑의 아우 중옹(仲雍)을 데리고 저 형만(荊蠻)의 땅으로 도망치
듯 숨어버렸다. 양녕대군이 충녕에게 왕위를 넘기려는 태종의 뜻을 알
고 둘째 효령대군에게 은근히 충고하여 둘 다 아웃사이더가 되었다는
이야기와 판박이다. 태백이 떠난 후 나중에 결국 창이 왕이 되니 그가
주의 문왕(文王)이다. 곧 주 무왕(武王)의 아버지다. 천하를 평정한 천자
들이다.

공자는 태백을 두고 왕의 자리를 헌신짝처럼 버리고 대덕을 행한 사
람이라고 칭송하고 있다. 부귀영화에 연연하지 않고 초야로 숨어든 진
정한 일민이라고 여긴 것이다.

또 이런 이야기도 있다. 공자가 위나라에 있을 때였다. 어느 날, 경(磬)

이라는 악기를 연주했는데 삼태기를 메고 지나가던 사람이 그 소리를 듣고

"마음이 천하에 있구나. 저 확고함이여."

라고 말했다. 그리고 이어서

"자신을 알아주는 이가 없으면 그만둘 뿐이니, 물이 깊으면 옷을 벗고 건너고, 얕으면 옷을 걷고 건너는 것이다."

라고 말했다 한다. 이 말을 들은 공자가 말했다.

"과감하구나. 세상을 버리는 것이야 그리 어렵지 않은 일이다."

비록 삼태기를 메고 가지만 경쇠 소리를 듣고 연주자의 심사를 파악한 자는 분명히 일민이다. 소리를 알고 세상의 철리를 아는 은자인 것이다. 그리고 그 촌평에 대한 공자의 대구가 또한 절절하다. 세상을 버리고 숨어 사는 것은 과감한 행동이다. 하지만 '이 난세를 어이한단 말인가?' 이것이 공자의 고뇌였다.

은나라가 망할 무렵 걸왕의 서형(庶兄)이던 미자(微子)는 세 번이나 국정의 문란함을 간했으나 받아들여지지 않자 궁궐 문을 나왔다.

"신하가 세 번 간해도 들어주지 않으면 그 의(義)를 떠나갈 만하다."

라는 말을 남기고 떠났다.

또 걸왕의 숙부였던 기자(箕子) 또한 무도한 왕의 곁을 떠나 버렸다. 이들 또한 일민의 전형으로 회자되고 있다. 하지만 왕자 비간(比干)은 끝까지 왕에게 충언하여 노여움을 산 끝에 심장이 파헤쳐 졌다.

"임금이 허물이 있을 적에 신하가 죽음을 무릅쓰고 간하지 않는다면 백성들은 무슨 죄인가?"

비간의 직언은 결연하고 비장하다. 곧은 선비의 표상이라 할만하다. 이런 의기는 먼 후일 동방의 조선에서 의연하게 구현된다.

'지부복궐소(持斧伏闕疏)'

(도끼를 앞에 놓고 상투를 풀어헤친 채 엎드려 상소함)

조선의 선비 중에는 의기가 강고한 자들이 많았다. 들고 온 도끼로 목을 잘라도 좋다. 그 강개한 기상을 가진 그들은 다 공자를 성인으로 받드는 유생들이었다. 고종 때 면암 최익현은 기울어 가던 나라를 걱정하며 목숨을 내놓는 절의의 상소를 올렸다. 그의 비장한 상소로 천하를 좌지우지하던 대원군이 탄핵되고 권좌에서 물러나게 되었다. 그의 상소 투쟁에 여러 역사적 견해가 있지만 나라를 생각하는 기개만은 하늘을 찌를 만하였다.

비간과 같은 옥쇄(玉碎)냐, 초야로 숨어드는 은둔이냐 하는 문제는 옳고 그름으로 답할 사안은 아니라고 본다.

공자가 천하를 주유할 때 여러 일민과 조우(遭遇)한 일이 종종 있었다. 초나라에서는 미친 것 같아 보이는 은자가 공자가 탄 수레에 가까이 다가와서

"봉(鳳)이여, 봉이여! 어찌 덕이 쇠하였는가. 지난 일을 생각해 무얼 하나. 내일을 위해 살려무나. 그만둘지어다 오늘날 정치에 종사하는 자들은 위태로울 뿐이다."

하고 조롱하였다. 일민으로 살아가는 자로서 공자에게 헛된 삶을 산다고 힐난하고 있는 것이다.

또 나루터 가까이서 장저(長沮)와 걸닉(桀溺)이라는 두 은자로부터

"세상은 강물처럼 도도히 흘러가네. 누구와 더불어 천하를 변역시킨다는 말인가. 사람을 피하지 말고 세상을 피하여 살라."

하는 핀잔을 듣는다. 사람을 피하는 것은 피곤하고 부질없는 짓이다. 우리처럼 세상을 피하여 살라. 그것에서 자유를 찾을 것이다. 일민다운 말이지만 공자는 동의하지 않는다.

"그렇다고 짐승의 무리와 더불어 살아갈 수는 없지 않느냐. 내가 이 세상 사람들과 함께 지내지 않는다면 누구와 함께 지내겠느냐. 세상에 올바른 도가 행해진다면 내가 굳이 변역시키려 하지 않을 것이네."

일민을 동경하기는 하지만 그 길을 걸을 수 없는 공자의 심회가 그대로 드러난다. 일민의 길과 군자의 길은 확연한 차이를 보이고 있다.

일민에 대한 공자의 종합적 판단은 논어 미자편에서 잘 드러난다.

"끝까지 자기의 뜻을 굽히지 않고 몸을 욕되게 하지 않은 분은 백이·숙제다. 유하혜와 소련은 뜻을 굽혀 몸을 욕되게 한 적은 있지만 그들의 말은 도리에 벗어난 적이 없었고 행동만은 도리에 들어맞도록 했다. 우중과 이일은 숨어서 살면서도 말만은 하고 싶은 대로 다하고 살았으니 몸을 더럽힌 일은 없었다. 세상을 버리는 일도 적절했으며 도리를 잃지 않았다."

그러나 나는 이들과 다르다.

"나는 꼭 이렇게 하겠다든가, 하지 않겠다든가 하는 일은 없다."
—아즉이어시(我則異於是) 무가무불가(無可無不可) —(미자 8)
위의 일곱 일민은 모두 문제가 있기도 하지만 훌륭한 점도 있다. 그러

나 공자는 그들과 생각이 달랐다. 한 가지 고정 관념에 얽매여 세상을 편협하게 살 수는 없다는 것이다. 어찌 보면 이것도 옳고 저것도 옳다는 말 같게도 들리겠지만 공자 스스로 다르다고 말했다. 일민이 되는 것이나 군자가 되는 것이나 장애를 두지 않는 그의 마음을 드러낸 것이다.

공자는 천하를 주유하면서 혼란에 빠진 천하를 안정시켜 보려는 자신의 방략을 유세하였다. 이러한 일련의 사고와 행동에는 그가 성인으로 받드는 요임금의 행적에서 배운 바가 큰 것 같다.

논어 요왈(堯曰)편에서

"거일민(擧逸民) 천하지민귀심언(天下之民歸心焉)"

—일민 중에서 훌륭한 인물을 찾아 등용하니 천하 백성의 마음이 돌아왔다.—(요왈 1)

라는 언술이 있다. 주나라 문왕과 무왕의 행적을 말한 내용이다.

"가까운 친척이라도 어진 사람의 도움만 못하다."

그들은 열린 사고를 한 위인이다. 어진 사람을 안아서 받아들여야 한다는 생각이 얼마나 진취적인 자세인가.

태생적으로 일민은 당대의 정치 판도에 비판적 입장에 선 경우가 많았다. 어수선한 세상, 신분의 위협을 느끼는 세상, 바른말이 받아들여지지 않는 세상을 탄식하며 초야로 떠난 사람들이다. 그들을 위무하여 등용하는 것은 비판 세력에 대한 포용이고 화합의 근간이다. 나라 구성원 전체를 아우르는 정치이다. 문왕은 초야에 묻혀 있던 강태공 여상을 기용하여 천하 통일의 위업을 이루었다. 일흔이 넘도록 위수 가에서 낚시만 하던 여상을 직접 찾아가 수레에 태워 왕궁으로 모셔(?) 왔다. 그는 문왕과 그 아들 무왕을 도와 성대를 이룬 치자이다. 애초에는 여상이란 사람도 일민의 대표적 인물이었다.

요왈편은 논어의 마지막 편이다. 천하가 안정되고 태평성대가 구현된 세상을 이야기한 것이라 본다. 공자의 염원을 마지막으로 암시한 장으로 보아야 할 것이다. 오늘날의 정치에 그대로 거울이 되는 바른 도가 피력되어 있다. 말 잘 듣는 제 편만 쓰는 정치는 3천 년 전에도 어리석은 정치라고 욕을 먹었다. 무려 3천 년 지났건만 아직도 정치가 진흙 바닥에서 허우적거리고 있다니 역사는 전혀 진보한 것이 아니다.

공자는 항상 잠재적 일민이었다. 그는 늘 그 세계를 동경하였다. 그러나 그가 진정 바라는 바는 요순과 우임금, 문왕(文王)과 주공(周公)이 다스리던 성대를 구현하는 것이라고 본다. 하지만 맹자는 요순이냐 백이·숙제냐? 하는 문제에 대하여 교묘히 비껴가며 그 가치관의 상충을 피하고 있다. 중용의 지혜를 보였다.

"불이불혜(不夷不惠) 가부지간(可否之間)"

─백이처럼 하지도 않았고, 유하혜(柳下惠)처럼 하지도 않았다. 가(可)와 부(否)의 중간에 처했다. 이는 성인의 경지다.

"행기재어청탁지간(行己在於淸濁之間)"

─몸가짐이 청과 탁의 중간 곧 결백하지도 혼탁하지도 않다.

백이는 성(聖)의 청(淸)자이고, 유하혜는 성(聖)의 화(和)자이다. 중용의 도라 할 만하다.

유하혜는 공자보다 앞선 시대의 노나라 사람이다. 그는 나쁜 임금이라도 부끄럽게 생각하지 않고 섬겼으며 비천한 관직이라도 기꺼이 받아들였다. 궁 문에 들면 자신의 능력을 다하였으며 자신의 신념에 따라 행하여 자신의 의지를 굽히지 않았다. 그래서 세 번이나 쫓겨나도 개의치 않았다. 너는 너고 나는 나다. 너의 더러움이 나를 더럽힐 수는 없다. 그러면서도 그들과 어울리기를 주저하지 않았다. 그를 화성(和聖)이라고 일컫는다.

일민을 동경하는 마음은 공자의 잠재된 욕구이다. 그도 늘 훌훌 털고 초야에 묻혀 지내고 싶어 하였다. 그러나 그는 이상 세계를 구현해 보고 싶은 염원을 버리지 못했다. 혹자는 이것을 권력욕에 대한 미련이라고 폄하하고 상갓집 개에 비유하기도 했다. 그러나 이것은 하나를 보고 전체에 눈을 감은 유치한 소론일 뿐이다.

일민은 처음부터 초야에 묻혀 살았던 사람도 있고, 궁문 안에서 관직을 수행하다가 어떤 계기를 맞아 초야로 떠나온 사람도 있다. 또 가끔 왔다 갔다 한 사람도 있었다. 그러나 그들은 한결같은 의지를 가졌으니 곧 다음과 같은 정신이다.

"나라에 도가 없을 때에 녹을 먹는 것은 치욕스러운 일이다."(헌문 1)

치세에 궁중 문 안에서 빌붙어 녹봉만 받아먹고 무위도식하는 것을 천하게 여기고, 나라에 도가 무너졌는데 벼슬에 연연하는 것도 부끄러운 일이라 여긴 것이다. 그들은 나라에 도가 바로잡혀 있을 때에는 거리낌 없이 그의 있는 재주를 다 발휘하고, 어지러운 세상에서는 바보처럼 지내기도 했다.

우리나라에도 인구에 회자되는 일민들이 많았다. 최치원을 필두로 인재들이 권세를 헌신짝처럼 여기고 유유자적한 삶을 살아간 분들이 더러 있었다. 고운(孤雲)은 진성여왕과 그 주변 권력자들이 나라를 피폐하게 만드는 상황에서 자신이 올린 시무십조(時務十條)가 전혀 받아들여지지 않음에 미련 없이 서라벌을 떠났다. 그는 말년에 가야산 홍류동으로 숨어들어 산수 간에서 노닐었다. 서화담은 유학과 도학에 두루 박학한 사람이었지만 송도에 은거하여 평생을 일민으로 살아갔다. 김시습은 세조가 인륜을 저버린 찬탈을 역겨워하며 울분과 좌절을 산수 간에서 풀어내며 광인처럼 살았다.

방랑 시인 김삿갓도 그런 인물의 범주에 속한다. 앞서 잠깐 언술하였듯이 남명 조식은 조선의 대표 일민으로 시종일관하게 기개를 굽힘이 없었다. 그는 일민 중의 일민이었다. 퇴계는 이와 달리 한양의 궁성 문안을 왔다 갔다 하였다. 하지만 벼슬자리가 자신의 본업이 아님을 알았다. 학문과 자연에 대한 사랑은 그를 청량산에 거닐고 도산에 은거하게 하였다. 그도 태생적 일민이었다.

3. 문(門) 안의 사람들

01 바보 유하혜

유하혜(柳下惠)는 공자보다 60여 년 앞선 시대 사람이다. 노나라에서 벼슬살이하였다. 예절에 밝고 변설에도 능하며 매우 정직하여 공자까지도 그를 칭송하였다.

논어 미자(微子)편에 다음과 같은 구절이 있다.

유하혜가 사사(士師)라는 벼슬자리에 있다가 세 번이나 쫓겨났다. 그런 유하혜에게 누군가가 말하였다.

"그대는 다른 데로 가 버릴 만하지 않은가요?"

그 말을 듣고 유하혜가 말했다.

"곧은 도리로 군주를 섬기자면 어디에 간들 세 차례는 내침을 당하지 않겠소? 정도(正道)를 굽혀서 남을 섬길진대 어찌 굳이 부모의 나라를 떠나야 하겠소?"

라고 했다."

(柳下惠爲士師, 三黜. 人曰子未可以去乎. 曰 直道而事人 焉往而不三黜 枉道而事人 何必去父母之邦) —논어 미자편

—사사(士師): 형벌을 맡아 처리하는 장(長)

벼슬에서 세 번이나 쫓겨났지만 그는 부끄러워하지 않았고, 다른 나

라로 가지도 않았다. 바르게 살다 보면 내침도 당하는 것. 쫓겨나지 않으려고 의를 굽힐 수는 없는 것. 그렇다고 다른 나라에 간들 또 내침을 당할 수도 있는 것. 왜냐하면 바르게 살려는 의지를 버릴 수 없기 때문에. 그럴 바에는 부모의 나라(祖國)에서 살련다. 이것이 유하혜의 생각이었다. 공자가 천하를 주유하며 자신에게 걸맞는 자리를 찾아 떠돌았던 적이 있는데 유하혜의 신조는 그렇지 않았다.

특히 맹자는 유하혜를 이윤(伊尹), 백이(伯夷), 공자와 더불어 4명의 성인으로 추앙하였다. 맹자는 유하혜를 바른 도를 지키며 임금을 섬기고 진정한 화(和)를 이룬 사람이라고 평했다. 곧 성지화자(聖之和者)라고 극찬한 것이다.

맹자가 유하혜를 높이 평가한 내용을 인용해 보자.

"유하혜(柳下惠)는 나쁜 군주 섬김을 부끄러워하지 아니하였고, 작은 벼슬도 낮게 여겨 사양하지 아니하였다. 나아감에 자기의 재주를 숨기지 않았고, 반드시 도리로써 일하고, 버림을 받아도 원망하지 않았으며, 곤궁에 빠져도 근심하지 아니하였다. 무지한 마을 사람들과 함께 살면서도 너그러웠고, 그는 차마 그 자리를 떠나지 아니했다."

부드러우면서도 강인한 삶의 자세가 가득 풍기는 인품인 것 같다.

유하혜 그는

'너는 너이고 나는 나이니 네가 비록 내 곁에서 벌거벗고 몸을 드러낸들 네가 어찌 나를 더럽힐 수가 있겠는가?'

라고 생각하였던 것이다. 그러므로 그는 속인들과 더불어 같이 있으면서도 스스로 올바름을 잃지 않았다.

"유하혜의 기풍 앞에서는 비록 비루한 사나이라 해도 너그럽게 되고, 천박한 사나이일지라도 덕성스럽게 되었다." ─맹자 공손축장

'좌회불란(坐懷不亂)'이란 성어가 있다. 유하혜의 이야기다. 어느 추운 겨울날 유하혜가 먼 길을 다녀오다 날이 저물어 성문이 닫히는 바람에 성 밖에서 자게 되었다. 겨우 오막살이 작은 방 하나를 구해 잠을 청했다. 그런데 밤이 이슥해지자 한 여자가 찾아와 잘 곳이 없으니 같이 자게 해달라고 사정을 했다. 그냥 밖에 두었다가는 얼어 죽을 것 같고 달리 잘 곳도 없는 딱한 사정이었다. 그는 여인을 자기 방으로 들였다. 좁고 이부자리도 없는 사정인데 날씨는 무지하게 추웠다. 어쩔 수 없이 그는 그 여인을 품에 안고 자기 옷으로 덮어 주어 재웠다. 좀 묘한 상황이 되었다. 그러나 유하혜는 젊은 여성을 안고 밤을 지새워도 난잡함이 없었다. 새끼를 보듬고 감싸주는 어미 같았다. 그는 돌부처 같은 딱딱함이 아니라 온후한 품으로 그 여자를 안아주었다. 요즘 성 문제로 이상한 행태를 보여 난경에 처한 사람들과는 너무 달랐다. 그 후 이성이 품에 안겨도 마음이 흐트러지지 않는 성인의 의연함을 이야기할 때 이 성어가 인용되었다. 혹시 불능자 아냐 하는 우스개가 있을 정도의 자기 관리의 단정함을 드러내는 고사이다.

'좌회불란(坐懷不亂─품에 안고서도 난잡하지 않다)'

요즘 같이 어지러운 시대에 귀에 새길 귀한 얘기다. 듣고 볼수록 유하혜 그분 참 괜찮은 분이네.

유하혜의 정직을 극대화시킨 이야기가 또 있다. 제나라 군주가 노나라가 가지고 있는 천하의 보물을 탐냈다. 잠정(岑鼎)이라는 보물이었다.

제나라 군주는 잠정을 보고 싶으니 보내주면 구경만하고 돌려주겠다고 청했다. 돌려준다는 것은 외교적 수사이다. 이는 곧 갖고 싶다는 뜻의 우회적 표현이다. 모두 사기를 칠 때나 빼앗을 때 늘 그런 수법을 쓴다.

노나라 군주는 이 보물을 주기 싫었다. 그러나 군사적 겁박에 어쩔 수 없어 주어야만 했다. 하지만 노회한 노나라의 군주는 잔머리를 굴려 모조품을 보내기로 꾀를 냈다. 그런데 제나라 군주는 노나라가 귀중한 보물을 선뜻 내준다니 뭔가 의심쩍었다. 그래서 한 방책을 냈다. 기는 놈 위에 나는 놈이라더니 그 형국이었다. 제왕은 유하혜가 보증을 하면 진짜로 믿겠다는 메시지를 보내 왔다. 유하혜는 국제적으로 '정직' 인정서를 받은 수준이었던 모양이다.

다급한 노나라 군주가 유하혜를 불러

"진짜라고 말해 주오."

라고 사정을 했다. 하지만 유하혜의 생각은 달랐다. 그의 참다운 모습을 볼 수 있게 되는 것이다.

"임금님께서는 잠정을 진귀한 보물로 여기십니다. 저에게도 귀한 보물이 있습니다. 그것은 정직과 성실입니다."

결국 노나라는 진짜 보물을 보내지 않을 수 없었다. 바보 같아 보여도 결코 바보가 아니었던 사람. 그래서 우리는 그들을 좋아하는 것이다.

장자(莊子)에는 유하혜에게 도척(盜跖)이라는 동생이 있었다고 하는데 대체로 믿을 수 없다는 의견들이 많다. 공자를 향해 유자(儒者)들의 위선을 욕하며 '도척의 六道(육도)'를 운운하였던 그 도척이다.

"도척의 개가 요임금을 향해 짖었다."

라는 속언에도 등장하는 데 요임금은 너무 아득한 시대의 성군이라 도척과 같은 때에 살 수가 없었다.

유하혜는 군자 중의 군자이다. 그는 궁문을 선정(善政)의 기반으로 보고 그 문 안에서 천하를 위해 할 수 있는 최선을 다한 사람이다.

02 천하제일의 재상 이윤(伊尹)

이윤(伊尹)은 상(商)나라의 재상이었다. 상나라는 실재하였던 중국의 고대 국가로 인식된다. 상 이전의 하(夏)나라는 구체적 사료를 확보하지 못해 전설상의 나라 정도로 여겨지기도 한다. 그러나 사기 등에 국가로서 존재하였다는 기록이 있고, 상나라가 하를 물리치고 천하를 통일했을 때의 기록 또한 비교적 상세하여 그 존재를 부정할 수는 없다. 단순히 전설상의 나라로 치부할 수는 없는 일이다. 상나라는 은(殷)이라고 지칭하기도 하는데 은은 그 수도의 명칭이라고 보는 견해가 유력하다. 상나라는 그 시대의 유적과 갑골문이 발견되어 그 존재가 명확히 밝혀졌다. 이윤 역시 실재적 인물로 갑골문 등 여러 기록에 그의 행적이 전해 온다.

상나라는 기원전 1600년 정도에서 1046년까지 약 600여 년간 유지되었다고 한다. 사기 등에 의하면 작은 나라였던 상나라는 탕왕(湯王) 시대에 하나라의 걸왕(桀王)을 무너뜨리고 천하의 주인이 되었다. 그 과업에 주동적으로 참여하여 공을 세운 이가 이윤이다. 이윤은 하의 걸주

(桀主)가 방탕하여 민심은 떠나고 주변의 약소국들이 흔들리는 시대 흐름을 간파하였다. 나라가 뒤숭숭하면 민생은 어려워진다. 탕왕과 이윤은 도탄에 빠진 백성을 구한다는 명분으로 군사를 일으켜 하를 멸하였나. 상왕조가 천하의 주인이 되었다.

맹자가 4명의 성인이라고 언급한 이윤(伊尹)도 유하혜와 비슷한 의지를 가진 사람이었다. 하사비군(何事非君)이라는 대의를 천하에 뚜렷이 각인시킨 당사자가 이윤이다.

"누구를 섬긴들 임금이 아니며, 누구를 부린들 백성이 아닌가."

라는 생각으로 정치에 임했다. 이를 일컫는 말이 하사비군(何事非君)이다. 성군(聖君)이든 우군(愚君)이든, 치세든 난세든 다 싸안고 바르게 보듬어 나가야만 한다. 버릴 수 있는 대상이 아닌 것이다. 그래서 그는 세상이 잘 다스려질 때도 나아갔고, 세상이 혼란할 때도 나아갔다. 이윤에 대한 기록은 많지도, 자세하지도 않다. 다만 그가 뛰어난 예지를 가지고 벌모(伐謀), 용간(用間), 벌교(伐交)에 능하였다고 한다.

벌모(伐謀)란 즉 교묘한 계책과 모의 또는 음모를 말한다. 하지만 대체로 깊은 속내를 가지고 일을 설계해 나감이라고 보아야 할 것이다. 관중은 이러한 이윤을 두고 '사물의 무게'를 알고, '열림과 닫힘'을 꿰뚫어 보았다고 하였다. 그리하여 국정과 전술에서 통로를 찾아 높고 낮은 곳을 통하게 하고 막힌 곳을 트이게 했다고 평했다. 그는 원모를 지닌 방략가라고 해야 할 것이다.

용간(用間)이란 적을 혼란하게 하는 첩자의 활용이나 정보 습득과 선제적 활용을 말하는 것이다. 적을 알아야 승리할 수 있다는 병법의 첫

페이지를 그는 숙지하고 있었다. 동시에 적의 내부에 혼란을 일으키는 공작으로 이간책까지 활용하였다. 어떤 기록에는 이윤 스스로 적국 하나라에 가서 걸왕의 폭정으로 민심이 이반하고 있다는 여론을 확산시키고, 궁중 안의 권력 다툼을 조장하였다고도 한다. 이윤의 이러한 용간책은 나중에 강태공 여상이나 손자가 병서를 저술하는데 큰 영향을 미쳤다고 한다.

벌교(伐交)란 외교적 교섭을 의미한다. 외교로 주변 나라들을 내 편으로 만들어 적을 고립시키는 전술이다. 상이란 나라는 본래 사방이 70여 리에 지나지 않는 작은 나라였으나 차츰 그 세력을 넓히며 하나라의 속국들을 야금야금 잠식하거나 우군으로 만들어 그 세력을 키웠다. 탕왕과 이윤은 먼저 명분을 세웠다. 하나라 걸왕이 덕을 잃고 무력과 폭정으로 백성이 견디지 못하니 징치해야 한다는 대의를 천명한 것이다.

하걸의 죄상을 여러 제후에게 밝히어 동조하도록 이끌었다. 동시에 상의 탕왕이 성군임을 은근히 홍보해 나갔다. 그리하여 하나라의 속국 정도였던 갈(葛), 위(韋), 고(顧), 곤오(昆吾) 등을 자신의 우군으로 만들거나 병합하여 입지를 강화하였다. 그리고는 마침내 하나라와 건곤일척(乾坤一擲)의 승부를 펼치었다. 명조(鳴鳥)의 전투에서 하걸을 패망시키고 상(商)이 천하의 주인임을 천명하였다.

이윤은 통일 후 탕왕과 조화롭게 나라를 이끌었다. 탕은 그를 신뢰하고 권한을 주었다. 그는 본래 요리를 하던 미천한 노예였다고 한다. 성실과 인고의 원모(遠謀)로 음식 요리사에서 국정 요리사로 자신의 능력을 극대화해 나갔다. 이윤은 자신의 입지를 위해 능력을 발휘한 것이 아니었다.

그는 늘 백성들의 안위를 위한 바른 정치를 추구하였다. 항상 요순의 다스림을 상고(詳考)하며 그 법도대로 정사를 운행하려고 했다. 받드는 임금이 정도를 벗어나면 자신을 책방했다고 한다. 백성들이 어려워하거나 일탈하는 자들이 있으면 그것을 자신의 책임으로 여겼다고 한다. 스스로 시장의 많은 사람 앞에서 종아리를 맞는 모습을 보여 자신이 앞장서 자책하였다고 한다.

'나쁜 것은 네가 갖고, 좋은 것은 내가 갖고' 이렇게 하고도 온전히 조직이 굴러갈 수는 없다. 그렇다고 '좋은 것은 네가, 나쁜 것은 내가' 꼭 이렇게 하라는 것은 아니지만 서로가 상생하며 납득할 만한 수준의 균점은 수천 년 전부터 정치의 생명임을 그들은 보여주었다.

이윤은 재상(宰相)의 자리에 있으면서도 스스로 모자람이 없는가를 돌아보았다. '요순의 도'를 지키는 것을 자신의 본분으로 여기고 어려움 앞에서도 자신의 뜻을 굽히지 않았다. 신념을 소중히 여겨 평생토록 의연히 자신의 소임을 다하는 사람. 그가 이윤이있다. 그의 이런 처신은 그 자신의 명성을 높이는 것은 물론 그가 보좌했던 임금들까지 성군(聖君)이라는 칭송을 듣게 하였다.

그는 나라를 통째로 손아귀에 쥘 기회를 여러 번 맞았지만 자신의 자리를 벗어나지 않았다. 그가 권력과 부귀를 원했다면 모든 것을 가질 수도 있었다. 그러나 그것은 바른 길이 아니라고 판단하고 바른길을 갔다. 그래서 당대는 물론이고 후대인들도 그를 칭송하는 것이다.

그는 천하 재편의 대업을 마무리 짓고 탕왕이 죽은 후에도 다음 두

왕을 잘 보필하였다. 그 후 탕의 손자 태갑(太甲)이 왕위를 이을 때에도 이윤은 재상의 자리에 있었다. 그런데 이 태갑제(太甲帝)가 문제를 일으켰다. 그가 천자의 자리에 즉위한 후 3년도 지나지 않아 나라의 법도(法道)가 무너지기 시작하였다. 향락과 포악으로 정사는 어지러워졌다. 할아버지와 아버지 대에 쌓은 공덕이 사라지고 있었다.

　본래 창업보다 수성이 어렵다고 한 말이 그대로인 것이었다. 이윤과 신하들의 충언은 허공을 맴돌 뿐이었다. 이윤은 고뇌하였다. 그리고 천하를 위해서 결단을 내렸다. 이 상태로는 하나라 걸(桀)왕의 전철을 밟게 될 것이 뻔하다고 판단한 이윤은 신하들과 의논하여 태갑을 유폐(幽閉)시켰다. 왕을 가두고 자격 정지를 시킨 것이다. 실로 과감하고 충격적 조처인 것이다. 일종의 쿠데타인 셈이었다. 반역이라고도 볼 수 있는 행동이었다.

　태갑은 할아버지 탕왕(湯王)의 위패를 모신 동궁(桐宮)에 유폐되었다. 그리고 이윤은 신하들과 나라를 이끌었다. 실질적으로 왕위를 대행한 셈이다. 하지만 이윤은 거의 매일 동궁으로 태갑을 찾아갔다. 그리고 그에게 왕도의 길을 설득하였다. 태갑을 완전히 축출한 것이 아니라 아직 젊은 그가 바른 임금이 되도록 일깨우는 것이었다. 왕도의 길을 가르치고 닦도록 보살피었다.

　태갑은 길길이 화를 내며 날뛰었을 것이다. 그래도 이윤은 끈질기게 태갑을 달래며 치도(治道)의 길을 가르쳤다. 요순, 우탕의 선례와 덕성을 헤아려 태갑이 바른 마음을 갖도록 회유하였다. 애초에 태갑제를 동궁으로 보낸 것은 그를 제거하려는 음모가 아니었다. 그를 폐위시키고 왕족 중 누구든지 한 사람을 제위에 옹립하거나 이윤 스스로 그 자리를 차지할 수도 있었다.

그때의 상황에서는 그것은 여반장이었으리라. 그러나 권력을 전횡하려는 것이 이윤의 복심이 아니었다. 오직 태평성대를 이루었던 요순과 우탕의 시대를 훼손하지 않고 유지하려는 일념뿐이었다. 잘 다스려지는 천하. 그것이 그의 정치 인생의 한길이었다.

이윤의 교화는 3년간이나 지속되었다. 권좌에서 쫓겨난 젊은 왕이 순순히 순치되기란 만무한 일이다. 그러나 이윤은 충의의 끈을 놓지 않고 교화를 계속하였다. 그가 이미 국정을 한 손에 쥐고 있었고, 민심도 그를 따르고 있었지만 그는 제위를 탐하지 않았다. 태갑이 본성을 회복하여 성덕을 지닌 인군의 자질을 갖게 된다면 그는 언제든지 자신의 자리를 떠나고 권력을 돌려줄 심산이었다. 참으로 쉽지 않은 결심이고 신의라고 할 수 있겠다. 역사에는 왕을 끌어내리거나 척살하고 권좌에 오른 수많은 인간이 점멸하고 있다. 이윤과 같이 한 사람은 그가 유일하다. 그래서 그를 성군에 버금가는 천하제일의 명재상이라고 칭송하는 것이다.

결국 태갑은 자신의 어리석음을 깨닫게 되고 이윤의 충직과 진심에 감복하게 되었다. 그는 3년이나 우여곡절을 겪으면서 차츰 본성을 회복하여 치자(治者)의 심성과 자세를 갖추게 되었다. 이윤의 지극한 충심으로 마침내 태갑은 개과천선하게 된 것이다. 왕을 훈련시킨 참 희귀한 사례이다.

마침내 때가 되었다고 판단되자 이윤은 신하들과 의논하여 태갑을 천자의 자리에 복귀시켰다. 동서고금에 유례가 없는 정치사의 미덕이라고 볼 수밖에 없다. 권좌에 복귀한 태갑은 일신된 처신으로 나라를 다스려 나갔다. 이윤은 그를 잘 보필하여 선정을 베풀게 하였다. 천하의 제후들이 다시 상(商)의 권위 앞에 복속하였다.

　일설에는 이런 미담과는 달리 이윤이 태갑을 쫓아내고 권력을 쥐었으나 태갑이 다시 세력을 모아 이윤을 쳐부수고 권력을 되찾았다고 하기도 한다. 하지만 역사에 아름다운 이야기 몇 편쯤 있어도 좋지 않은가 굳이 이윤을 폄하할 이유는 없어 보인다.

03 관중(管仲)이라는 사내

패자(覇者)를 만든 사나이

　춘추 시대 제나라의 관중(管仲)이라는 재상은 숱한 이야기 거리를 남긴 인물이다. 공자보다도 170여 년 앞선 시대에 살았다. 관중은 제나라의 환공을 춘추 시대 최초의 패자가 되게 만든 주역이다. 제(齊)라는 나라는 춘추 전국 시대의 역사에 수없이 언급되는 나라이다.

　오늘날 산동 반도와 제남 지역에 걸쳐 위치한 매우 넓은 지역을 통치하던 큰 나라였다. 바다와 큰 평야를 가져 물산이 풍부하고 교통의 소통이 좋은 지역이다. 나에게 직접 이 지역을 답사할 기회가 있었다. 평야와 강, 산과 바다를 두루 갖추었고, 기후는 순후하고, 인구도 풍부하였다. 이런 정도라면 앉아서 지켜도 되고 나아가 공격해도 되는 국력을 가졌을 만한 나라였을 것 같았다.

진시황의 통일전쟁에 마지막까지 버틴 나라이기도 했다. 그만큼 강국이었다. 주나라가 천하를 평정한 후에 전국을 공신과 친족에게 나누어 다스리게 하여 많은 제후국들이 생겨났다. 봉건제도가 본격적으로 시행된 시기이다. 제나라는 주나라 건국의 일등 공신 여상에게 주어진 봉토이다. 여상은 잘 알려진 바대로 태공망이다. 남쪽의 초(楚), 중원의 진(晉)과 더불어 강국으로 춘추 전국의 역사를 장식한 나라이다.

관중은 춘추 시대 최고의 재상이고 중국인들이 가장 존경하는 역사 인물 중 한 사람이다. 그는 관자(管子)라 불리고 그의 저서 『관자』 역시 귀중한 가르침을 담고 있다. 그렇다면 관중은 어떤 인물이기에 인구에 회자 되는가?

"그는 의로웠는가?" "아니다."

"그는 검소했는가?" "아니다."

"그는 겸손했는가?" "아니다."

그는 의롭지도, 검소하지도, 겸손하지도 않았다. 그런데도 존경받는 역사 인물이라니? 사람들이 그에게서 찾아낸 것이 무엇이었기에 이런 인물이 그처럼 부각되는가?

공자가 하루는 제자들에게 말했다.

"관중은 그릇이 작다."

누군가가 물었다.

"그것은 그가 너무 겸손하기 때문입니까?"

"그런 것이 아니다. 세 명의 부인이 있었고, 가신들도 많았다."

"너무 예절만 지켰나요?"

"무슨 소리인가? 임금만이 할 수 있는 병풍을 세우고, 반점을 만들었다."

관중은 겸손하지도, 예절 바르지도 않았다고 공자는 말한다. 그릇이 작다고 말한 것으로 보아 다소 소인배 같아 보기도 한다. 그러나 이러한 공자의 관중에 대한 평가는 다음 대목에서는 완전히 다르다. 그 기준과 시선의 차이 때문으로 보인다.

공자의 제자 자로가 관중의 인(仁)에 대하여 물었다.

"환공이 그의 형인 공자 규를 죽였을 때, 소흘은 군신의 의리를 지켜 죽음을 택했는데, 관중은 죽지 않았으니 인하다고 할 수 없지 않습니까?"

공자가 대답했다.

"환공이 무력을 사용하지 않고 제후를 규합한 것은 모두가 관중의 힘이었으니 누가 그의 인을 따라갈 수 있겠는가?"

의리의 사나이 자로의 눈에는 관중이 의리를 지키지 못한 사람으로 각인되었던 모양이다.

또 다른 제자 자공도 관중에 대하여 말했다.

"관중은 인한 사람이 아닙니다. 환공이 공자 규를 죽였을 때, 규를 섬기는 몸으로서 따라 죽기는커녕 오히려 원수인 환공을 돕기까지 하였습니다."

이에 공자가 말했다.

"관중이 환공을 도와 제후의 패자가 되게끔 하고, 어지러웠던 천하를 다시 한번 바로잡았기에 백성들이 지금까지 그 혜택을 누리고 있다. 어찌 필부(匹夫), 필부(匹婦)들처럼 하찮은 신의를 지키기 위해 스스로 죽어 알아주는 이 없는 것과 같겠는가?"

논어에 언급된 위의 논의들은 관중의 정체에 혼란을 주고 있기는 하다. 그러나 공자의 지적이 큰 틀을 본 관점이라고 생각된다. 공자는 관중이 천하에 평화를 유지한 사람이고, 그 백성을 평안히 만든 사람임을 중요하게 생각했다. 작은 의보다 큰 인을 이룬 사람이라 평가한 것이다.

"살려 보내라. 그놈의 살을 씹고 싶다."

제나라의 임금이 흉포하고 문란하여 그 부하에게 살해당하는 일이 벌어졌다. 왕의 학정에 위협을 느껴 공자 규와 소백은 이웃 나라로 피해 있었는데 갑자기 왕이 죽은 것이다. 두 사람은 왕위를 차지하기 위해 서둘러 귀국하였다. 그 과정에서 마침내 충돌하게 되었다. 두 형제가 서로 싸울 때 관중은 규를 포숙은 소백을 도왔다. 두 세력이 치열하게 싸울 때 관중이 소백을 향해 활을 쏘아 명중시켰다. 화살은 공교롭게도 소백의 혁대 장식을 맞추었다. 소백은 그 화살을 맞고 죽은 것처럼 위장하였다. 그렇게 상대를 속인 후 안심하고 있는 그들을 밤에 급습하여 일

망타진하고 왕위에 올랐다. 그가 환공이다.

환공은 관중을 갈아 먹고 싶을 정도로 증오하였다. 관중은 겨우 목숨을 건져 재빨리 이웃 나라로 도망갔다. 화가 머리끝까지 오른 환공은 관중을 내어놓으라고 군대를 이끌고 이웃 나라로 쳐들어갔다. 이웃 나라에서는 관중을 내어 줄 것인가 말 것인가로 나라 안의 논의가 분분하였다.

"제나라보다 훨씬 군사력이 모자라는 우리가 관중 때문에 전쟁을 치를 수는 없다."

마침내 보내기로 하였다. 그러나 다른 의견이 있었다.

"환공이 저렇게 관중을 내어놓으라는 것은 우리가 그를 기용할까 보아 그러는 것입니다. 관중은 굉장한 인물입니다. 그가 제나라로 살아 돌아가면 제나라는 그를 사면하여 발탁할 가능성이 높습니다. 그렇게 되면 제는 천하의 강국이 될 것입니다. 차라리 관중을 죽여 그 시체를 보냅시다."

상황을 제대로 분석한 판단이었다. 또 관중이라는 인물의 무게를 가늠하게 하기도 하는 언급이었다. 그러나 제나라의 사신은 관중을 산 채로 보내어 달라고 요구했다. 환공이 그에게 사무친 원한을 갚아야 원이 풀릴 것이니 살려보내 줄 것을 끈질기게 요구했다. 채나라는 국제 여론도 있고 해서 이러지도 저러지도 못하는 난처한 형국이었다. 그때 관중이 채왕에게 나아갔다. 자신을 산 채로 제나라에 보내주어도 좋다. 환공에게 죄를 지었으니 그가 실컷 원을 풀도록 해주는 것이 사나이답고 채나라의 근심도 덜어 줄 수 있다. 이렇게 하여 관중은 산 채로 제나라로 돌려보내졌다. 춘추 시대를 살던 사나이의 배포와 나름의 지략이 있었던 것이다.

제나라로 송환된 관중을 환공은 뜯어 죽이고 싶었다. 그러나 포숙이 왕에게 무릎 꿇고 머리를 조아리며 간했다.

"군주께서 제나라의 왕으로 만족하시겠다면 저 포숙아와 신료들이 보좌해도 충분합니다. 그러나 천하의 패자로 군림하시려면 관중이 있어야 합니다. 그에게 국정을 맡겨야 합니다. 우리는 그의 아래서 기꺼이 그를 돕겠습니다."

이것이 관포지교(管鮑之交)의 핵심이다. 개인의 이해를 뛰어넘어 나라를 우선하고 자기의 지위를 아랑곳하지 않는 포숙아의 의연함이 역사에 길이 남는 사귐의 본이 된 것이다. 환공은 관중을 기용하였다. 그는 통 큰 지도자였다. 사사로운 원한으로 큰일을 그르치지 않았다. 원수 갚기에 골몰한 찌질한 아이들과는 달랐다. 그 후 제나라는 춘추 최초의 패자(覇者)가 되어 전국의 제후들을 아홉 번이나 소집하는 권위와 지도력을 보였다. 관중이 있었으니까! 그것이 답이었다.

공자는 관중이 작은 문제점은 가지고 있었다고 보았다. 그러나 그는 대의를 중시하여 인물됨을 평가한 것이다. 자로와 자공이 본 관중관은 공자와 다를 수밖에 없다. 그들은 작은 의에 집착했고 공자는 큰 인에 천착한 것이다. 다시 말해 공자는 관중과 같이 천하가 다스려지고 있는가 아니면 혼란스러운가에 관점을 두었다. 백성들이 제대로 살 수 있는 세상인가 아닌가 그것이 핵심이었다. 치세를 구현해 내는 사람. 그가 진정한 군자이다. 관중이 그러했다. 그리고 관중 이후 오늘날 공자 자신이 그렇게 할 수 있다는 자긍심. 그러기에 그러한 평가를 했다고 본다. 관중과 환공의 상호 신뢰 관계가 재상 정치의 모델이었음은 '예(禮)'를 다룬 부문에서 이미 전술한 바 있다.

배가 불러야 예절을 안다

"창름실이지예절(倉廩實而知禮節),

의식족이지영욕(衣食足而知榮辱)"

(창고가 넉넉해야 예절을 알고, 의식이 족해야 영욕을 안다.)

이 말은 관중의 사상을 담고 있는 관자(管子)라는 책에 실린 통치 철학이다. 아주 명쾌하다. 관중은 백성들을 선량하게 하려면 그들에게 삶의 기본이 되는 재화를 보장해주어야 한다고 믿었다. 그러므로 집집마다 곡식 창고가 넉넉해야 예절이고 뭐고 가릴 수가 있고, 입고 먹는 것이 해결되어야 겨우 영예와 치욕을 알 것이라고 생각했다. 사흘 굶고 담을 넘지 않을 자가 있을까 하는 우리 속담도 이런 백성들의 절실함이 묻어난 애처로움이다. 물질생활의 풍요함과 사회도덕의 고양은 함수적 관계이며 상승관계임을 직시한 탁견이다.

관자에는 민생에 대한 관중의 혜안이 곳곳에 드러나 있다. 그 속에 있는 명언 몇 가지를 추출해 새겨 보자.

"가난한 백성은 국가도 통치할 수 없다."

나는 가난한 백성들의 비참한 모습을 보고 겪었다. 1950년대와 60년대 초반에 우리나라는 너무 가난하였다. 전쟁은 모든 것을 쓸어갔다. 재물뿐만 아니라 인간성까지도. 길거리에는 거지와 떠돌이들이 넘쳤다. 거지, 넝마주이, 좀도둑이 그야말로 가득했다. 대문을 꽁꽁 닫고 길가로 난 방문을 단단히 단속하지 않으면 가재도구가 남아나는 것이 없었다. 도시에서 대문을 횡하니 열어 두었다가는 신발, 세숫대야, 바켓츠는 물론 빨랫줄에 걸어 말리는 옷가지까지 싹쓸이 사라진다. 길가로 난 창문을 열어두고 자다가는 밖에서 막대로 방안의 옷이며 가재도구까지 걸어 간다.

아침저녁 밥 먹기 전에는 대문 단속을 또 철저히 해야 한다. 밥 냄새를 맡은 거지들이 줄을 서서 한 끼, 한 술을 구걸하니 견딜 수가 없다. 겨우 구한 쌀이나 보리로 부족하나마 자식들을 먹이려 하는데 '밥 한 술 주이소.'하는 소리가 들리면 밥이 목에 넘어가지를 않는다. 한 술 주면 다음 거지가 들어온다. 마음 아프지만 밥 먹기 전에 가장 먼저 할 일은 대문 단속이었다. 집집마다 아이들을 욕하고 때리는 소리, 부부간에 고부간에 싸우는 소리, 이웃들끼리 다투는 소리가 떠날 날이 없었다.

내가 도시에 와서 유심히 본 일 중의 하나는 길거리에서 땅바닥을 내려다보며 무언가를 줍고 있는 아이들의 모습이었다. 구두닦이 통 하나도 얻어 걸칠 여유도 없는 아이들이 맨몸으로 거리에 나와 헤매는 것이다. 그들이 줍고 있는 것은 땅에 버려진 담배꽁초였다. 신기하였다. 저걸 주어 도대체 어찌하려 할까? 답은 곧 찾을 수 있었다. 그들 중 누군가가 먼지 이는 길거리에 신문지를 깔고 그 위에 주워 온 담배꽁초를 깐 무더기를 놓고는 팔고 있었다.

그 당시에는 담배에 필터가 없었다. 담배를 피우고 난 후 재떨이나 쓰레기통에 꽁초를 버리는 교양은 존재하지 않았다. 당연히 그냥 던지는 것이다. 타액이 묻은 싸구려 담배꽁초가 먼지에 뒹구는 것을 주워 모으는 것이다. 그리고 그것을 모아서 또 필요한 사람에게 파는 것이다. 니코틴, 타르, 침 범벅이 된 꽁초를 주워 까 모아서 팔면 누군가가 그것을 사서 신문지나 똥종이에 말아서 피우는 것이다. 담배가 건강에 해롭다고? 요즘 힐링이니 하는 시대 사람들이 이해할 수준이 아니다. 그렇게 번 돈으로 소년들은 풀빵 한 개나마 사서 주린 창자를 달래는 것이다.

역이나 부둣가에는 지게를 받쳐 놓고 기대 앉아 하릴없이 기다리는 사람들이 즐비하였다. 누군가 '어이, 지게꾼'하고 부르면 여럿이 득달같이 앵겨들었다. 하루 종일 기다리다 한두 바리 하게 되면 지친 몸을 이끌고 판자촌으로 돌아갈 때, 구공탄 한 장과 곡식 한 봉지를 사서 들고 가는 것이다. 공치는 일이 허다하였다. 나는 그러한 거리 풍경을 바라보며 우리나라가 참 가난하고 우리는 참 불쌍한 백성들이다 하는 생각에 몸에 소름이 돋고는 했다.

소년들과 소녀들이 밥이나 먹여 주는 대가로 노역해야 했다. 유괴, 인신매매, 강제 구걸 등 악의 꽃은 곳곳에서 피어나고 있었다. 밀수, 매음, 퍽치기, 네다바이, 야바위, 사기, 도박 등이 횡행하고 있었다. 버스, 전차, 비좁은 거리나 극장에서 소매치기 당해 보지 않은 사람이 없을 지경이었다. 나도 제법 많은 돈을 두 번이나 털렸다. 내 아우는 대학 등록금을 통째로 털리기도 하였다.

민주? 자유? 인권? 평등? 복지? 멀리 있을 줄 알았다. 모두 불가능하다고 말했다. 자학적인 탄식이 사회에 팽배했었다. 걸핏하면 '조선놈들이 무얼 하겠어.' 하고 서로를 욕하였다.

그러나 기적 같은 일이 일어났다. 나이 드신 분들은 지금도 믿기지 않는 변화에 놀라워한다. 60년대 말을 넘어서며 그 형극의 길에서 벗어날 수 있겠다는 기대감이 희미하게 감지되었다. 일자리가 생기면서 배를 채울 수가 있었다. 거지와 도둑이 차츰 없어졌다. 골목길이 순화되었다. 순후한 민족성이 제자리로 돌아오고 있었다. 일제 치하와 전쟁으로 악에 받친 심성들이 회복되고 있었다. 비로소 이웃과 친척들이 보이고 남들과 같이 사는 사회가 그려지기 시작하였다.

나는 내 눈으로 보고 내 몸으로 겪으며 살았기 때문에 그 시절을 증언할 수 있다. 이러한 실증적 반전은 결국 '밥'에서 시작되었다. 이제는 '밥' 문제가 완전히 해결되었다고 단정할 수는 없다. 지금은 지금대로의 고난과 아픔이 존재한다. 하지만 '굶어 본 적이 있는가?' '배가 고파 비실하게 처져 누운 자식들을 본 적이 있는가?' 우리가 이런 극한적 상황에서 벗어난 지는 제법 되었다. 이미 선진국의 반열에 진입하였다고 한다.

지금으로부터 2700년 전에 이러한 세상의 흐름을 파악하고 정치에 적용한 사람이 관중이다. 백성은 가난하여 먹고 살 길이 없게 되면 마을과 집을 버리고 떠나 버린다. 그들은 유리걸식하며 통치자를 욕하고 법을 우습게 여긴다. 이렇게 되면 나라를 다스릴 수가 없다. 이것이 관중의 지론이다. 관중은 나라는 백성들의 의식주를 보장해 주고 문화수준을 유지할 수 있는 최소한의 능력을 가지고 있어야 한다고 생각했다. 백성의 삶의 수준을 향상시키는 정치를 실행할 수 있어야만 군림할 수 있다. 그것이 성숙된 통치 행위라고 믿었다.

전쟁 같은 위기나 급변의 사태가 닥쳤을 때, 배고프고 시달림 받던 백성에게 나라와 왕을 위해 충성스레 싸워 달라고 요구하는 것은 너무 뻔뻔하고 저급하지 않는가? 이런 일을 저지른 군주가 세상에는 흔하였다. 매우 먼 후일 동방의 이야기지만, 너무 남사스러워 말 꺼내기도 창피하지만 사실이 그러하니.

임진년에 왜병이 조선 강토를 유린한 병란이 일어났다. 파죽지세로 새재를 넘고 탄금대를 짓밟고 한양성 앞에까지 적병들이 들이닥쳤다. 사리 판단이 부족했던 선조는 갈팡질팡하다가 재빨리 도성을 버리고 도망질쳤다. 그가 그렇게 황급히 도망친 가장 큰 이유가 무엇이었을까? 역사가들과 전략가들이 이에 대해 온갖 사연들을 들이대지만 내가 보기에 그는 이미 백성들로부터 버림받았기 때문이었다. 난을 당하여 백성들이 '우리나라를 지키자.' '우리 왕을 보위하자.'라는 마음이 별로 없었다.

분조를 이끌며 왜적과 싸우던 아들 광해군을 시의(猜疑)하고 백성의 원한이 극에 달했던 임해군, 순화군을 끝까지 두둔하였다. 마침내 두 패륜 왕자는 제 백성들에게 잡혀 왜군에게 건네지는 어처구니없는 일들이 벌어졌다. 백성들은 기가 찼다. 오히려 '이 바보 같은 왕은 망해 버려야 해.'라는 원성이 백성들의 마음에 가득했다. 참담했다. 무능한 왕은 왜적보다 분노한 백성들이 더 무서웠다. 그래서 명나라로 도망가려 했다.

율곡은 경장(更張)이라는 논설에서 이것을 예견하였다. 백성들의 분노를 가라앉힌 사람이 유성룡을 비롯한 현신들이었다. 몽매한 선조의 말고삐를 잡고 명나라로 떠나지 못하게 간언하였다. 그리고 백성들을 선무하여 다시 나라의 기강을 다잡으며 항왜 활동을 벌여 그들을 축출할 수 있었다.

조선말에 일본이 급박해 올 때도 양상은 다소 비슷한 점이 있었다. 썩을 대로 썩은 나라. 밤낮없이 백성을 쥐어짜는 나라와 벼슬아치. 지긋지긋해서 확 뒤집어 버렸으면 하는 것이 백성들의 바램이었다. 사방에서 민란이 일어나고 드디어 동학군이 한양성을 위협할 지경이었다. 이런 차에 일본군이 들어왔다. 임진란 그때처럼 왜군들이 또 기회를 놓치지 않고 밀려왔다. 우리가 내적 흔들림을 겪을 때를 그들은 기회라 본다. 의사와 지사들이 의병을 일으켜 왜적을 토벌하자고 앞장섰지만 그 호응은 다소 미약하였다.

조선은 일본의 침략에 앞서 이미 망하고 있었다. 이때 우리 스스로 새로운 나라를 만들었어야 역사의 치욕이 없었을 것이다. 하지만 서양의 제국주의를 학습한 일본은 팽창할 때로 팽창한 힘을 쓸 곳이 또 조선이 아닌가. 국가 찬탈의 빌미를 준 나라의 혼돈. 이런 난세를 막고 치세를 이루어야 하는 것이 군자의 사명이다. 관중은 그렇게 하려고 애썼다.

다시 본론으로 돌아가서 관중의 '사순(四順)'론을 음미해 보자.

관중의 사순론

첫째, 백성은 근심과 고생을 싫어한다.

　　군주 된 자는 그들을 기쁘게 해줘야 한다.

둘째, 백성은 가난하고 천해지는 것을 싫어한다.

　　군주는 그들을 부요(富饒)하게 해야 한다.

셋째, 백성들이란 위험을 두려워한다.

　　군주는 백성들이 평안하도록 해야 한다.

넷째, 백성들은 후손이 끊어지는 것을 싫어한다.

　　군주는 백성들이 천수를 누리고 대대로 이어지도록 해야 한다.

이 정도라면 '임금 노릇 해먹기 참 힘들다.'라고 할 수준이다. 백성은 그 전체가 또 하나의 큰 생명체다. 관중의 '사순'은 백성 전체를 하나의 생명체로 보고 그들을 생육시키는 근본정신을 되새기게 하는 가르침인 것이다. 통치자와 인민의 욕구는 상충되지 않고 상보적이어야 함을 깨우치고 있다. 의(義)와 신(信)에 바탕한 정치가 백성과 사직을 두루 살리는 것이다.

관중은 이와 같은 '사순'이 어느 정도 정착이 되어야 다음 단계가 촉발된다고 본 것이다. '창고'와 '예'의 관계를 발전시킨 것이다. 곧 사순이 '사유(四維)'로 연계되는 것이다. 네 개의 든든한 밧줄이 사유다. 인간의 삶을 버티게 하는 벼릿줄이다.

사유는 바로 예(禮), 의(義), 염(廉), 치(恥)이다.

관중은 백성을 다스리는 데에 법제를 강조하고 '엄격한 형벌', '믿음 있는 상(賞)'을 주장했다. 또 도덕교화의 작용을 충분히 긍정하여 4가지 뼈대 곧 사유(四維)로 백성을 다스리는 근본으로 삼았다.

그는 형정(刑政)과 덕교(德敎)의 서로 다른 작용을 구분하여 형정은 위엄으로 휘어잡는 것이고, 덕교는 경애로 교화하는 것이라 했다. 그리고 백성은 형벌만으로는

"그 마음을 설득하기 부족하다."

반드시 덕교로 보충해야 한다고 했다.

어떤 이들은 또 『관자』 '수지편(水地篇)'에 나오는 물(物)에 대한 관중의 논리에서 유물론을 상기하기도 한다. 물을 만물의 본질로 보는 자연관이 그러한 연상을 가능하게 하기도 한다.

"물(物)이란 무엇인가? 만물의 본원이요, 모든 생명의 종실이다."

"물(物)이란 땅의 혈기다. 이는 마치 우리 몸의 맥이 통하여 흐르는 것과 같다."

"사람은 물(物)이다. 남녀의 정기가 합쳐지면 물이 되어 흘러 형체를 이룬다."

관중은 물(物)을 재화라고 보았을 것이고 재화는 곧 인간의 삶을 유지하는 필연적인 것이라는 생각으로 이렇게 말한 것이 아닐까 생각해 본다.

관중은 중국 역사상 제갈공명과 나란히 가장 이름난 재상으로 존경받는다. 그의 숱한 과오와 결점에도 불구하고 사람들은 그가 더 큰 것 즉 다스려지는 천하를 이루고 싶어 했음을 충분히 이해하는 것이다. 그의 사상에서 유물론적 냄새를 맡은 식자들도 많다. 그러나 그가 물질

을 중요하게 다룬 바탕에는 백성은 먹어야 하고, 입어야 하고, 잠을 자게 해야 한다는 기본적 인본사상에서 기인한 것이라고 보아야 할 것이다. 이러한 욕구를 충족시키는 데는 기본적 물질이 있어야 한다. 물질을 확보하는 길은 생산과 유통이다. 너무나 명쾌한 논리이다.

백성들이 삼환(三患) ─배고픈 데 먹지 못하고, 추운 데도 입지 못하며, 피곤한 데도 쉬지 못하는 폐단─으로 고통 받는데 무슨 인의예지를 운운한단 말인가? 백성을 위하는 길이 의(義)이고, 통치자는 의를 하늘의 뜻으로 알고 나라를 다스려야 한다는 것이 그의 일관된 사상이다.

백성을 먹이고 입히고 제대로 재우려면 생산을 증대하는 길 이외에는 방법이 없다. 그러면 생산을 증대하는 길은 무엇인가? 일할 노동력을 확보해 주고, 과도한 세금을 거두지 않는 것이다. 나라에서는 필요한 최소의 동원, 최소한의 세금만 부과한다. 나머지는 다 너희들의 것이다. 일할 맛이 나고 배부르게 된다. 이웃 나라로부터 백성들이 몰려든다. 그러니 국가의 수익은 오히려 늘어났다.

소금과 생선과 철을 유통시켜 여러 나라와 교역하게 하니 국부는 더욱 든든히 채워졌다. 나라는 넓고, 백성은 많고, 국부는 든든하다. 이러니 강국이라고 불리지 않겠는가? 백성은 나라를 믿고 통치자는 백성을 아낀다. 중국 역사상 최고의 명재상이라고 불릴만한 관중의 사상의 저변에 덕과 인을 외치고 예와 악을 숭상하고 하는 이념이 아닌 실질을 숭상하고 그것을 운용하려는 의지가 굳게 자리 잡고 있었던 것이다. 부민(富民)을 전제로 한 부국강병. 이것이 관중의 이상이었다. 그러나 이러한 힘의 정치를 강력하게 비판하며 천하에 유세를 펼친 사람이 있다. 그가 곧 맹자이다.

맹자 관중을 비판하다

맹자는 관중을 싫어하였다. 관중은 시종일관 패도정치를 추구한 인물이라고 비판하였다. 맹자는 정치를 왕도(王道)와 패도(覇道)의 개념으로 대치시키고 패도를 이단시하였다. 이단이라는 말은 공자가 논어 위정편에서 처음 쓴 말이다.

"이단을 전공하면 해롭다."라고 하였다.

이단이란 성인의 도가 아닌 것을 일컫는다. 대개 당당하지 않고 이설을 가지고 사람을 현혹하는 것을 이단이라고 본다. 패도정치는 패도를 추구한다. 맹자는 이를 폭력과 힘의 정치로 규정했다. 맹자는 왕도정치는 덕의 정치이고 패도정치는 힘의 정치라는 대립적 관계 설정을 통해 패도를 매도하고 인정의 정치를 펴야 한다고 강조한 사람이다. 패(覇)라는 것은 힘으로 인(仁)을 가장하는 것이라고도 했다. 덕으로 인을 행할 때 이를 왕도라 한다고도 했다.

관중이 환공을 도와 춘추의 첫 패자가 되게 한 것은 힘으로 천하를 윽박지른 것으로 비판하고 자신이 주장하는 왕도 정치를 통해 천하가 평화를 찾아야 한다고 여러 나라를 떠돌며 유세하였다. 그러나 그의 지론은 공자와는 사뭇 달랐다. 전술한 대로 공자는 관중을 매우 높게 평가하였다. 맹자의 시대는 전국(戰國)시대였다. 전국 7웅이 각축하던 격렬한 소용돌이 속에 천하는 어지러웠다.

이 시대에는 신뢰보다는 실력이 중시되었던 시대다. 귀족 중심의 지도체계가 신흥 사대부에 의하여 붕괴되고 있었다. 예법이란 것은 거추장스러운 장식으로 추락하고 군주에게 채용된 사(士) 계급이 정치의 전면에서 활약하던 시기였다. 맹자가 만난 왕과 대부들은 모두 부국강병만을 추구하고 있었다. 전국시대는 춘추 시대보다 더 치열한 힘의 대결장이었다. 부국강병을 위한 권모술수가 국내정치와 국제정치에서 판을 치고 있었다.

장의와 소진을 비롯한 천하의 유세객들이 합종책과 연횡책을 손에 들고 국제무대를 누비고 다녔다. 맹자는 이러한 꼴을 보고 화가 났다. 그래서 관중을 미워한 것 같다. 그가 패도정치의 원흉이라고 본 것이다.

관중을 미워하는 수준이 예사롭지가 않다. 그의 관점에서 볼 때는 관중은 힘에 의한 패도를 추구했을 뿐인 인물이다. 관중을 인(仁)한 사람이라고 평가한 공자와는 상당한 견해 차이를 보인다. 맹자가 관중을 혹평한 것은 당시 여러 나라가 부국강병에 혈안이 되어 이전투구를 벌이는 속에서 민생이 외면당하고 있다고 본 관점일 것이다.

그는 인민을 최우선으로 하는 정치를 하고 그들을 먹이고 입히고, 그들의 눈물을 닦아 주는 정치만이 세상을 구원할 수 있다고 믿었다. 그는 힘의 정치가 아니라 인정(仁政) 곧 덕의 정치를 바라고 있었다. 그러나 이러한 논리는 현실성이 떨어졌다. 말인즉슨 옳지만 아무도 그의 말에 귀를 기울이지 않았다. 추상적인 도덕권력으로는 구체적인 정치권력을 압도할 수 없었다. 오히려 그의 정체성이 구체적으로 드러난 것은 민생을 위한 세법(稅法)이었다.

그는 민본주의를 제창한 사람이다. 상당한 민주적 발상이라고도 볼 수 있다. 그는 권력이 인민에게서 나온다고 확신했다. 그의 탕무방벌론이 진승과 오광의 농민혁명에 사회적, 정치적 당위성을 제공한 기저가 되었음은 전술한 바가 있다. 그는 시종일관 이를 설파하였다. 당시의 눈으로 보면 그는 과격한 개혁론자였다.

"백성이 가상 귀중하고, 사직이 그다음이고, 임금이 가장 경한 존재다. 이런 까닭으로 인민 대중에게 신임을 얻으면 천자가 되나, 천자에게 신임을 얻으면 제후가 되고, 제후에게 신임을 얻으면 대부가 될 뿐이다. 제후가 사직을 위태롭게 하면 다른 사람으로 갈아세운다. 제사는 정성을 다해 제때를 어기지 않았는데 그래도 가뭄이 들고 물난리가 나면 사직을 갈아세운다."(맹자 진심장구 하)

매우 과단성 있는 정치관이다. 제대로 못 하는 왕은 갈아치울 수 있다는 사상이 천하에 그 맹아(萌芽)를 드러내기 시작했다. 그러나 그는 왕도를 부정한 것이 아니고 그것을 적극 옹호하였다. 나아가 그는 왕도 정치를 이상적 정치라고 믿고 그 실천 방안까지 제시하였다. 그가 제안한 구체적인 내용은 무농(務農)과 흥학(興學)이다.

무농이란 말 그대로 농업을 진흥시킨다는 말이다. 그때나 지금이나 농업은 천하지대본이다. 농업 진흥을 위해서는 전제(田制)개혁을 통해 세금을 줄이고, 국가 노역을 경감하여 농사에 전력할 수 있게 해야 한다.

그가 주장한 전제와 조세 제도를 포괄한 정책이 정전법(井田法)이다. 이를 백성과 국가가 부를 공유하는 균형 잡힌 제도라고 보았다. 정전은 토지를 우물 정 '井' 자의 모양으로 9등분하는 것이다. 가운데의 것은 국가의 밭 곧 공전(公田)이고, 주변의 여덟 개 땅은 개인의 것 곧 사전(私田)이 되게 분배한다. 국가의 몫인 공전은 구분의 일에 해당된다. 각 토지의 넓이는 대충 100무 정도였다고 한다. 100무 정도의 땅이면 8명의 식구를 부양할 수 있는 땅이라고 한다.

농민들은 농사를 지을 때 모두가 협력하여 공전의 일을 먼저하고, 다음에 제각각 사전의 일을 하게 되어 있다. 공전의 수익만이 국가의 몫으로 세금에 해당하는 것이다. 주나라 때부터 실시되었다고는 하나 이를 현실 정치에 적용하여 강력하게 실시해야 한다고 주장한 이가 맹자이다.

맹자는 이러한 공명한 토지 제도와 조세제도가 국가와 지배층의 수탈을 막고 민생을 안정시킬 수 있는 방책이라고 믿었다. 인민의 생활을 안락하게 하는 정치가 우선되어야 국가도 태평할 수가 있다는 지론이었다. 곧 인민이 배부르지 않은 정치는 정치가 아니다. 그는 관중을 비판했다지만 결국 관중의 정책을 뛰어넘지는 못한 것 같다.

백성을 배불리 먹인 다음에는 가르쳐야 한다. 흥학(興學) 곧 교육을 일으켜 교화해야 한다. 사람이 비록 선한 바탕을 타고났다 하더라도 가르치지 않으면 악행에 물들고 예의염치를 모르게 된다. 아무리 배가 부르더라도 예의염치가 없는 세상은 아름다운 세상일 수 없기 때문이다.

공자도 논어에서 이것을 강조했다. 정치가 무엇이냐는 질문에 백성을 부하게 하고 다음에는 가르쳐야 한다고 말한 바 있다. 맹자 역시 같은 논리였다. 어디에서나 먼저 인민을 배불리 먹이고 가르쳐야 한다고 밝혔다. 그래야 예의염치를 알고 제대로 된 사회가 된다고 보았다. 이것이 바로 항산(恒産)이 있어야 항심(恒心)이 있다는 그의 지론의 출발이다.

"무항산자는 무항심이게 마련이다."(등문공장구 상 삼장)

일정한 생업 없이도 한결같은 마음을 유지할 수 있는 사람은 선비밖에 없다. 일반 백성들은 일정한 생업이 없으면 한결같은 마음을 잃고 말며, 그러다 한번 타락하면 무슨 일을 저지를지 모른다. 물론 범죄도 저지를 것이다. 죄를 저지르게 해 놓고, 잡아서 벌을 주는 것은 백성을 잡기 위해 그물을 쳐 두는 것과 같다.

덕이 있는 왕은 결코 자신의 백성을 그물을 쳐서 잡으려 하지 않는다. 그러므로 훌륭한 왕은 백성에게 생업을 주어 위로는 부모를 섬길 수 있게 하고 아래로는 처자를 부양할 수 있게 하며, 풍년이 오면 배불리 먹을 수 있게 하고 흉년을 당해도 굶어 죽지 않게 하는 것을 기반으로 백성을 이끌어 가야 한다. 그렇게 되면 백성도 기쁜 마음으로 왕의 뜻을 따르게 된다.

"왕께서 정치를 개혁해 인정(仁政)을 베풀면, 천하의 현신들이 왕의 조정에 서기를 원할 것이고, 천하의 농민들이 왕의 땅에서 밭을 갈고자 할 것이며, 천하의 장사치들이 왕의 시장에서 물건을 늘어놓을 것이며, 많은 사람이 왕의 땅을 여행하고 싶어 할 것이며, 자기 나라의 왕에게 불만을 품은 사람들이 모여들어 왕에게 하소연할 것입니다. 이렇게 되면 왕에게 대적할 자 천하에 없을 것입니다."

이것은 그가 매도한 관중의 유명한 말 〈의식족이지예절, 창름실이지영욕〉과 같은 맥락이어서 묘한 아이러니라 하겠다. "만일 왕께서 천하의 지도자가 되고 싶으시다면, 무엇보다도 먼저 정치의 근본을 올바르게 세우셔야 합니다. 농번기에 농민을 징용하지 않으면 100무의 밭으로 일가족 8명이 먹고살 수 있고, 5무의 택지에 뽕나무를 심으면 쉰 살 된 노인이 비단옷을 입을 수 있고, 닭이나 돼지, 개와 같은 가축의 번식 시기를 놓치지 않게 하면 일흔 살 된 노인이 고기를 먹을 수 있으며, 교육을 철저히 실시하여 효제(孝悌, 부모와 형을 잘 섬김)를 가르치면 바른 정치가 됩니다. 그런 정치를 행하고서도 천하의 왕이 되지 못한 사람은 없습니다."

무농과 흥학을 일관되게 촉구하고 있다. 백성들의 생계를 보장하는 물질적인 상황을 만들어 주어야 하고 그들을 교화시키는 도덕적·교육적 지침을 마련해야 한다는 것은 관중의 정치관이기도 하다. 결국 맹자나 관중의 목적과 수단이 거의 일치하는 것이다. 조세경감, 자유로운 상업 활동과 교역, 노약자를 위한 복지대책 수립과 보다 더 공정한 부의 분배 등을 주장했다. 오늘날 우리가 추구하고 있는 복지국가의 모델을 2400년 전에 제시하고 있는 것이다.

'유항산 유항심(恒有産 恒有心)!'

세계를 각성하게 한 위대한 변설이다.

그는 백성을 국가 구성의 가장 중요한 요소로 보았다. 토지와 곡식의 신─사직 즉 국가는 그다음으로, 통치자를 가장 마지막에다 놓는 구조를 설정했다. 그의 논리는 서경(書經)을 출발점으로 한다. 서경에

〈하늘은 백성이 보는 대로 보고, 백성이 듣는 대로 듣는다〉

라고 한 구절을 그대로 신행(信行)한 것이다. 백성이 나라의 근본임을 시종일관 주장한 이가 맹자이다. 맹자는 이처럼 분명하게 오늘날과 같은 백성의 복지와 정부의 민주적 통치원칙을 일찍이 제시한 셈이다.

4. 공자 사관학교

01 제자백가(諸子百家)의 문 열리다

춘추 시대는 중국 역사에서 중대한 권력의 이동이 시작된 시기이다. 그 이전까지 왕족, 귀족 집단 중심의 통치에서 전문 관료 중심의 통치가 발흥하기 시작한 것이다. 주나라의 태공망(太公望) 여상(呂尙) 이후 귀족이 아닌 전문 관료가 서서히 등장하기 시작하였다.

제나라의 환공은 관중(管仲)이라는 탁월한 재상을 등장시켜 춘추 시대 열국의 권력 구도에 충격을 주었다. 그 이후 또 제나라에 안영(晏嬰 ?~기원전 500년)이라는 명재상이 나타나 제의 위상을 확고하게 하였다. 안영은 공자와 거의 동시대 사람으로 안평중(晏平仲) 혹은 안자(晏子)라는 존칭으로 불리기도 한다. 그의 언행을 기록한 안자(晏子)춘추가 세인의 이목을 집중할 정도로 명성을 떨친 사람이다. 공자까지도 안평중을 높이 평가한 언급이 논어에 실려 있다. 귤화위지(橘化爲枳)의 저작권자가 안평중이다.

이런 사람들의 활약으로 왕족이나 귀족 중심의 통치 형태가 서서히 전문 관료 중심으로 옮겨 가기 시작한 것이다. 따라서 공자학단에서 가르치고 배운 자들이 직접 정치에 나설 시기가 무르익고 있었다. 이에 공자의 제자들이 열국의 권력 핵심으로 포진해 들어가게 된 것이라고 보아야 할 것이다.

이는 곧이어 등장하는 제자백가(諸子百家)의 서막이었다. 상앙, 한비자, 범수, 손빈, 손무, 오자서, 묵자, 순자, 맹자 등 기라성 같은 제자백가들이 등장하는 바탕에는 공자학단의 구성원들이 열국에서 나름의 역할을 한 것이 큰 계기가 되었다.

그 예로 공자의 제자 자공(子貢)은 춘추의 세력 판도를 휘청거리게 하는 대변설가로서의 능력을 화려하게 펼쳐 보였다. 자공이 공자의 뜻에 따라 노나라를 구하기 위해 국제무대에 나서 활약한 적이 있다. 이로써 춘추 시대의 지각변동이 일어나고 만다. 공자학단 구성원들의 능력을 국제적으로 알린 사건이라고도 볼 수 있다.

춘추 시대는 귀족들 중심의 권력 체계가 전문 관료에게로 이동 또는 분화되는 시기였다. 공자의 문하생들이 그 기회를 놓치지 않았고, 오히려 촉발시켰다고 볼 수 있다. 그런데 여기서 우리는 중대한 의문에 직면하게 되는 것이다. 공자의 문하생들은 어떤 능력을 지닌 자들인가? 그들은 무엇을 익히고 배워 어떤 장점들을 지녔기에 여러 제후들이 그들을 등용한 것인가?

공자의 문하에는 공자 가까이서 배움을 터득한 공문십철(孔門十哲)이라 불리는 철인들과 도를 깨쳤다는 72현, 그리고 3000여 명의 제자가 있었다고 한다. 공문십철이라는 매우 탁월한 인재 열 사람은 나름대로 그 능력을 4가지 영역별로 나누고 있다.

이들을 '사과십철(四科十哲)'이라고도 하는데 이는 덕행(德行), 언어(言語), 정사(政事), 문학(文學)의 네 영역으로 그들의 특장을 구분하여 말한 것이다. (논어 선진편)

덕행(德行)에는 안연(顏淵), 민자건(閔子騫), 염백우(冉伯牛), 중궁(仲弓), 어(言語)에는 재아(宰我), 자공(子貢), 정사(政事)에는 염유(冉有), 자로(子路 또는 季路), 문학(文學)에는 자유(子游), 자하(子夏)가 뛰어나다고 하였다.

공자의 문하에 많게는 3000여 명의 학인들이 있었다고 한다. 이 3000여명이 한꺼번에 교육받지는 않았을 것이다.

제자들은 상당히 오랜 기간 동안 장단기적으로 학습을 하였을 것이다. 그들 중에는 72현이라고 일컫는 수준이 높았던 그룹을 비롯하여 석학의 수준이라고 일컬을 만한 학자들이 많이 배출되었다. 그들을 공자의 행적 중심으로 보면 몇 단계로 나누어 볼 수 있다.

초창기에 공자가 35세가 되기 전에 모여든 제자들로 중유, 칠조개, 민손, 염경, 안무요 등이 있다.

두 번째 단계의 문하생들은 공자가 제나라에 망명했다가 다시 노나라로 돌아온 시기(기원전 510년)에 들어온 제자들인데 이때부터 공자학단(孔子學團) 즉 공문(孔門)이 본격적으로 성립되었다고 볼 수 있다. 자공(단목사), 염옹, 염구, 복부제, 안회, 재여, 고시 등이 이에 해당된다.

다음 그룹은 공자가 55세 이후 천하를 주유할 때 받아들인 제자들이다. 여러 나라의 인재들이 망라되었다. 유약, 언언, 번지, 원헌, 공서적, 진항, 복상, 담대멸명, 증삼, 전손사, 공야장 등이다.

이들은 공자학단의 핵심으로 공자와 그 제자들의 학문적, 정치적 역량을 열국에 두루 심어 주어 위세를 떨치게 하는 근간이 되었다. 지금도 3000 명 정도의 제자를 배출하기란 쉽지 않다. 공자가 제자를 본격적으로 가르친 것은 30년이 채 안 된다.

또 공자는 그 기간에 정치적 부침이 심하여 여러 곳을 전전하였다. 한 곳에서 제자 교육에 몰두하지 못한 것을 감안하면 상당히 많은 수이다. 아주 많은 사람이 공자학단에서의 배움을 원했던 모양이다. 잠시 스쳐간 사람을 치더라도 어마어마한 사람들이 공자학단 출신인 것이다.

공자 문하에서 공부하고 익힌 무리들을 유자(儒者), 유생(儒生)이라고 불렀다. 이 호칭의 유래에 대하여 살펴보았지만 공자 이전에는 그러한 언급을 찾아볼 수가 없다. 유자라는 칭호는 공문에서 시작되었다고 보아야 할 것 같다. 나의 소견으로 유(儒)라는 한자어는 회의자(會意字)로 보인다.

亻+需 의 조합으로 이루어진 글자이다.

'亻'은 사람이다. 그리고 '需'라는 글자는 쓰인다는 뜻이다. 수요(需要), 수급(需給) 등에 적용하는 글자다. 그래서 두 뜻의 회의는 곧 '쓰는 사람', '쓸 만한 사람'이 된다. 이 말은 곧 사회나 나라에서 일을 맡겨 쓸 수 있는 사람이라는 뜻으로 해석될 수 있겠다. 이 글자에 대한 의미 부여는 유자(儒者)의 정체성을 확정하는 데 매우 중요하다. 공자 당대에 유자라는 일컬음은 공론을 일삼는 고지식한 도덕론자가 아니고 실무자들 곧 국가나 사회에서 쓸 만한 사람이라는 말이 아니었을까 하고 추론해 본다.

02 오당(吾黨)이라는 명칭

　공자학단을 공자 스스로는 오당(吾黨) 또는 오도(吾徒)라고 표현하였다. 이는 단순한 '우리 무리'의 단계를 뛰어넘는 표현이다. 논어 공야장편과 자로편에서 오당이라고 스스로의 집단을 표현하고 있는데 이에는 강한 결속력을 가진 어떤 특정 단체라는 냄새가 짙게 나는 지칭이다. 그 당대에 오당이 우리 마을, 우리 지역이라는 뜻으로도 널리 쓰인 용어였기는 하나 논어에서의 의미는 그 외연을 더 확장한 것 같아 보인다. 우리 편이라는 뜻이 더 강하다.

　오도(吾徒)라는 용어도 유사한 의미를 갖는다. 도(徒) 역시 집단을 지칭하는 말이다. 신라의 청소년 집단인 화랑도(花郎徒) 역시 강한 결속력을 가진 집단이었다. 공자를 중심으로 모인 유가 집단은 나름대로의 강한 연대성을 가지고 있었던 것 같다. 이들 용어를 두고 어떤 사람들은 세계 최초로 당(黨)을 만든 사람은 공자라고 우스갯소리를 하기도 한다.

　지금부터 2500년 전에 그 많은 학생이 공자의 가르침을 배우고자 몰려들었다는 것도 대단한 일이었다. 또 오당(吾黨)의 학생들을 가르치는 시설도 만만찮았을 것이다. 한 곳에서는 수용할 수조차 없었을지도 모른다. 어쩌면 지금의 분교 형태로 여러 제자들이 나누어 가르치지는 않았을까?

　마치 요즘 대한민국 학원가에서도 유행하는 프랜차이즈 시스템(franchise system) 냄새가 조금 나는 것 같지만 우리들 옛적의 서당 같은 것을 생각한다면 별 이상할 것은 없어 보인다. 실제로 증자(曾子)와 자장(子

張) 등은 직접 제자들을 가르쳤다. 유가(儒家)의 문이 확립되고 있었다.

공자 당시에는 종이도 발명되지 않았다. 붓도 발명되지 않았거나 있었다 해도 대중화되지 않았던 시대다. 죽간에 칼로 새기어 필사(筆寫)한 후 가죽끈으로 꿰는 것이 책을 만드는 방법이었다. 목판 같은 인쇄술도 물론 나타나지 않았을 때이다. 공자도 주역이란 책을 죽간에 가죽끈으로 엮은 것으로 읽었는데 그 가죽끈이 3번이나 터졌다고 하지 않는가?

이를 위편삼절(韋編三絶)이라 함은 누구나 아는 고사성어이다. 진시황릉에서 발굴된 토용 중에는 군병들이 대다수지만 악사, 관리 등 다양한 유형의 직분을 가진 인물상들도 많다. 그중에 관리나 내시 비슷한 인물들은 조그마한 손칼과 작은 숫돌을 혁대 아래에 차고 있는 모습이 발견되었다. 연구자들에 의하면 이 도구들은 서사(書寫)를 담당하는 자들의 필기도구라고 한다. 공자 사후 200여 년이 훨씬 넘어서도 기록과 서책의 발전은 크지 않았던 모양이다.

또 한자(漢字)라는 글자도 아직 제대로 정립되지 않았을 때이다. 갑골문자 등에서 볼 수 있던 고대 중국 문자가 일반에 두루 쓰이기에는 다소 어려움이 있던 시기였다. 한자는 중국을 최초로 통일한 진시황제 때야 겨우 통일된 자형(字形)이 모색되었다. 공자가 죽고 260여 년쯤 후에 진시황제 때의 재상 이사(李斯)가 중국의 문자 통일을 시도하였다. 표준 자형을 보급하려 했으나 그것도 겨우 관공서에서나 통했던 소전체(小篆體)라는 고전(古篆)이었다.

한자의 자형(字形)과 자의(字意)가 제대로 정리되어 완결된 문자 체계가 이루어진 시기는 한(漢)나라 시대에 와서이다. 차츰 표준화되어 가던 한

자를 집대성하여 자전이 비로소 나타난 것은 후한(後漢) 때이다. 후한 때 허신(許愼:58~147)이라는 사람이 설문해자(說文解字)라는 중국의 가장 오래된 자전(字典)을 편찬하였다. 고문자를 정리하여 표준화시켰다고도 볼 수 있다.

이 책은 고문자에 대한 자료가 많이 수록되어 있어 중국 고대 전적 연구의 중요 열쇠가 된다. 특히 갑골문, 금석문 등의 고문자를 연구하는 데 결정적 전적이다. 공자 사후 600년이 지나서야 출간된 것이다. 그러니까 공자의 시대에는 완전한 표기 수단은 물론이고 교재나 교육 환경이나 여건이 아직 성숙되지 못했던 시대였다.

공자 당시에는 사서(四書)나 제자백가서 같은 책들도 물론 아직 나오지 않았을 때이다. 시경, 서경, 주역, 주서 등을 비롯한 책이 아주 없지는 않았으나 대중들이 책에 접근하는 것은 쉽지 않은 일이었을 것이다. 그래서 이 시기에 소위 교육을 시도한 집단에서의 커리큘럼은 어떠한 형태였을까? 공자가 몰려온 제자들에게 가르친 교육과정(敎育課程)이 엄청 궁금한 것이다.

무엇을 가르쳤기에?

무엇으로 가르쳤기에?

어떻게 가르쳤기에?

그네들이 구름처럼 몰려들었을까?

공자의 제자가 수천 명에 이르렀다면 그들은 대체 무엇을 배우려고 몰려들었을까? 배움에 대한 그들의 열정이 강력했다면 얻고자 하는 바는 무엇이었을까? 나쁘게 말해 그들이 모여들 미끼가 무엇이었느냐 하는 것이다. 반드시 무엇인가 매력 있는 커리큘럼이 있었을 것이다.

단지 그들이 도(道)를 깨치고 싶어서였을까? 춘추의 시대는 고대 사회에서 문명사회로 전환되는 시점이다. 그러나 천하 백성의 99%는 문명적 접근이 아닌 생존의 문제에 삶의 모두를 소진해야 되는 시기였다. 그들에게 농사나 사냥이나 고기잡이가 아닌 무엇을 배우러 나선다는 것은 어지간한 반대급부가 주어지지 않으면 불가능한 시도다.

중국인들은 매우 실리적인 사람들이다. 옛날에도 그랬고 오늘날도 그렇다. 생업을 뒷전으로 하고 공자 문하에 들어와 학문을 닦는다는 것은 처음부터 부유한 가문의 자제들이거나 아니면 먹고 살 길이 그로부터 열리거나 그러한 상황이 아니었을까? 중국의 역사에는 먹고 사는 문제를 해결하기 위해서는 나라를 옮겨 다닐 정도로 고달픈 백성들의 이야기가 수없이 많이 나타난다. 척박한 현실 속에서 삶의 절박함을 해결하는 것이 천하의 공의(共議)였다. 단지 도를 깨우쳐 인간답게 살고 싶어서 공자의 문하생이 되었다? 그것도 3000명이나 구름 떼처럼 몰려들었다? 납득되지 않는다. 무엇인가가 있었을 것이다.

"그곳에만 들어가면 틀림없어."

공자의 문하에만 들어가면 어떤 성취가 있었을 것이고, 그로 인해 경제적, 사회적 신분 상승의 바탕을 마련할 수 있는 기회가 올 것이라는 기대, 요즘과 별반 다르지 않았을 것 같다. 중국이건 한국이건 미국이건 좋은 교육을 받을 수 있다면 사람들은 몰려들 것이다. 좋은 교육적 성과란 어느 사회든지 학문적 성취도 있지만 미래에 대한 보장이 핵심이 된다. 많은 논어 연구자들은 왜 이 점을 간과하였을까? 뭘 가르쳤기에, 배우고 나면 무슨 수가 터지기에? 그 시대에 그렇게 많은 인총이 몰려들었다는 말인가?

사람들이 교육을 받는 가장 중요한 이유는 두 가지를 얻기 위함이라고 본다. 그것은 곧 '지식'과 '지혜'이다. 이 두 가지는 병행하는 것은 아니지만 상호 보완적이기는 하다. 주지하는 대로 지식은 두루 아는 것이다. 그것은 사회적인 것이다. 익히는 것이기도 하다. 그로 인해 새로운 정보를 얻고 사리를 밝혀 아는 것이다. 새로운 것을 알게 될 때 신세계가 열리는 것 같은 희열이 따르기도 한다. 지식은 전문 분야가 나누어지고 그 깊이와 너비가 한이 없다. 모두가 모두를 알 수는 없다. 박학다식을 쫓다가는 잡학다식에 빠지는 경우도 있다.

그에 비해 지혜라는 것은 딱히 지식을 바탕으로 하지는 않으나 그 자양분은 지식인 것이 분명하다. 깨우침이라는 것은 개인적인 것이다. 같은 것을 보고 들어도 깨우치는 것은 다를 수도 있다. 깨우침을 얻으면 지식이 빠르게 증진되기도 한다. 지식과 지혜. 이 둘은 같은 뿌리이면서도 사뭇 다르다. 결국 배움이라는 것은 이 두 마리 토끼를 쫓는 것이다.

유가의 교육 진행은 전술한 바와 같이 격물, 치지(致知)하는 지식 교육과 성심, 심정, 수신과 같은 마음공부가 중심이 되고 그 이후에 사회적 역할 수행 단계인 재가, 치국, 평천하로 넘어가는 것이다. 공자가 당시에 애쓴 교육의 과정에는 전문 과목을 중심으로 하는 지식 교육도 있었을 것이고, 마음을 다스리는 교육도 병행되었을 것이다. 이것이 가르침의 근본이기 때문이다. 율곡이 말한 바 있는 인심(人心)을 다스려 도심(道心)으로 이끈다는 것도 결국 같은 이야기인 것이다.

03 서중 자유 천종록(書中自有千鍾祿)

'책 속에 많은 봉록이 있다.'

아주 옛날에도 중국인들의 의식에는 공부는 곧 출세하는 길이고 관직에 나가는 첩경이라는 사고가 깔려 있었다. 관직에 나아가면 부귀를 얻을 수 있다는 생각이 오래 전부터 깊었다. 다는 아니더라도 상당수의 중국인의 내면에 깔려있는 공부하는 이유는 대부분이 이것이다. 공부는 곧 벼슬길. 벼슬길은 부귀영화로 가는 길. 이런 연결고리가 배움을 부채질하는 것이었다. 이 출세 지향적 향학열은 그대로 우리나라에 전이되었다. 우리도 꼭 마찬가지였다. 아니 지금도 그러하지 않은가? 논어에도 이런 사고가 그대로 드러나 있다. 논어 영공편에서 공자는 이렇게 말하고 있다.

"농사를 지어도 먹을 것에 대한 걱정은 끊이지 않는데 학문을 열심히 하면 녹이 그 가운데 있다."

(子曰, "耕也, 餒在其中矣, 學也, 祿在其中矣.")

"경야, 뇌재기중의, 학야, 녹재기중의."(餒-뇌, 굶주림)

공자는 학문을 하면 먹고 사는 문제가 해결된다고 말하고 있다. 이는 곧 배움이 곧 녹봉이라는 의식 구조를 형성하게 한 것이다. 이러한 학즉녹(學卽祿)의 사상은 공자가 주도하였던 모양이다. 많은 사람이 이에 공감하고 생존의 수단을 찾는 방안으로 공자의 문하생이 되지는 않았을까?

그런데 도대체 그들이 말하는 학(學)은 무엇을 두고 하는 말일까? 공자는 이 구절에서 도(道)까지 언급하며, 군자가 걱정할 바는 오직 도(道)라고 하기도 하였으나 녹과 연관시켜 볼 때, 도(道) 가지고는 좀 약하다. 도 닦는 것과 밥과는 다소 거리가 있다. 물론 훌륭한 인품을 닦는 것은 지도자의 품성 고양에 필수적이긴 하지만 실무적이지는 않다. 그래서 그들이 배워야 한다면 무엇을 배우는 것인가 하는 문제가 매우 궁금하다. 이것이 곧 공자의 정치관이나 가치관에까지 연결될 것 같아 그것을 알아보려는 것이다.

공자의 제자 중에 자장이라는 자가 벼슬하는 길을 스승 공자에게 물었다. 공자가 답했다.

"말에 허물이 적으며 행실에 후회가 적으면 녹은 그 가운데 있다."

(子張 學干祿. 子曰, "…言寡尤, 行寡悔, 祿在其中矣.")

(자장 학우록 자왈 …언과무 행과회 녹재기중의)

위에서 말한 녹이 그 가운데 있다('祿在其中矣')가 반복되고 있다. 그러면서 '말'과 '행실'이라는 전제를 깔고 있다.

말에 허물이 적고, 행실에 후회가 적다는 것은 수양된 인간을 요구하는 것이다. 그러나 이런 것은 정치나 행정의 필수 지식은 아닐 것이다. 즉 전문 지식은 아니다. 그러나 공직자의 기본 소양을 가르친 말이라고 보아야 할 것이다. 공직자의 바탕이 되는 '사람이 제대로 되어야지' 하는 교훈 정도일 것이다.

또 공자는 논어 태백편에서

"삼년을 공부하고도 벼슬에 뜻을 두지 않는 것은 그리 쉬운 일이 아니다."

라고도 말하였다.

"子曰, '三年學, 不至於穀, 不易得也.'"

(자왈, 삼년학, 부지어곡, 불이득야.)

이 역시 학(學)과 곡(穀)을 바로 연결시키고 있다. 곡(穀)은 곡식 곧 녹봉(祿俸)이다. 배움은 곧 벼슬이고 이를 통해 입신양명은 물론 생계까지 해결하는 수단이 되는 것이다. 공부란 것이 돌 하나로 몇 마리의 새를 잡는 수단이 되고 있다.

공자의 제자 중에는 삼 년 정도 수학을 하고 나면 대개 한 자리씩 차지하리란 기대를 하는 모양이었다. 그러니까 삼 년 공부하고도 벼슬에 뜻을 두지 않는 자는 드물다고 하지 않았겠는가. 공자의 문하에 제자들이 몰려든 까닭이 이러한 미끼 때문이라면 우리는 세상을 너무 쉽게 파악하려는 비천함에서 벗어나지 못할 것이다. 그렇지 않기를 바라기 때문에 이런 장황한 논리가 필요한 것이다. 또 공자는 벼슬을 못 얻어 걱정하는 제자들에게 다음과 같이 훈계하였다.

"지위가 없음을 걱정하지 말고 능력을 갖추었는지를 걱정하라. 자기를 알아주지 않는다고 걱정하지 말고, 알려지도록 노력하라."

(子曰, "不患無位, 患所以立. 不患莫己知, 求爲可知也.")

(자왈, 불환무위, 환소이립, 불환막기지, 구위가지야) —(논어 이인편)

제자 중에는 한 자리를 차지하지 못해 안달하는 사람도 가끔은 있었던 모양이었다.

내친김에 공자학단의 여러 인물 중에 벼슬길에 나아간 사람들을 조사하여 보았다. 이는 논어나, 사기, 공자가어(孔子家語) 등에 이름이 오른 사람들로 한정될 수밖에 없다. 그리고 공자 생전의 인물들에 국한된다. 직함이 알려진 인물들이 적지 않지만 상당수가 누락되었을 것이다. 실제 현실 정치에 참여하여 벼슬길에 오른 사람들은 아래 표에 나타난 것보다 훨씬 많으리라 추정된다.

〈공자학단의 주요 인물들과 그들의 직책〉

이름	벼슬	참고 자료
공자(孔子)	노나라의 대사구 재상 대리	여러 나라에서 초빙의 뜻을 보임
자로 (중유, 계로)	포읍의 제상 위나라의 중신	위나라 왕권 다툼에서 죽음
자공(단목사)	제나라의 읍재 노나라 재상 위나라 재상	국제적 변설가 춘추 시대 최고의 외교가
자멸	추현의 재상	공자의 조카
자천(북부제)	단보의 재상	
민자건	비읍의 재상	사양함
자유(언언)	무성의 재상	
염구	계환자의 가신	제나라와 전쟁 때 좌군 대장으로 큰 공을 세움
번지	염구의 부하 장수	차우(우측 부장)
재여(자아)	제나라의 임치대부	난에 휘말려 죽음
자하(복상)	거보의 읍재, 위나라 문후의 스승	노나라에서 예를 집행
자고	비의 책임자 위나라의 사법 담당	자로가 천거

유약	노나라 예공의 고문	
중궁(염옹)	계씨의 재상	비천한 가문 출신
양부	맹씨 가문의 사사(士師)	증자의 제자
칠조개	공자가 벼슬에 추천	사양함
원사	공자의 가신	
옹야		남면할 수준의 능력자
증삼	제나라에서 경(卿)으로 삼고자함	증자 사양함
자화(공서적)	제나라에 사신으로 보냄	
담대멸명	무성 고을의 관리	
남궁경숙	노나라 대부	공자와 수시로 교우 공자와 주나라 여행
맹의자	노나라의 대부	맹손씨 가문의 후계자

이 표에 나타난 인물과 벼슬은 논어, 사기, 공자가어 등 일부 전적만을 조사한 것이다.

우선 이 표에 드러난 관직 진출자만 보아도 그 세력이 녹록지 않다. 많은 숫자이다. 공자의 문하생들이 열국에 두루 진출하여 활약하고 있는 모습이다. 드러나지 않은 인물들까지 고려한다면 춘추 시대 정치판에서 영향력이 상당했으리라고 판단된다.

그래서 의문은 계속된다. 여러 나라 제후들이 이들을 즐겨 채용한 것은 어떤 판단을 했기 때문일까?

'공자의 제자라면 괜찮을 거야.'

'그쪽 사람들 평판이 좋잖아.'

'공자가 추천했는데 물어볼 것도 없지.'

이 정도 수준이 아니었을까?

그래서 우리들의 의문은 그들이 지닌 또는 배운 능력이 무엇이었냐는 것이다. 이 문제는 당시의 학문의 경향과 정치의 현상을 가늠할 수 있는 단초가 되기도 하고 공자의 사상의 한 단면을 유추할 수도 있기에 천착할 가치가 있다고 본다.

당시에 유가(儒家)의 전적(典籍)으로 시경, 서경, 주례 정도가 겨우 읽혀지고 주역은 많은 부분이 공자에 의하여 완성된다. 서책이 아직 저술조차 되지 않았고, 책의 출간도 어려웠고, 문자 체계도 이루어지지 않았던 시대를 감안하여 접근해야 할 것이다. 따라서 이 시대의 주된 학습 방식은 문답법이었을 것이다. 플라톤의 아카데미 역시 그러했다. 논어의 내용 역시 묻고 대답하는 방식이다. 가장 쉬우면서도 가장 효율적인 토론식 학습 방법인 것이다.

공자가 제자들을 가르칠 때 그 근간이 되는 것이 무엇이었는지 논어 술이편에서 드러나고 있다. 공자의 가르침에는 네 가지가 바탕이 있었다고 한다. 곧 학문과 실행과 성실과 신의였다. 공자는 인간으로서는 물론 남들 앞에 지도자가 되려면 이런 덕목은 지녀야 한다고 믿고 가르쳤다.

子以四敎, 文, 行, 忠, 信.(논어 술이편) −네 가지로 가르침.

문(文)이란 그때까지의 여러 서책 즉 시경이나 서경, 예기나 주역 등의 경전을 공부하는 것을 일컫는 것이겠다. 이에는 문해(文解) 교육 즉 글을 익히는 교육이 우선 되었을 것이다.

행(行)이란 배운 것을 실행하고 바른 몸가짐과 처신을 일컫는 것이라고 본다.

충(忠)은 진심에서 우러난 성실이다. 자신과 주변의 일들에 성심성의를 다하는 것을 충이라 한다.

신(信)은 인간관계의 근간이다. 벗과 부모형제는 물론 이웃과 동료, 나아가서는 군주와 신하 사이에도 믿음이 존속하지 못하면 관계는 허술해진다.

그러하므로 공자의 문하에서는 수많은 인재가 이러한 덕목으로 스스로를 가다듬었으니 공자학단은 당대 최고의 브레인 탱크였음이 분명하다. 그래서 여러 나라에서 그들을 등용한 것이다.

수요와 공급의 룰

수요와 공급은 경제에만 국한되지는 않는다. 인간의 모든 삶에 이 두 가지는 필연적으로 따른다. 수요가 있는데 공급이 따르지 않으면 그 조직은 파탄이 난다. 몇 줌의 곡식, 몇 토막의 고기라도 수요와 공급의 밸런스가 맞지 않으면 생존은 위협받는다. 나라의 인재 역시 마찬가지다. 적절한 곳에 적합한 인재가 들어차 있어야 효율성은 제고된다. 이를 적재적소(適材適所)라고 하지 않는가? 춘추 시대 여러 나라에 필요한 인재는 위에서 전술한 바다.

나라의 화평을 가져올 만한 위인이 필요하다. 그는 덕(德)과 겸애(兼愛)로 아래위를 아우를 줄 아는 품성과 자질을 가진 인물이어야 할 것이다. 끊임없이 도(道)를 닦아 자기 수양이 되어 수신(修身), 제가(齊家), 치국(治國), 평천하(平天下)라는 유교적 이념을 실행할 수 있는 자라면 얼마나 좋겠는가.

직(直)과 인의(仁義)로 위아래를 아우를 줄 아는 인재가 나라의 기틀을 유지하게 만든다. 이를 잘 닦은 자들이 유자들이었다. 그래서 공자의 제자들은 각국으로 초빙되어 갔다. 그들은 군사적 전문가, 법률적 전문가, 외교적 전문가이면서 수신이 되고 예를 아는 인재들이었다.

육포 한 다발일지라도

공자는 제자를 거두어들일 때 차별이 없었다. 신분, 출신, 지역(나라)의 구분이 없이 배우려는 의지를 가진 자를 중시했다. 논어 술이편에

"가르침에 부류가 따로 있지 않았다."

(子曰, "有教無類." 유교무류)

라고 기록되어 있다. 배우려는 의지를 가진 자에게는 늘 문을 열어두었다. 심지어 어린아이든, 문지기든 뵙고 배움을 청하면 만나 주었다. 또 가난하여 학비를 제대로 낼 수 없는 자에게도 기꺼이 배움의 기회를 주었다.

"내 비록 육포 한 다발일지라도 예의를 표한 자에게 가르쳐 주지 않은 적이 없다."

(子曰, "自行束脩以上, 吾未嘗無誨焉.")

"자왈, 자행속수이상, 오미상무해언."

가장 빈약한 예물을 들고 오는 자라 하더라도 거절하지 않았다. 스승과 제자의 연을 맺을 때 예를 표함은 동서의 관례다. 그렇지만 가정의 살림이 어려운 학인을 위해서는 최소한의 성의만 보여도 기꺼이 받아들였다. 공자는 배우려는 자들에게 용기를 주고 정진할 것을 독려하였을 뿐 아니라 그 자신도 배움의 중요성을 깊이 느낀 바가 있었다. 교육이 왜 중요한지를 그는 그의 경험을 피력하여 강조하였다.

"내 종일 먹지 않고, 밤새 자지도 않고, 생각해도 무익하더라. 배우는 것만 하지 않더라."

(子曰, "吾嘗終日不食, 終夜不寢, 以思無益, 不如學也.")

"자왈, 오상종일불식, 종야불침, 이사무익, 불여학야."

배우지 않고 나름대로 깨우쳐 볼 수도 있겠으나 배우는 것이 가장 빠른 길이다. 논어의 시작이 '학이시습지 불역열호(學而時習之 不亦說乎)'인 것이 자연스러운 것이다. 먼저 배우고, 그것을 때때로 익힌다. 그래서 교육이 존재하는 것이다. 공자학단은 그렇게 유지된 것이다. 공자는 획일적 교육보다 수준과 처지에 맞는 가르침을 베풀었다. 같은 문제라도 제자의 환경에 맞게 다른 처방을 내리기도 했다. 가정 형편이나 개인의 상황에 따라 전혀 상반된 충고를 하여 제자들이 혼란스러워 반문을 하기도 할 정도였다. 논어 선진편에 이런 실례가 그대로 나타나 있다.

자로가 어느 날 공자에게 물었다.

"가르침을 들으면 곧 실천에 옮겨야 합니까?"

"부형이 계시는데 어찌 부형과 상의도 없이 독단적으로 행하겠느냐?"

같은 질문을 염유도 하였다. 그때 공자는 정반대의 대답을 하였다.

"聞斯行之–문사행지"(들은 바는 그대로 행해야 한다.)

다른 제자 공서화가 어찌하여 자로와 염유에게 다른 답을 하였는지를 물었다. 그때 공자가 답하였다.

"자로는 지나쳐서 고삐를 당긴 것이고, 염유는 소극적이어서 격려한 것이다."

같은 질문이지만 질문한 자의 처지와 성격에 따라 다른 처방을 내린 것이다. 우리는 이런 작은 이야기 한 토막으로도 공자가 왜 위대한 스승인가를 알아볼 수 있는 것이다.

04 공자학단의 미스테리

안회(顔回) 굶어 죽다

공자가 가장 사랑했던 제자 안회는 학덕이 공문(孔門) 최고였던 인물이다. 공자가 자공에게

"너와 안회는 누가 더 나은가?"

하는 질문을 던지자 자공이 답했다.

"회는 하나를 들으면 열을 알지만 저는 둘을 겨우 알 뿐입니다."

공자도 이 대답에 동의하며 안연의 학문적 깊이를 칭찬하였다. 그런데 이러한 안회가 너무 가난하여 영양실조로 요절하였다고 한다. 논어

옹야편에서 공자는 안연이 가난 속에서도 학문에 정진하는 것을 매우 높이 평가하고 있다.

"어질도다. 회여! 한 그릇의 밥과 한 바가지의 물로 끼니를 잇고 누추한 곳에 사는구나. 다른 사람들은 그 근심을 견디지 못하는데 회는 그 즐거움을 변치 않으니 어질도다. 회여!"

(子曰, "賢哉, 回也! 一簞食, 一瓢飮, 在陋巷, 人不堪其憂, 回也不改其樂. 賢哉, 回也!")

나물 먹고 물 마시고 누추한 거처에 살면서도 학문을 즐겼다던 그는 요절하였다. 안빈낙도의 결과는 굶주림으로 인한 요절이었다. 공자는 안연이 죽자 대성통곡을 하며 무척 슬퍼하였다.

"顔淵死. 子曰, 噫! 天喪予! 天喪予!"

(아! 슬프도다. 하늘이 나를 버렸구나. 하늘이 나를 버렸구나!)

공자는 안연을 무척 아꼈다. 안연도 공자를 신과 같이 우러러보았다. 그런 안연이 일찍 죽었으니 공자의 절통함은 이루 말할 수 없을 정도였다. 안연은 공자가 떠나면 공문을 승계하여 유학의 맥을 이어나갈 제일 순위의 수제자다. 공자를 비롯해 자타가 공인하는 학인이었다. 그런 안연이 그만 일찍 세상을 하직한 것이다. 그러니 공자의 슬픔은 이루 말할 수 없었다.

사마천도 사기에서 안회가 굶주려 죽음을 애석해했다. 그러면서 어찌하여 이런 착한 성인은 일찍 죽고 도척 같은 악랄한 인간은 오래 사는가? 과연 천도(天道) 있는가? 하고 탄식하였다. 하지만 공자가 안연의 궁벽한 삶을 돌보아 주었다는 기록은 어디에도 없다. 그래서 우리는 몇 가지 의문에 부딪치지 않을 수 없다.

공자는 진작부터 안회가 매우 가난한 처지임을 알고 있었다. 안회의 아버지 안로(顔路) 역시 공자의 제자였다. 안회 부자는 매우 가난했다. 하지만 스승 공사는 그렇지 않았다.

'공자는 가난하지 않았다.'

라는 책의 저자 리카이저우(李開周)의 이야기를 빌지 않더라도 공자는 크게 가난하지 않았다. 스스로 밝힌 바와 같이 유년 시절에 가난했고 또 천하 주유 중의 한때 굶주림을 겪은 일을 제외하고는 곤궁하지는 않았다. 그는 노나라에서 벼슬하고 있을 때 6만 두의 녹봉을 받았으며 가는 곳마다 많은 급료의 예우를 받았다. 그리고 자공, 남궁경숙, 맹의자를 비롯한 부유한 제자들이 아주 많았다.

한 번은 공자가 자화라는 제자를 제나라에 심부름 보낸 일이 있었다. 공자의 제자 염유가 혼자 남은 자화의 어머니를 위해 곡식을 보내자고 청했다. 공자는 1유(16말)를 보내라고 했는데, 염유는 5병(800말)이나 보내주었다. 공자가 너무 많이 주었음을 지적하면서 자화가 가난한 사람이 아닌데 지나치다고 말하였다. 어쨌든 살림살이나 씀씀이가 작은 규모가 아니다.

또 논어에는 공자의 제자 원사가 공자의 속관(보좌역)으로 있을 때, 봉급으로 조 900말을 주었다고 했다. 받는 원사가 너무 많다고 사양하자 공자는

"사양할 것 없다. 남는 것이 있다면 너의 이웃과 마을 사람들에게 나누어 주려무나."라고 말했다.

옛 공자 시대와 지금의 도량형의 차이는 있겠지만 학자들의 논증에 따르면 이 정도의 식량은 엄청나게 많은 양이라고 한다. 공자는 제자들을 형편에 따라서 많이 돌본 사람이다. 이 점에 대하여 논어학의 대권위자이신 성백효 선생의 '논어집주 부안설'이라는 저서에서 정자(程子)의 장하주(章下註)를 인용해 본다.

"자화가 궁핍함에 이르렀다면 공자께서 반드시 스스로 구휼해 주셨을 것이요, 요청하기를 기다리지 않았을 것이다. 원사가 가신이 되었으면 떳떳한 녹봉이 있는데, 원사가 그 많음을 사양하였다. 그러므로 또 이웃집과 가난한 자에게 나누어 주라고 가르쳐 주셨으니, 이 또한 의리 아님이 없는 것이다."

자장(子張)께서 말씀하셨다.

"이 두 가지에서 성인의 재물 쓰심을 볼 수 있다."

공자는 제자들의 경제 사정도 어느 정도 알고 있었고, 또 그들을 돕는 일에 인색한 분이 아니었다. 의로운 재물을 쓸 줄 아는 사람이었다. 이러한 공자가 가장 사랑하는 제자 안회가 굶주리는 것을 외면하고 있다가 그가 영양실조로 요절하자 눈물을 흘리며 애통해 했다는 것은 다소 혼란스럽다.

공자가 마음만 먹었다고 하면 안회를 얼마든지 도울 수 있었을 것이다. 안회는 학문적 경지가 공자와 버금할 정도라고 공자 스스로도 칭찬하였다. 그는 공자 다음에 그 학통을 이어받을 가장 확실한 후계자감이었다. 다른 제자들에게는 지나치리만치 후했던 공자가 학통의 후계자가 굶어 죽도록 내버려 두었다는 것은 상당히 이해가 되지 않는 부분이다.

명분을 바르게, 정당하게 하며 자존감을 유지하는 수준으로 안회를 돕는 일은 그다지 어려운 일이 아니었을 것이다. 공자에게는 많은 제자가 들끓었다고 한다. 공자 혼자서는 도저히 그들을 제대로 가르칠 수 없었을 것이다. 공문 최고의 학덕을 자랑하는 안회에게 그들 초보 입문생들을 가르치게 하는 일은 아주 자연스러운 일일 것이다. 증자나 자장 같은 제자들은 벌써 자기 제자들을 가르치고 있었다. 안회에게는 보람되며, 자긍심을 심어 주며 생계도 해결할 수 있는 교수직이 적격이었고 충분히 그럴 정황이 되었다.

안회에게 충분히 생계를 보장하는 여러 다른 일거리를 제공할 수도 있었을 공자였다. 공자의 서책이나 문서를 관리하는 일도 있을 수 있고, 유력한 대부들의 상담자 역할도 있을 수 있었을 것이다. 공자는 천하의 유력 인사들과 교분하며 개인적 사신을 자주 보내기도 하였다. 안회라면 공자의 심중을 너무나도 잘 아는 제자이니 그런 일도 적격일 것이다. 생계를 돌보아 줘야겠다는 뜻만 있었으면 해결책이 있지 않았을까?

공자는 많은 제자를 추천하여 관리가 되게 밀어주었다. 이는 전술한 바가 있다. 관리가 되는 일은 안회 스스로 원하지 않았을 수 있다. 학문을 사랑하는 사람이었으니 봉록을 받는 일은 하지는 않겠다는 의지가 있을 법하다. 그러나 공자는 안연의 기호와 처지에 알맞은 맞춤형 지원을 모색할 수 있었고 그런 당위도 성립되는 것이다.

공자라면 안연에게 최소한의 경제생활을 할 수 있는 여건은 얼마든지 만들 수 있었을 것이다. 공자도 가신(지금의 비서)을 두었고, 그들에게 급료를 주었다. 안회가 굶어 죽지는 않도록 하는 조처는 얼마든지 가능했을 것이다. 특히 묵가의 경우와 대비하면 참 의아스럽다. 묵자의 경우라면 이러한 행위는 묵과할 수 없는 수준이었을 것이다.

공자는 스스로의 집단을 오당, 오도라고 부르며 결속력을 드러내기도 하였었다. 그런데 수제자 안회가 굶주려 비실거리며 죽어가는 모습을 보고도 적극적 대처를 하지 않았다는 것은 무슨 까닭인가? 더욱이 안연의 아버지 안로도 공자의 제자였다. 두 부자가 찢어지게 가난한데도 생계는 나 몰라라 하고 공자 학당에서 굶어서 비실거리며 글만 읽었다? 선뜻 납득되지 않는다. 다른 사연이 있었을 것이다. 우리가 알지 못하는 특별한 사연이 없었다면 공자는 이러한 비난을 면할 수 없게 된다.

'수제자 안연도 거두어 먹여 살리지 못하면서 천하를 요리하겠다고?'

이러한 풀리지 않는 의문을 지닌 공자와는 매우 대조적인 사상가가 묵자인 것이다. 묵자는 겸애를 삶의 목표로 설정하고 실천한 사람이었다. 그의 제자들은 관직에 나가면 겸애를 실천하도록 양육되었다. 근검과 애민, 그리고 자선이었다.

관리가 된 제자들은 급료 중 자신이 쓸 최소한의 경비만 떼고는 학단에 내놓아 동료 중 취업이 안 된 실업자와 빈민을 위해 써야 했다. 묵가들의 이러한 집단의식과 상호부조는 어쩌면 안연 등의 사례에서 본 공문(孔門)의 느슨한 연계성에 대한 성찰에서 비롯되었을 수도 있겠다.

5. 군자 살해되다

01 법가와 병가의 대두

군자의 시대가 거(去)하고 병가(兵家)와 법가(法家)의 시대가 내(來)하였다. 병가와 법가라는 이리 떼가 춘추의 황야에 등장하였다. 그들은 군자를 물어 죽였다. 공자 당대에 춘추는 저물어 가고 전국(戰國)이 서서히 그 서막을 열고 있었다. 공자가 천하를 주유할 때 조양자에게 부름을 받은 적이 있는데 그 조양자가 진(晉)을 무너뜨림으로써 한(韓), 위(魏), 조(趙)의 삼국이 등장하고 마침내 전국이 시작된 것이다. 죽기 살기의 전국시대가 시작되며 도덕 정치는 사라지고 패권정치가 격렬해진다.

권모와 술수에 바탕한 이합집산과 저열한 살육의 전쟁이 무시로 일어나게 되었다. '힘센 놈이 장땡'인 세상이 되고 만 것이다. 공자와 그 제자들이 꿈꾸던 군자의 세계는 종언을 고하고 권모술수가가 권력 중추를 부추겨 파란만장한 전국시대의 혼란이 시작된다.

"군자 같은 소리 하고 있네."

여기서 군자라 함은 전술한 바대로 유가적 가르침을 익혀 도의의 정치에 참여하는 지식인들을 지칭하는 말이라고 보아도 무방하다. 파란의 세태는 열국(列國)들이 안이하게 살아남을 수 없는 각축장이 되어 버렸다. 춘추라는 어정쩡했던 난감한 시대가 종언을 고하게 되었다.

주(周)왕실이 권위를 잃고 여러 제후국은 통제 불능의 상황에 이르렀다. 나라마다 모두 각자도생(各自圖生)의 길을 모색할 수밖에 없는 정치 현실이었다. 홀로 버티든가 연합해서 버티든가 살길을 찾아야 했다. 마침내 약육강식의 시대가 도래하였다. 나라마다 가장 절박한 것은 오직 살아남기였다.

역사의 흙탕물을 일으킨 쪽은 병가(兵家)였다. 새로운 전쟁 방법의 개발로 도덕은 실종되었다. 송나라 양공(襄公) 시대의 전쟁 방법이 아니었다. 송양공은 초나라와 전쟁을 치를 때 적이 강을 다 건너 진지를 구축할 때까지 기다렸다가 공격 명령을 내렸다. 강을 건너느라 혼란 중의 적을 공격하는 것은 인의로운 일이 아니다 라고 고집하다가 오히려 대패했다. 그래서 이를 송양지인(宋襄之仁)이라고 일컫는다. 전쟁에도 도가 있다. 적의 허를 찔러 교묘한 계책으로 이기는 것을 목적하지는 않았다. 전쟁에는 대의명분이 있어야 하고 그 목적과 수단이 다 정당해야 한다고 믿었다.

송나라 양공이 전쟁에 지기는 했으나 이와 같이 춘추 시대의 전쟁에는 인간다움이 있었다. 그러나 전국 시대로 접어들며 전쟁은 살육을 의미하게 되었다. 진(秦)나라 장수 백기는 사로잡은 조나라의 군사 40만 명을 흙구덩이 속에 생매장하여 죽였다. 아무리 전쟁이라 하더라도 무참한 살육이었다. 이 백정 같은 살육 전쟁은 이웃 나라를 공포에 떨게 하였다. 그리고 마침내 진왕은 천하를 통일하여 시황제가 되었다. 하지만 그 나라는 중국 역사상 가장 악명 높은 나라로 남게 된 것이다. 진 시황은 승냥이 같은 살육자로 역사에 이름을 기록하게 된 것이다.

공자의 염원에도 불구하고 주나라는 완전히 소멸하고 군자의 시대는 사라지고 제자백가의 신출귀몰한 활동이 천하를 뒤엉키게 하였다. 병가를 필두로 법가가 국가의 내부적 조직 장악에 나섰다. 인의가 아닌 공포스러운 법률이 나라를 틀어쥐고 인민의 생사여탈을 쥐게 되었다. 법이 통치의 만능이 되었다. 필요하면 재빨리 법을 제정하여 물샐 틈 없이 법의 망을 구축하였다. 상앙의 변법이 그 길을 열어나갔다.

진나라는 상앙의 법과 백기와 왕전의 병술로 완전무장 되었다. 그들은 거침없이 나아가 한, 조, 위를 넘어뜨리고, 초와 제를 패망시켰다. 그리고 통일 제국 진(秦)을 이루었다. 그러나 그 나라는 이대(二代)를 넘지 못하고 폭망하였다.

요즘도 국정을 법으로 밀어붙이는 집단을 보니 참 걱정스럽다. 법의 만능을 믿고 다수의 힘으로 계속하여 법들을 만들어 나가고 있다. 하나의 법을 만든 후에는 그 법을 뒷받침할 또 다른 법을 만들고, 그러다 보니 법끼리 충돌하여 그것을 조정할 법을 또 만들고, 법을 시행할 부처를 만들고 그 부처의 운용을 위한 법을 만들고, 그래서 마침내 법을 비난하면 처벌할 법을 만들기도 한다. 역사 연구가 참 무색해진다.

법에 의한 법치 만능의 치국을 공자는 매우 우려하였다.

"백성을 이끄는 데 정치나 제도로써 하고 백성을 가지런히 하는 데 형벌로써 한다면 백성은 모면하려고만 하지 부끄러움을 모르게 된다."

법에 저촉되지만 않으면 된다는 생각은 인간성을 내려놓아야 하는 경우가 있게 마련이다. 법의 망이란 아무리 촘촘하게 짜도 빠져나갈 구멍이 있다. 그물에서 물이 빠져나가지 않으면 그물이 되지 못하고 둑이 된다. 법의 그물을 둑의 상태까지 끌어 올려 나라를 통치하려는 생각은 공자의 생각이 아니었다.

덕이 아니고 법에 의한 통치는 백성을 그물 쳐서 잡으려는 것과 같다고 하였다. 물론 나라의 근간이 되는 법은 있어야 한다. 그러나 법보다 그것을 운용하는 사람의 도덕성이 전제되지 않는 사회는 반드시 그 대가를 치르게 된다. 그물이 너무 촘촘하여 둑이 되면 물이 빠져나가지 못하고 나중에는 그 둑이 터지는 재난을 맞게 된다. 우리는 그 둑이 터지는 것을 몇 번이나 경험하였다.

'법대로 했어.'

그래서 아무 잘못이 없다는 생각이 오늘날도 우리 사회를 지배하고 있다. 도덕적이라든지, 체통이라든지, 관습이라든지 하는 것들은 다 제쳐 두고 법에만 안 걸리게 처리하면 만사가 꺼릴 것 없다는 사회 통념. 심히 우려스런 현실이다. '법파라치'라는 신조어는 법망을 교묘하게 빠져나가는 기술을 가진 자들과 그런 일을 전문으로 돕는 부류들을 통칭하는 말인 것 같다. 오랜 역사를 통한 자업자득의 업보일 것 같다는 생각을 하면서도 아쉽다. 가진 자, 아는 자들이 먼저 이래서는 안 될 것이라고 믿기 때문이다.

세상의 거친 물결 앞에서 공자가 그토록 희구하였던 '군자'들이 다스리는 사회는 물 건너가고 있었다.

'부국강병(富國强兵)'

이것만이 당대 국가들의 생존 목표였다. 백성의 평온과 행복은 안중에 없었다. 열국(列國)마다 부국과 강병을 원했다.

'부국은 어떻게 이루어지는가? 강국은 어떻게 하면 도달, 유지되는가?'

천하는 묘책을 제안하는 유세객들로 가득했다. 온갖 비책을 흉중에 품은 재사들이 천하를 들쑤시고 다녔다. 어찌 보면 공자가 뿌린 씨일 수도 있었다. 서쪽의 변방국 진(秦)이 상앙을 등용하여 변법을 시행하여 국위를 떨치자 이에 질세라 열국도 신속하게 체제의 변화를 모색하며 새로운 정책을 도입하려고 경쟁하였다. 서서히 전국(戰國)의 시대가 도래하고 있었다.

천하가 들끓었다. 물실호기(勿失好機). 유세객들은 세 치 혓바닥을 마음껏 놀리며 천하를 주유하였다. 오기, 손무, 범수, 한비, 이사, 장의, 소진 등의 기라성 같은 유세객들은 춘추를 전국의 세계로 옮긴 주역들이다. 유세객 중에서도 아주 큰 파란을 일으킨 재사가 한비이다.

그는 법가와 병가를 두루 넘나들며 온갖 지론을 쏟아 내었다. 그는 노자에게서 병가의 뿌리를 찾으려 했고, 관중으로부터 법가의 뿌리를 끌어내려고 했다. 그의 파격적 학리(學理)는 이사(李斯) 등의 실행적 관료들에게 그대로 영향을 주었다. 하지만 그는 결국 이사와의 관계 악화로 비명에 죽게 된다.

02 예악(禮樂) 난세에 무릎을 꿇다

예와 악은 난세(亂世)를 제어하기에는 다소 유약함이 있다. 예악을 통한 유연한 순화는 춘추전국을 감싸 안기에 역부족이었다. 시간이 너무 걸리고 인간들은 꾀가 갈수록 발달해 간다. 세상에는 말이 통하지 않는 인간들이 예나 지금이나 반드시 있다. 그들은 어른도 아이도 모르고 약자를 짓밟고, 빼앗고, 속이고, 훔치고, 해치고 심지어는 남의 목숨까지 앗아간다. 전설적 도적 도척이 공자와 같은 시대에 살았다고 한다.

도적에게는 예가 통하지 않는다. 장자(莊子)에는 도척이 공자의 인의를 논하는 글이 있는데 다소 과장적이라고들 보고 있지만 자기를 합리화하고 떼거리를 거느린 흉포한 무리들은 예나 지금이나 동서를 가리지 않고 존재하는 것이다.

'이들은 말로 해서는 안 된다. 수천 년 전이나 지금이나 마찬가지이다. 뜨거운 맛을 보여주어야 한다.'

이렇게 세상을 바로잡자는 것이 법(法)이다. 법이라는 것은 작게는 개인끼리의 윤리일 수도 있고, 크게는 나라의 기틀일 수도 있다. 인간 세상이 복잡해지면서 법도 따라서 복잡해졌다. 단군 시대에는 팔조(八條)의 금법(禁法)만으로도 세상이 유지되었고, 한나라 고조 유방은 공약삼장(公約三章)으로 진(秦)의 통치를 종식시켰다. 그러나 춘추 시대라는 약육강식의 국제 사회에서는 나라의 체제를 정비할 절대적 율령이 요구되었다. 공족(公族) 중심의 느슨한 통치는 종식될 수밖에 없고 전문 관료가 운행하는 톱니바퀴처럼 치밀하게 짜인 법체제가 필요했다. 이래서 등장한 집단이 법가(法家)이다. 상앙이라는 자가 진나라에서 이를 실증하였다.

이중톈(易中天)이라는 중국의 인문 사학자는 '이중톈, 사람을 말하다.'

라는 책으로 중국 대륙을 들썩이게 한 사람이다. 각종 전파를 통한 그의 역사 인문 강연이 높은 시청률을 기록하자 강연 자료를 엮어 발간한 책은 연일 베스트셀러의 기록을 갈아치우고 있다. 그는 이 책에서 노자(老子)를 깊이 있게 파헤치었다. 그의 언급에 따르면 노자의 학문은 장자(莊子)와 한비자(韓非子)로 분화되어 계승되었다고 말한다.

그는 리링(李零)을 비롯한 중국 고전 연구가의 학설을 빌어 노자의 사상은 장자로 대표되는 도가(道家)와 한비자로 대표되는 법가(法家)로 분화되었다고 말하고 있다. 그리고 노자와 손자(孫子)를 비교 분석하며 노자에게서 다분히 병가(兵家)적 사상을 발견해 내고도 있다.

여기서 말하고자 하는 것은 위에 언급한 것처럼 공자가 노자를 주도(周都)에 가서 만나 가르침을 받은 적이 있다는 점이다. 또 노자의 사상을 다른 경로로 학습할 수도 있었을 것이다. 노자의 사상에 내포되어 있었을 법가(法家)적, 병가(兵家)적 사상을 공자도 체득하고 있었을 수도 있다는 것이다.

공자가 위나라 영공이 군사에 대하여 물었을 때, '진법에 대하여는 배운 바가 없다.'라고 말하고는 곧 위나라를 떠난 적이 있다. 이에 대하여 후학자들은 몰라서 답하지 않은 것이 아니라 구체적 전술학에 대하여 언급을 원하지 않았기 때문이라는 분석을 하고 있다.

공자의 문하생들은 위에서 말한 예(禮) 외에도 실용적 학문인 법(法)과 병(兵)에 관하여도 깊이 있게 다루며 익혔을 가능성이 농후하다. 그래서 그들은 다방면의 인재들이 되는 것이다. 물론 자로처럼 군사에 능하고 자공처럼 외교에 능한 특장은 각각 다를 수 있다 하더라도 그들은 그 시대가 필요로 하는 인재들로 양성되었을 것이다.

공자가 노나라의 사법장관(대사구)을 지내고 재상의 업무를 맡은 때에 간신 소정묘를 주살한 이야기는 전술한 바 있다. 노나라의 실권자 계강자가 공자에게 나쁜 놈 몇을 죽여 본때를 보여주면 어떨까 하고 물었을 때, 공자는 반대하지만 진작 그는 난신 소정묘를 여럿의 반대에도 참수해 버려 서슬이 퍼런 사정의 위엄을 보였다. 이런 일련의 행위를 볼 때 공자가 상당한 법률적 지식과 그 운용에 대하여 깊이 있는 소양을 가진 인물임을 파악할 수 있는 것이다. 공자의 제자 자고는 위나라의 사법장관을 맡아 수행하였는데 이는 당시 공직에 나아가 일하려는 공자학단의 수학자들이 법률적 식견을 가진 인재들임을 말하는 것이다.

한비자가 노자의 학문적 계승의 한 갈래라고 말한 이들의 학설을 수용한다면 노자 역시 법의 효율적 운용에 대하여 상당한 학문적 뒷받침을 하였을 개연성은 충분한 것이다. 그래서 우리는 공자의 배움터에서 수신은 물론 예와 법이 중요한 학습 과정이 아니었을까 하는 추론이 가능해지는 것이다. 따라서 공자의 제자들은 학문이나 무예나 기예를 익히고 배워 나라를 위해 봉사하고 동시에 자신도 입신양명하여 부귀를 누리겠다는 유생들의 전형적 모델을 만들어 나갔던 것이다.

결론적으로 말해 공자는 덕으로 나라를 다스리겠다는 덕치주의를 표방했지만 그의 실행적 정치 양태는 그것으로 설명하기에는 부족함이 있다. 그는 덕불고(德不孤) 필유린(必有隣)이라고 누누이 말했지만 그 자신 결코 좋은 이웃들을 만난 것 같지 않다. 공자가 훌륭한 덕성을 지닌 성인이었음은 분명하다. 그래서 모두 그를 내성외왕(內聖外王) —안으로는 성인이며, 밖으로는 임금의 덕을 갖춘 사람-이라고들 하는 것이다. 하지만 세상은 그에게 따뜻한 이웃이 아니었다. 그를 감싸고 받아들이려는 자가 없었다.

좋은 기회가 왔을 때마다 그는 물을 먹었다. 뿐만 아니라 천하개조의 대사업을 맡기려는 군왕도 없었다. 세상을 보는 그의 시선에 어떤 문제가 있었음에 틀림없다. 세상을 다스리는 메커니즘은 따로 있는 것 같다. 이 글은 그것을 밝히려는 것이다.

03 공자의 노래, 묵적(墨翟, 묵자)의 침묵

국정에서 예(禮)라는 것이 퇴출되고 법이 그 위에서 위력을 보이면서 잇달아 악(樂)조차 정치 무대에서 경원되고 만다. 악(樂)을 정치의 주요 바탕으로 인식한 공자의 사상은 서서히 막을 내린다. 그 선봉은 공자 사후에 나타난 묵자(墨子)였다.

묵자는 음악에 대하여 공자와 대척점에 섰다. 예 뿐만 아니라 악에 있어서도 묵자의 태도는 공자와 극명하게 구별된다. 예의 경우보다 더 심하게 저항했다. 공자가 악을 매우 애호한 사람이라면 묵자는 악을 혐오한(?) 사람이라고 말할 정도의 수준이었다. 공자가 음악을 숭모한 것은 논어에도 잘 드러나 있다.

"공자가 제나라에서 소(韶)라는 음악을 듣고 심취하여 석 달 동안 고기 맛을 잊었다. 음악을 연주하는 것이 이런 경지에 이를 줄은 생각도 못했다."

(子在齊聞韶, 三月不知肉味, 曰, 不圖爲樂之至於斯也.) -(논어 술이편)

심하게 말해 침식을 잊을 정도로 몰입하였다는 말이다. 좋은 음악은 충분히 이렇게 사람을 끌어들인다. 음악의 마력인 것이다. 공자는 음악을 정말로 사랑한 사람이었던 모양이다. 또 이런 이야기도 논어에 나온다.

"공자가 사람들과 노래할 때 누군가 잘 부르면 반드시 다시 부르게 하고 그런 다음에 자신도 따라 함께 불렀다."

(子與人歌而善, 必使反之, 而後和之.) -(논어 술이편)

지금 우리도 하는 행동이다. 누군가 부르는 좋은 노래는 한 번 더 듣고 싶고 그다음에는 따라 흥얼거리는 것이 인간의 상정이다. 그런데 묵자는 달랐다. 묵자는 음악 앞에서 침묵했다. 묵자란 이름에 걸맞는 것 같아 웃음이 날 지경이다.

'墨子非樂, 生不歌'

(묵자는 음악을 부정했고, 평생 노래를 부르지 않았다.)

이는 리카이저우(李開周)라는 중국의 고전 연구가가 그의 저서에서 손이양이란 청나라 때 사람이 '묵자간고'란 책에서 밝힌 내용이라고 한다.

참으로 극단적이라고 할 정도이다. 묵자는 자신도 음악을 싫어했고, 노래도 부르지 않았을 뿐만 아니라 제자들을 교육함에도 비악(非樂)을 교지(教旨)로 삼았다. 묵자의 비악은 유흥으로서의 음악에 국한된다고 말하는 사람들도 있으나 그가 비악을 옹호한 것만은 확실하다.

묵자의 정치사상은 흥리(興利)와 제해(除害)가 핵심이다. 즉 세상에 이익이 되는 것은 북돋우고, 해가 되는 것을 없애겠다는 것이 근간이다.

묵자는 그 자신과 제자들에게 겸애와 검소를 지향하는 금욕적 삶을 적용하였다. 묵자 역시 현실적 삶의 개조와 바람직한 사회 구조에 대한 문제에 집중했던 사람이다.

그는 정치 문제에도 적극적으로 개입하였다. 특히 능력 위주로 관리를 등용해야 한다는 그의 주장은 당시에 상당한 설득력을 지녔었다. 상현(尙賢)이라는 관리 등용론은 당시로는 파격적인 정치 시도였다. 이러한 혁신적 주장은 상당한 공감을 얻어 전국시대에 묵자의 제자들은 공자의 제자들 못지않게 열국의 중요 관리로 발탁되어 전국 곳곳에 포진했다. 그 수를 헤아릴 수 없을 지경이었다고 한다.

묵자는 상현론에서 현자를 등용함으로써 국가는 그 존립의 가치를 극대화한다고 역설하였다.

"옛 성왕들은 빈부, 귀천, 멀고 가까움, 친하고 소원함을 가리지 않고 현명한 사람을 숭상하고 능력 있는 사람을 부려 정치하였다. 현명한 자는 송사를 심리하고 정사를 처리함에 신속하며, 성실 공정하여 국가는 다스려지고 형법이 바로 집행된다. 그는 관문과 시장, 산림과 물, 길과 다리에서 얻어지는 이익을 순리에 따라 거둬들여서 관청의 창고를 가득 차게 한다. 또 백성들의 농사짓는 일을 도와주어야 한다. 거둔 곡식으로 먹을 것이 넉넉하게 되도록 한다. 그리하여 국가가 다스려지며 형법이 바로 잡히고 관청이 충실해지며 만백성이 부유하게 된다."

상현론의 궁극적 목표는 국가와 백성을 풍요롭게 하는 데 있다. 국가는 평온하고 백성은 안락한 세상, 이것이 정치의 처음이고 끝이 아닐까? 인사가 만사라는 세상의 이치는 아득한 옛날부터 존속해 왔던 것이다. 물론 묵자의 상현론 역시 구체성의 결여라는 한계가 있다. 과거제도라는 혁신적 인재 선발 방법이 등장하기까지 인재를 선별하는 방법은 선발권자의 주관적 판단과 연줄이 대종이었다.

그의 상현론에서의 현자의 다스림은 플라톤의 철인(哲人)이 다스리는 이상적 나라와 근접하는 점도 다소 있어 흥미롭다. 둘은 많이 다르지만 유사성도 보인다. 묵자(BC468-376)와 플라톤(BC428-348)은 똑 같은 시대에 살았다. 묵자는 공자의 손자 자사와 동시대 인물로 보는 것이 일반적 견해다. 맹자는 자사의 제자의 제자로 알려져 있다. 당시 소용돌이치는 전국시대(戰國時代)의 열국에서는 공자의 후예들인 순자, 맹자를 비롯한 유가들과 묵자 등의 제자백가들이 여러 방면에서 각축하고 있었다.

묵자는 많은 점에서 공자와 대척점에 섰다. 묵자는 허례허식을 너무나 싫어했다. 묵자는 처음에 공문(孔門)에서 수학하였다고 알려져 있다. 유학을 공부하던 묵자는 공부할수록 유가의 학문이 지나친 예에 얽매어 있음을 간파하였다. 그리고 지나친 예는 자가당착의 형국으로 치닫게 된다고 여겼다. 또 악이라는 것도 가진 자, 여유 있는 자들의 한가로운 취향 정도로 생각되었다. 그래서 그는 공문을 뛰쳐나왔다. 백성과 밀착된 실행적 학문을 그는 주창하였다.

'묵자의 전매특허는 겸애(兼愛)와 비공(非攻)이다.'

겸애는 박애주의다. 그 첫걸음이 검소와 자선이다. 검소는 가장 가난한 자의 삶에 접근하는 마음과 행동이다. 묵자는 불쌍한 자에게 자기 것을 통째로 주어버릴 정도의 이웃 사랑을 실천했고, 그것을 가르쳤다.

그는 철저한 휴머니스트였다. 어떤 연구자들은 묵자를 무정부주의의 원조라고 말하기도 하는데 이는 묵자의 한 부분만 본 것이라고 생각된다.

비공(非攻)은 반전주의이며 평화주의이다. 어떤 공격도 싫어한다. 묵자나 세자들은 전쟁을 방지하고 말리는 데 최선을 다하려고 했다. 분쟁 지역에 뛰어들어 충돌을 중재하려고 노력했다. 이것을 목숨을 두려워하지 않고 실천하였다. 그러나 어쩔 수 없이 전쟁이 일어난 지역이 있다면 아무리 멀어도 무릅쓰고 달려가서 반드시 공격당하는 쪽을 도왔다. 일종의 평화유지군이었던 셈이다. 묵자의 제자들은 필수적으로 수성(守城)의 전술을 익히고 방어술을 공부했다. 그에게 있어서 가치 있는 것은 평화였다.

묵자의 비악(非樂)은 힘든 민중들의 눈물을 씻어주이야 한다는 마음의 표현이었다. 어려운 백성들 앞에서 노래할 수 없다는 극단성을 보여주는 것이다. 이러한 지나칠 정도의 편협성이 결국 묵가가 소멸하는 계기가 되었다고 보는 견해가 많다.

순자가 묵자의 음악에 대한 태도를 비판한 지적을 검토해 보자.

"묵자(墨子)는 '음악은 성왕(聖王)들이 반대한 것인데도, 유가(儒家)들이 이를 행하는 것은 잘못이다'라고 말하였는데, 군자는 그렇게 생각하지 않는다. 음악은 성인들이 즐기는 것이며, 이것으로써 사람들의 마음을 선도할 수 있으며, 그들을 깊게 감동시킬 수 있으며, 그들의 풍속을 바꿀 수 있다."

음악에 대한 묵가의 입장을 극단적으로 매우 저급하게 표현한다면 이한 마디로 족하다.

'음악이 밥 먹여 주나?'

묵자는 유가들과는 음악을 보는 시선 자체가 달랐다. 묵자는 아래를 보았다. 서민, 백성. 그들을 보았다. 헐벗고 굶주리고 수탈당하는 민초들에게 음악이라고? 그들에게는 한숨 어린 비명밖에는 나올 게 없다. 이것도 비가(悲歌)가 되기는 하겠지만 음악의 본질은 아니다. 묵자는 인민의 삶을 파괴하는 가장 큰 폐단(弊端)을 권력자의 탐욕이라고 보았다. 그들은 시도 때도 없이 백성을 동원하여 전쟁에 내몰고, 성을 쌓게 하고 무덤이나 왕성을 짓는 일로 닦달했다. 농사를 짓고 가업에 전념할 겨를을 주지 않았다. 부자가 함께 전쟁에 동원되는 일도 많아 농촌의 노동력은 고갈되었는데도 가혹한 세금은 더욱 과중되기만 했다. 횡포한 군왕 밑에서 백성들은 맞아 죽고, 굶어 죽고, 싸우다 죽고, 성 쌓다 돌에 치여 죽고… 이렇게 비참했다. 다 권력자들의 욕심 때문이었다.

묵자는 전쟁을 혐오하고 전쟁을 일으키는 자를 증오하였다. 국왕뿐만 아니라 벼슬아치와 부유한 자들이 그들의 이익을 위해 욕심을 부리므로 세상의 모든 해악이 싹튼다고 보았다. 묵자는 착취당하는 민중을 위한 일에 모든 것을 집중하였다. 처참한 지경의 농민을 위해 농기구나 수레, 기계를 만들고 생산을 늘리도록 하는 일을 스스로 적극적으로 실행하였다. 묵자는 본래 목수였다.

그의 제자들은 관직에 나가면 겸애를 실천하도록 양육되었다. 근검과 애민 그리고 자선이었다. 관리가 된 제자들은 급료 중 자신이 쓸 최소한의 경비만 떼고는 학단에 내놓아 동료 중 취업이 안 된 실업자와 빈민을 위해 써야 했다. 그러한 그들에게 음악이란 뚱땅거리고 노는 한량들의 유희로 보였다. 배고픈 백성들이 즐비한데 노래라니. 이것이 묵자의 생각이었던 것 같다.

묵자는 백성들을 부유하게 해야 함은 물론이거니와 그의 제자들에게도 관직을 추천하는 등 의식을 해결하는 방도를 찾으려고 노력했다. 위의 이야기처럼 생활이 어려운 동료 학인들을 서로 돕기 위한 나름대로의 규칙을 가지고 그 집단이 움직였다. 일종의 공동체로서 종교집단 같은 양상을 보였다. 초기 묵자 집단을 종교 집단으로 보는 학자도 있다.

묵비사염(墨悲絲染)

천자문에도 나오는 묵비사염(墨悲絲染)이라는 성어는 묵자읍사(墨子泣絲)라고도 하는 말인데 묵자의 사상을 제대로 반영한 말이라고들 한다. 묵자가 실이 물드는 것을 보고 슬퍼했다는 말이다. 흰 실이 여러 가지 물감에 의해 색색 가지로 물드는 모습을 보고 묵자는 슬픔을 느꼈다고 했다. 하얗고, 순수한 것이 여러 가지로 물들어 가는 모습에서 비애를 느꼈다면 감상적이거나 매우 박애적인 사람이다. 사람의 순수함이 세상의 혼탁함에 물들어 가는 것에 처연한 심사가 된 묵자. 이는 좋지 않은 풍속이나 해악에 물드는 선량한 사람들을 안타까워했다는 뜻도 있지만 나쁜 제도나 정치로 인해 백성이 잘못 길들어 가고 있다는 판단이기도 하다.

천하에 해가 되는 것을 없애야 한다는 그의 정치사상이 드러난 성어이다. 그는 백성의 이익에 배치되는 재화와 노동력의 소비를 제한하는 '절용(節用)'을 철저히 준수했다. 지배자가 자신의 이익 추구를 위해 백성을 살상으로 몰아넣는 전쟁에 반대하는 '비공(非攻)'과, 타인을 사랑하고 자신과 타인을 이롭게 하는 '겸애(兼愛)'를 주장했던 묵자이다. 묵자적 기준으로 보면 안연의 죽음이 참 불가사의하다.

제3부

위험한 나라

산이 높으면 골이 깊다고 한다. 공자는 우뚝한 태산이었다. 그 자신도 그렇게 믿었다. 그래서 더욱 골이 깊었다. 그의 학식과 덕망은 당대 최고의 인물로 존경받았지만, 그는 삶의 상당 기간을 천하를 주유하며 온갖 시련과 모멸 속에 보내기도 했었다. 사후에도 이천 오백년 동안 성인으로서의 존엄을 누리기도 했지만 가끔은 경원과 혁파의 대상으로까지 내몰렸다.

진시황 때에 유학서는 모조리 불태워지고, 유자들을 땅에 파묻는 분서갱유(焚書坑儒)를 당하기까지 하였다. 문화대혁명 중에는 공자의 사당과 공자상이 훼손되기도 하였다. 냉온탕을 오가는 공자(孔子)에 대한 평가는 오늘날도 그치지 않고 세인들의 화두가 되곤 한다.

인간 공자의 부침은 어디서 비롯된 것일까? 공자에게 무슨 문제가 있었을까? 그 시대에 어떤 사정이 있었을까? 공자의 행적 중에서 그의 사적(私的) 심회와 고뇌를 살펴보는 것도 이런 의문들을 추적하는 길이 될 것이다. 심리 분석적 도구를 사용할 수는 없고, 그의 언행 속의 행간들을 살펴보며 그의 득의(得意)와 좌절을 짚어 보려 한다.

문을 두드리는 공자

마침내 공자는 이 나라 저 나라의 궁실 문을 두드리는 떠돌이가 되었다. 어느 나라에서도 문전축객은 아니라도 문턱을 넘어 당상 안으로 진입하지는 못하였다. 그런 그를 가리켜 '상가의 개'라고 조롱하는 말들이 떠돌았다.

"선생님 떠나가실 만합니다."

"교제(郊祭)를 지낼 때까지 기다려 보련다. 나는 여기에 머물러 있고 싶구나."

자로(子路)의 권유에도 공자는 노(魯)나라를 떠나기를 머뭇거렸다.

제나라의 미인계에 유혹된 노군(魯君)과 실권자인 계환자(季桓子)가 조금이나마 정신을 차려 나랏일을 챙긴다면 그래도 희망은 있으니까 기다려 보고 싶었다. 교제를 지내면서 나랏일이 관행대로 진행한다면 실낱같은 희망이라도 있는 것이다. 그런데도 그 바람은 역시나 허사였다.

제(齊)나라가 미녀 가무단(歌舞團)을 노군에게 보낸 술수야 뻔한 것이었다. 공자의 주도하에 노나라가 안정되고 국세가 커지면서 제나라는 큰 위협을 느꼈다. 이웃의 부강은 곧 우환이 되던 시기가 춘추 시대다. 제나라는 노와의 친선을 위해 땅을 선물로 바치려고 하다가 그보다 먼저 노나라의 분열을 시험해 보려 했다. 공자의 실각(失脚). 이보다 좋은 계책이 있겠는가. 미래의 우환을 미리 잘라 버리려고 이중계를 쓴 것이다.

노나라의 군주와 경대부들이 미녀 가무단에 홀라당 빠져 노닥거리기 시작하면 공자는 결코 그 꼴을 바라보고 있지 않을 것이다. 그는 노군의 무절제함은 예(禮)에서 벗어남이고 곧 이는 백성을 보살피는 진정한 길이 되지 못한다고 상주할 것이다. 그래서 그들 사이의 분열을 유도하고 공자가 노나라의 정치에서 물러나게 하거나 노나라를 떠나게 하려는 전략은 그렇게 파악이 힘든 사안이 아니었다. 하지만 공자는 적극적 주청(奏請)을 하지 않고 사태가 호전되기만을 기다렸다. 그러나 그러한 바람은 인간의 사악함을 간과한 순수함일 뿐이었다. 수신하고 제가하여 치국에 이른다는 순리대로 인군(人君)들은 행하지 못하였다.

공자는 노나라의 국정을 이끌고 있을 때 크게 무리하지도 않았다. 위로는 군주가 존경받고 편안해하며 아래로는 여항에까지 삶이 윤택해지며 안팎이 단단한 나라를 만드는 것은 그렇게 어려운 일이라고 여기지 않았다. '예(禮)'에 바탕 한 인의(仁義)의 정치를 베풀면 물이 아래로 흐르듯 자연스레 이루어지는 것이다.

예를 실행하는 것 또한 아주 힘든 일이 아니다. 군(君)은 군답게 신(臣)은 신답게, 민(民)은 민답게 제 자리를 지켜 화(和)한 마음을 갖게 하면 되는 것이다. 위에서부터 물이 흐르듯 하면 어찌 막힘이 있을 것인가. 이 쉬운 이치를 행하니 노나라는 이웃 제후국들이 놀라워 할 정도로 국력이 신장되고 있었다. 그런데 지금 이 노나라를 보라. 군주는 실권을 잃고 세 명의 경대부가 나라를 분점하고 있는 꼴인데 왕은 이를 개선하려고도 않고 제나라에서 보낸 무희들의 음란한 강락무(康樂舞)에 빠져 있다.

떠날 때가 되었다는 제자 자로의 말을 듣는 순간 그는 자신이 너무 머뭇거리거나 우왕좌왕하는 것이 아닌가 하고 자책하였다. 처음에는 떠남을 반대하던 자로가 떠나기를 재촉할 지경에 이른 것이 다소 자괴스럽기까지 하였다. 자로는 처음에는 스승이 노나라를 떠나는 것에 반대하였다. 신하된 자는 인군의 실정을 보고는 적극적인 상주를 통해 다소나마 바로잡을 의기가 필요하다고 생각하는 것이 자로였다. 그는 우물

쭈물하는 것은 성에 차지 않았다. 생각이 모자라고 행동이 앞선다고 늘 스승으로부터 핀잔을 들어 온 터이지만 그 기질이 쉬 사그라지지는 않았다.

애초에 제나라의 농간에 휘둘리는 군주를 보고 분연히 상주하여 그 시비를 가려야 한다는 것이 자로 스타일이다. 자로는 이러한 심정으로 정치에 임해야 한다는 생각을 견지하고 있었다. 그의 다혈질적 기질로서는 한바탕 소란이라도 벌여 사태를 격앙시키고 죽이 되든지 밥이 되든지 결판을 보는 것이 속 시원할 것만 같았다. 이러한 자로의 기질을 보고 일찍이 공자는 자로가 제 명에 죽지 못할 자라고 예견하고 있었다. 나중에 결국 그러하였다.

"나라에 도가 없을 때 녹을 먹는 것은 치욕스러운 일이다."

자신의 천학(淺學) 비재(非才)함을 스스로가 알았고, 스승의 깊은 심지를 이해하면서 그는 생각을 조금씩 바꾸었다. 자신의 재능을 '마루에까지는 올라도 방에 들 실력은 모자란다.'고 하신 스승의 말을 그는 마음 어두운 저편에 늘 간직하고 있었다. 그리고 스승께서 떠나신다면 가는 곳은 위(衛)나라일 것이고 그곳에는 스승을 모시기에 그런대로 갖추어진 믿을 곳이 있었다. 자로의 처형 안탁추가 위나라에 있었다. 그리고 그의 가세가 공자를 모실 만하였다. 사기(史記) 공자세가(孔子世家)의 기록에는 공자가 그렇게 노나라를 떠났고 그 유랑의 세월이 무려 14년이나 되었다.

"유(由)야, 수레를 준비하여라."

"네에, 어느 정도 준비는 되어 있습니다."

"유답구나."

말하지 않아도 감을 잡아 미리 준비해 놓은 자로가 대견하다. 하지만 자신의 심중이 제자들의 눈에 미리 읽힌 것에 심기가 불편하기도 했다.

'내가 그토록 우왕좌왕하고 있었나?'

은근한 자책감이 밀려 왔지만 그래도 단호함을 잃지 않은 것이 바른 결정이라고 생각했다.

'새 꿈을 펼칠 곳은 어디에나 있을 것이다.'

'나를 쓸 곳이 어디 노나라뿐이겠는가?'

나에게 국정을 맡긴다면 1년 안에 성과를 보일 수 있고, 3년 안에 여러 제후국이 본받으려는 나라를 만들 수 있다고 그는 자신하고 있었다.

1. 덕불고(德不孤)라고요?

공자의 사상과 행적이 가장 견실하게 드러나 있는 책이 논어이다. 논어는 유자(儒者)들의 바이블이다. 중국이나 한국, 일본의 옛 선비들은 논어를 끊임없이 읽고 외워 체득하도록 되어 있었다. 웬만한 조선의 학자라면 논어를 천 번쯤은 읽고 모조리 외는 것이 기본이었다. 이러한 유교 최고의 경전에서 공자의 사상을 제일 잘 대변하는 핵심 어구를 고르라 하면 대개 많은 사람은 다음 구절을 든다.

"덕불고 필유린(德不孤 必有隣)"–(논어 이인편)

(덕은 외롭지 않으니, 반드시 이웃이 있다.)

인간의 삶에 이처럼 간명한 교훈을 던지기란 쉽지 않다. 인생을 통찰한 철인의 소탈하면서도 심오한 가르침이다. 누구나 고개를 끄덕이게 되고 또 마음이 푸근해지는 잠언이다. 그런데 참으로 아이러니하게도 공자에게는 이웃이 많지 않았다. 공자에게 이웃이 많지 않았다는 말은 다소 모순된 지적일 수도 있다. 왜냐하면 그에게는 삼천 명에 이르는 제자가 있었고, 많은 백성이 존경했고, 각국의 사대부들이나 왕들이 그와 교제하기를 원했다. 그는 많은 우군이 있었다. 즉 이웃이 많았다는 말이다. 하지만 그에게는 가장 절실할 때 그를 돕고 감싸는 결정적 이웃이 많지 않았다. 아니 돕기는커녕 방해하고 저지하는 세력이 있었다.

공자는 그가 참으로 바라던 일의 성취를 목전에 두고 여러 차례 좌절의 쓴 잔을 마셔야만 했다. 필생의 염원을 이루기 위해 그가 그토록 바라던 일이 시작되려 할 즈음에 그를 견제하던 사람들이 있었다. 제나라의 안평중, 초나라의 자서 등을 비롯한 여러 나라의 대부들은 공자를 존경하면서도 그의 국정 참여를 저지하였다. 공자는 그들에게 있어서 이띤 존재였을까? 그들에게 공자는 이웃이었을까?

공자의 채용을 반대하여 무산시킨 제나라의 안영(안평중)은 인간 공자에 대하여서만은 최상의 존경심을 잃지 않았다. 안자라는 칭송을 받았던 춘추 시대 최고의 귀재 안영은 자신에게 예(禮)를 가르친 스승이며 당대의 현인이라 일컫던 월석보와 공자 중에서 누가 더 뛰어나냐고 묻는 제나라 경공에게

"월석보는 현인임이 분명합니다. 하지만 공중니는 현인 중에서도 현인입니다."(중니는 공자의 이름이다)

라고 답했을 정도로 공자를 높이 평가하였다. 하지만 안영은 공자가 제나라에서 중책을 맡게 될 결정적 시기에 제나라 경공에게 직접 상주하여 그 계획을 중단시킨 것이다.

안영은 왜 이중직 잣내로 공자를 경원하였는가? 그는 공자의 착한 이웃이 아니었는가? 태산 같은 덕을 쌓고도 진정 그를 가까이하려는 사람이 적었던 공자. 공자가 세인들의 칭송을 받는 것과 또 따돌림을 받은 그 심저에는 어떤 연원이 자리 잡고 있는 것일까? 우리는 공자에 대한 양면적 평가의 바탕부터 살피며 그 본원에 접근해 갈 필요가 있다. 박수와 야유가 어디서부터 시작되는 것일까? 이 문제에 대한 검증이 인간 공자에 대한 바른 접근이라고 본다.

이웃이란 무엇인가? 필요한 때에 필요한 도움과 격려, 그리고 이해하

170

고 공감하며 정을 나눌 수 있는 사람들이 아니겠는가? 가장 바라던 일의 성취를 방해한 자들은 이웃인가? 그리고 우리는 당연히 다음과 같은 의문을 갖지 않을 수 없다.

덕이란 무엇인가?

외롭지 않다는 것은 어떤 정황을 말하는가?

이웃이라고? 이웃의 바른 의미는 무엇인가?

공자는 덕 있는 사람이 아니었나?

우리는 공자와 안평중의 이야기에서 위와 같은 몇 가지 질문과 마주할 수밖에 없다. 공자는 초나라의 영윤이었던 자서, 위나라의 군주였던 영공에게서도 비슷한 굴욕을 당했는데 꼭 같은 의문에 이를 수밖에 없다.

'덕불고 필유린'을 삶의 지표로 삼던 공자. 왜? 무엇이? 성인 공자를 상가의 개처럼 떠돌게 하였는가?

우리는 이 문제를 천착하여 공자의 이상과 좌절을 구명해 볼 당위와 만날 수밖에 없다. 그리고 인간의 삶의 근원적 의문들에 대하여 송곳을 들이댈 용기를 갖게 된다.

공자는 천하를 주유하면서 그의 포부를 유세하였다. 그의 도(道)는 바르고, 이상은 아름다웠다. 그는 '바른 세상', '제대로 된 세상'을 구현하기 위한 덕치주의를 주창하였다. 그러나 많은 군주는 공자의 치세론에 공감하면서도 선뜻 그를 받아들이지 못했다. 주변의 상황을 눈치 보며 미적거리기 일쑤였다. 공자의 이상은 허공을 맴돌았다. 마침내 그는 여러 나라의 군주들과 대부들로부터 경원되는 신세가 되었다. 그는 무려 14년을 떠도는 처량한 신세가 되었다.

공자는 자신이 직접 저술하거나 그의 사상과 언행이 기록된 서책들에서 한결같이 옛날 성군들이 다스리던 태평성대의 부활을 염원하며 그러한 세상을 만들자고 주창하였다. 그는 죽어서 가는 천국을 이야기하지 않았다. 살아 있는 삶이 안락하고, 태평하기를 염원하였다. 아수라장이 되어가고 있는 현실을 떠난 내세에서의 행복이 아니라 이 아수라장을 사람답게 살 수 있도록, 그런 세상이 되기를 갈망한 사람이다.

그래서 공자는 인의예지신(仁義禮智信)을 세상 구원의 수단과 지표로 보았다. 인의예지신이 제대로 작용하는 세상을 만들어 보고 싶어 했다. 그것을 실행하는 것이 바로 덕(德)이다. 덕을 앞세워 도가 행해지는 정치, 즉 덕치주의의 구현을 염원하였다. 그래서 삼대(하, 은, 주)와 같은 태평성대가 재현되기를 갈망하였다. 백성에서부터 제왕에 이르기까지 덕을 갖추고 베푸는 세상이 되기를 바라고 그 스스로 그런 세상이 되는 정치를 하고 싶었다.

덕에 대한 공자의 심려는 논어(論語)뿐만 아니라 대학(大學)에서도 잘 드러나고 있다. 명덕(明德)을 논하며 깊이 있게 체계화하고 있다. 공자뿐만 아니라 노자(老子) 역시 '도덕경(道德經)'에서 덕(德)을 궁구하며 여러 각도로 설파하였다. 덕이라는 것은 개인이나 사회가 다 추구해야 할 삶의 지표로 제시되고 있다. 공자는 인간 사회가 궁극적으로 도달해야 하는 구경(究竟)이 덕으로 가능하다고 보았다.

공자가 덕에 대하여 언급한 대목은 논어 곳곳에서 발견된다. 나라를 다스리는 권도(權度)로서도 덕이 절대적임을 여러 곳에서 피력하였다.

논어 위정편에서

"덕으로써 정치를 함은 비유컨대 북두성과 같아서 그 있는 곳을 향하여 모두가 받들어 본다."

(爲政以德 譬如北辰 居其所 而衆星共之)

(위정이덕 비여북진 거기소 이중성공지)

정치하는 지도자는 덕으로 빛나는 존재여야 하고 그러하면 사람들은 저절로 따르게 마련이다. 덕으로써 일관하면 백성들은 마음속 깊이 감복하여 따른다. 법이나 제도, 잔꾀는 언젠가는 그 한계에 이르게 된다고 설파하기도 했다. 앞에서 언급한 논어의 구절을 다시 상기해 보자.

"백성을 이끄는 데 정치나 제도로써 하고 백성을 가지런히 하는 데 형벌로써 한다면 백성은 모면하려고만 하지 부끄러움을 모르게 된다. 백성을 덕으로써 이끌고 예로써 가지런히 한다면 백성은 부끄러움을 알게 되고 바로잡을 수 있을 것이다." –논어 위정편

덕치주의 정치의 핵심을 설파한 대목인 것 같다. 그러함에도 세상에는 덕을 제대로 알고 행하는 자가 드물다는 것을 안타까워하기도 하였다.

"덕을 아는 자가 드물구나."

(지덕자(知德者) 선의(鮮矣)

"나는 일찍이 여색을 좋아하는 것만치 덕을 좋아하는 자를 보지 못했다."

(吾未見好德 如好色者也 오미견호덕 여호색자야) –(논어 자한편)"

이러한 구절 역시 삶과 바로 이어지는 '덕(德)'론이다.

그렇다면 덕(德)이란 과연 무엇인가?

설문해자(說文解字)라는 중국의 옛 자전(字典)에서는 德=悳으로 보고 있다. 이는 悳이 직(直)과 심(心)이 합쳐진 뜻으로 만들어진 글자로 파악된다. '바른 마음으로, 밖으로는 다른 사람에게 바람직하고 안으로는 닦아 쌓인 것'이 덕이라고 보는 것 같다. 수기(修己)를 통해 안팎으로 바람직하게 드러난 인격의 실체가 덕이라고 보는 사람들이 많다. 즉 덕이란 것은 사람이 스스로의 수양을 통해서 얻어진 것으로 이것이 다시 실천을 통해 드러나는 것을 말한다고 보는 것이다. 많은 학자는 덕이란 것이 관념 속에서 존재한다기보다는 실행을 통해 관계 속에서 드러난다고 보기도 한다.

우리 속담에 '양반은 글 덕으로 살고 상놈은 발 덕으로 산다'는 말이 있다. 재미있기도 하고 수긍이 가기도 하는 말이다. 여기서 말하는 덕이라는 것의 의미는 '덕분에'라는 의미를 지닌 것이다. 또 다분히 득(得)이라는 의미도 내포하고 있다. 즉 이득(利得)이 된다는 의미까지 가지는 것이다. 학덕이든 공덕이든 '덕망 높은 분'이라고 할 때의 덕이란 내면에 쌓은 깊은 내공을 말하는 것이다. 그러면시도 '덕분'에 라는 말처럼 주변에 끼치는 은혜로움이 있는 것이 덕인 것이다.

그러나 참다운 덕은 조용하고 내밀한 것이다. 요란스럽지 않고 화려하지 않다. 그래서 이렇게들 말한다.

'참된 덕이란 준 사람도 없고, 받은 사람도 없는 것'

덕이라고 내세우면 이미 덕이 아니다. 참다운 덕은 준 사람도 의식하지 못하고, 받은 사람도 미처 모르는 경지인 것이다. 은근한 흐름 속에서 거기 그냥 있었을 뿐이다.

덕은 베푼 이도 받은 이도 부담도 의식도 없이 전달되는 것이 상덕이다. 덕을 베푸는 자가 베푼다는 마음조차 갖지 않을 때 지고의 선이 되는 것이다. 나뭇가지가 얽혀 있는 것을 슬쩍 펴 준 것. 메마른 화분에 물을 주는 것도 덕이다. 부모가 자식을 돌보고, 자식은 부모를 경애하는 것은 누가 시킨 것이 아니다. 이렇게 서로 의식하지도 않은 가운데 베푸는 마음이 참 덕이다.

노자도 도덕경에서

"上德不德(상덕부덕)"

이라고 간명히 설파했다. 가장 훌륭한 덕을 지닌 사람은 자기의 덕을 의식하지 않는다는 뜻으로 풀이 되는 말이다.

덕을 내세우지 않는 것은 물론 베푼 이 자신도 모르고, 받은 이도 마음에 빚으로 쌓이지 않는, 그야말로 아침에 빛이 들 듯 또 저녁에 빛이 물러가듯 부지불식간에 이루어지는 것이어야 지덕(至德)인 것이다. 생색내기, 이름 알리기…. 저 숱한 공덕비의 허망함. 모두 사이비 덕일 뿐이다.

상덕은 봄바람 같이 다가오고, 거듭한다는 징후도 없다. 지덕은 순수한 마음에서 나온다. 깨우친 자의 거룩함인 것이다. 반복되지 않는 경우도 있지만 한결 같음도 있다. 앞세우지 않고, 은혜롭지 않다. 인구에 회자되는 것을 싫어하는 것이 덕이다. 칭송이 자자하다. 만인이 우러러 본다. 역사에 길이 빛나리라. 이런 수사를 떠난 것이 참다운 덕인 것이다.

'천덕(天德), 지덕(地德), 인덕(人德) 이 셋을 일러 삼덕이라고 한다.'

이렇게 어려운 말로 정의할수록 덕에서 멀어진다.

'인간적으로 완성을 이룬 성인은 자신의 수양과 수기를 바탕으로 자연 상태의 피지배층을 가르치고 교화시켜야 하는 임무를 떠맡게 된다. 이때 지배층이 대다수 백성을 교화시키는 방법은 형벌이나 제도로써 하는 것이 아니고 덕과 예로써 했다.'

이렇게 어려운 말로 덕을 논하면 덕은 더더욱 저 멀리 간 것이다.

유가에서 덕치주의, 예치주의를 들먹이고, 덕을 도(道)의 잠재력 또는 만물의 근원이 되는 초월적 실재(實在)로 설명하는 도가(道家)의 변설 앞에서 우리는 머리가 띵해지는 것이다. 다만 무위자연의 최고의 덕은 씨 앗이 저절로 나무로 자라는 것과 같이 사물을 변화시키는 잠재된 힘이 라는 도가의 소박한 표현이 오히려 가깝게 다가온다.

01 괴력난신(怪力亂神)이 왜 거기서 나와

논어 술이편에는

"자불어 괴력난신(子不語 怪力亂神)"

(공자께서는 괴력난신을 말하지 아니하였다)

이라는 기록이 보인다. 그리고 이 말은 공자의 세계관을 극명하게 보여주는 사상적 단서라는 것을 웬만한 사람들은 다 알고 있다.

괴력난신(怪力亂神)이란 초자연적 현상으로 괴이(怪異), 용력(勇力), 패란(悖亂), 귀신(鬼神)을 아울러 이르는 말이다. 이성적으로 설명하기 어려운 불가사의한 존재나 현상을 이른다. 앞서 수차례 언급한 바대로 공자는 현실주의자다. 공자는 내세를 믿지 않았고, 우리가 살고 있는 세상을 가장 아름답게 꾸려나간다면 그것이 곧 내세라고 확신한 사람이다. 허황된 귀신 이야기로 민중을 호도하거나 자신을 신적 존재로 부각시켜 민심을 붙들려는 얕은꾀를 배격한 사람이다. 정치 종교 지도자 중에는 호풍환우(呼風喚雨)의 신이(神異)한 능력을 지녔다고 현혹하는 자들이 많았다. 그러나 공자의 세계관에는 그런 괴이함이 끼어들 여지가 없었다.

"사람의 일을 모르는데 귀신의 일을 어찌 알겠는가?"

헛된 소리나 망상은 접고 너와 내가 살아 있는 이 현실을 바로 알고 바르게 닦아 나가기나 하자. 이것이 공자식이다. 그러나 공자도 전혀 그런 유혹을 받지 않은 것도 아니었다. 그도 사람이었다. 일이 안 풀리거나 간절한 바람이 있을 때는 그도 하늘의 가호를 바라기도 하였다. 인간이라면 누구나가 그러했던 것처럼. 그의 이런 모순된 심회는 현실의 벽을 만났을 때 터져 나온 신음 정도로 이해해야 한다. 그의 인생관, 세계관의 변화나 변절로 볼 수는 없다. 답답할 때 그리고 마지막 운명을 맞이할 때 그도 인간적 토로를 뱉기도 하였다. 이런 것들도 한 번 짚어가며 인간의 삶이란 무엇인가를 살피는 것도 하나의 재미이다.

'공자께서는 괴력난신을 말하지 아니하였다'라는 논어의 기록과는 매우 다르게 당당하게 어쩌면 도전적으로 괴력난신을 책의 첫머리에 표제어처럼 내세운 역사가가 있었다.

'세상에 괴력난신을 말하지 않고 나타난 나라는 없다'

해동의 고려라는 나라의 승려 일연이라는 분이 고려 이전의 나라 신라, 고구려, 백제의 역사를 서술한 '삼국유사'라는 책을 펴낸 것은 1200년대 말쯤이다. 그는 그 책의 첫머리를 대뜸 '괴력난신'이라는 말로 시작하였다. 천하의 여러 나라가 그 처음을 열 때 모두 괴력난신의 징험이 있었고 우리 해동 역시 그렇다면서 단군왕검을 비롯해 동명왕, 박혁거세 같은 이들이 천우를 받아 나라를 세웠다고 책의 서두를 열어나갔다.

괴력난신이란 일상에서 잘 쓰이지 않는 말이다. 논어에 등장하는 말이고 논어를 공부하는 사람만 알고 쓰는 정도의 용어이다. 그런데 그 말을 책의 첫머리에 등장시킨 것은 그 저자가 그 말의 앞뒤 사연을 훤히 알고 있다는 뜻이다. 일연은 스님이다. 불경을 파고 든 승려인데도 그는 논어에 대하여 깊이 알고 있었음에 틀림없다. 그래서 더욱 그 의도가 심장한 것이다. 일연 선사는 논어를 비롯해 여러 갈래의 정신 수양에 관한 저서들을 공부한 해박한 학자였던 것 같다. 우리는 일연의 생각을 추적하여 그가 공자의 생각과 다른 이야기를 책 집필의 방향처럼 내세운 까닭을 살펴 공자의 생각까지 되짚어 볼 필요가 있겠다.

삼국유사의 체계는 고조선과 삼국, 가야 왕의 연대표가 먼저 나오고 그다음에 본격적 역사 서술이 시작되는데 첫머리가 기이(紀異)로 출발한다. 기이(紀異)는 기전체 역사에서 제왕의 사적을 기록한 글이다. 책 전체의 방향을 설정하는 머리말의 역할까지 하고 있다. 그런데 그 책의 첫 시작에서 일연 스님이 괴력난신이라는 화두를 들고 나온 의도는 무엇일까?

여기에 삼국유사의 정신이 숨어 있다고 본다. 유사의 첫머리 기이편에서 저자는 집필 방향을 당당히 밝히고 있다. '괴력난신'이라는 화두는 참 절묘한 선택인 것으로 보인다. 여기서 나는 일연의 두 가지 의도를 찾아볼 수 있다고 생각한다. 돌 하나로 두 마리 토끼를 잡자는 매우 의

도된 구조를 염두에 둔 것이라 본다.

그 첫 번째 의도는 그 당시까지 존재하던 역사서와 식자층에 널리 퍼져 있던 중국적 중심의 사관에 일격을 가한 것으로 판단된다. 그리고 또 하나는 공자를 필두로 하는 유학자들과 그들이 구축해 놓은 체제에 대한 비판이라고 봐야 할 것이다. 기이편의 서두에서 일연은 다음과 같이 과감하게 자신의 사관을 제시한다.

"천하의 제왕(帝王)된 자들이 나타날 때의 신이함이 어디 중국에만 있는 것이더냐? 우리 해동에도 그에 못지않은 신이하고 장엄한 신탁이 있었다."

유사의 이 집필 의도에는 민족적 긍지가 깔려 있다고 보아야 할 것이다. 그때까지의 사관(史觀)과는 사뭇 달랐음에 틀림없다. 이런 강력한 민족적 자존(自尊) 의지와 불교적 세계관이 유사의 바탕이라고 보아야 할 것이다. 또 삼국유사에서 일연은 유학자들의 현세적 합리주의의 모순을 공박하며 일관성 없는 사유체계를 부드러우면서도 자연스럽게 공박하고 있다.

유사의 첫머리에서 일연은 당당하다.

"제왕이 일어날 때는 부명(符命)과 도록(圖籙)을 받아 범인과 다름이 있는 것이니, 그런 뒤에 능히 큰 변화를 타고 대기(大器)를 잡으며 또 대업(大業)을 이룰 수 있는 것이다. 그러므로 하수(河水)에서 도(圖)가 나왔고 낙수(洛水)에서 서(書)가 나와서 성인이 일어났다. …그런즉 삼국의 시조가 모두 신이(神異)한 데서 나왔다는 것이 무어 괴이할 것이 있으랴. 이 기이(紀異)가 제편(諸篇)의 첫머리에 실린 것은 그 뜻이 여기에 있는 것이다.”

라고 분명히 밝히고 있다.

하수(河水)에서의 도(圖)나 낙수(洛水)의 서(書)는 모두 중국 고대 왕조가 탄생하거나 성인이 나올 때 미리 보이는 징조이다. 일종의 신탁이다. 이런 기이한 전조에 따라 중국의 성인들이 태어남을 예언하였다. 그렇게 태어난 그들이 나라를 건국하여 천하를 다스리어 인민이 평화로운 세상을 맞게 되었다고 모든 중국의 역사서는 밝히고 있다.

중국의 건국 성인인 복희(伏羲)나 염제, 요(堯)나 순(舜)이나 우(禹)가 나타날 때 신이함이 있었던 것과 똑같이 우리나라에서도 성군들이 나라를 세움에 그런 신이함이 나타났다. 중국만 그런 것이 아니고 우리도 그렇다. 그게 뭐가 이상하냐? 라고 되묻고 있다. 나라가 처음 열릴 때는 하늘에서 신이한 징조를 보이게 마련이다. 이는 동서고금 어느 나라이든 다 있는 것이다. 우리도 똑같다.

단군왕검의 탄생과 건국이 그러하다. 환인에서 환웅으로 이어지는 천손(天孫)의 계보에 웅녀라는 지신(地神)과의 결합이 있었다. 이를 통해 단군이 탄생하게 되었다는, 그리고 우리 겨레의 첫 나라가 세워졌다는 장대한 이야기를 기록하였다.

또 삼국을 창업한 임금들과 영웅들의 신이(神異)함 역시 마찬가지이다. 주몽이며 박혁거세이며 김알지, 석탈해, 수로왕이 민족국가를 창건하는 과정에 신탁과 보우를 받았다. 이러한 신이한 사연들을 기록하며 괴력난신이라는 논어의 구절을 인용하여 더 간곡함을 드러냈다. ‘자존적 역사 인식.’ 삼국유사는 여기서부터 탄생한 것이다.

그런데 우리가 말하려고 하는 이야기의 본 갈래는 공자 이야기이다.

공자가 겉으로는 '괴력난신'을 배격했다고 하지만 그 속내에 간절히 '괴력난신'을 바라고 있었음을 논어의 곳곳에서 포착할 수 있다. 이러한 징후는 주로 공자의 말년에 주로 나타난다. 차츰 그 전말도 밝히어 보고자 한다.

춘추필법(春秋筆法)과 술이부작(述而不作)

공자도 일연과 마찬가지로 역사가이기도 했다. 공자는 '춘추'라는 노나라 역사서를 집필하였다. 공자는 말년에 자기가 태어나고 죽은 노나라의 역사서 '춘추'를 저술하였다. 공자의 역사 서술 태도는 사실을 매우 중요하게 생각하고 자신의 의지는 되도록 배제하려 했다고 한다. 이 책에서 공자는 일관되게 엄정하고 비판적인 태도로 대의명분을 밝혀 세우는 기조를 유지하려 애썼다. 이러한 역사 서술의 논법을 '춘추필법'이라고 한다.

공자는 춘추를 저술하고 나서 '후대에 나를 칭찬하는 이도, 나를 비난하는 이도 이 책으로 인할 것'이라고 하였다. 그리고 '이 책을 읽은 난신적자(亂臣賊子)들은 몸을 떨리라'고도 했다.

춘추 시대는 하극상(下剋上)과 약육강식으로 얼룩진 시대였다. 공자는 그 시대의 혼란상을 보면서 역사를 거울삼아 기강이 무너진 천하를 바로잡아야겠다는 취지로 춘추를 집필하였다. 춘추는 사실에 입각해 기록하는 기사(記事), 명분을 바로잡는 정명(正名), 그리고 칭찬과 비난을 엄격히 하는 포폄(褒貶)의 원칙에 따랐다. 이를 춘추필법이라 하는데 오늘날 다소 비판을 받기도 한다. 공자 역시 춘추에서 너무 강한 자신의 사관을 내세웠고, 왕권이나 절대군주를 철저히 옹호하는 데 많이 이용된다 하여 다른 관점을 보이는 이도 있다.

기사(記事)란 있는 일을 그대로 기록하는 것을 말한다. 사실적 기록이다. 소위 오늘날 저널리즘에서 말하는 팩트라는 것이다.

정명(正名)이란 대의명분을 바로잡아 실질을 바르게 한다는 의미이다. 그에 비해 상황론은 눈치 보기이다. 합리화다. 떳떳한 입지는 바르게 사는 첫 단추이다.

포폄(褒貶)이란 옳고 그름, 선하고 악함에 대한 평가를 분명히 한다는 뜻이다. 좌고우면하는 판단은 역사 기록에서는 용납될 수 없다. 가치적 판단이 많든 적든 나타날 수밖에 없다.

공자의 춘추필법이라고 알려진 이런 사관은 오히려 논어에 더 선명하게 드러나 있는 것 같다. 다음의 논어 술이편의 구절들을 살펴보자.

子曰 "述而不作, 信而好古."

(자왈, 술이부작, 신이호고.)

−공자께서는 "전술(傳述)하기만 하고 창작(創作)하지 않았으며 옛 것을 믿고 좋아한다."라고 말했다.

사실(史實)의 기록에 충실하되 자기 견해를 의도적으로 첨삭하지 않는다는 말이다. 역사적 사실을 그대로 기록하려고 애쓰고 자기의 눈으로 역사를 해석한 것을 기록해서는 안 된다. 역사적 사실을 기록함에 가치를 부여하지 않겠다는 의도이다. 사실 역사학자들의 딜레마가 바로 이 문제이다. 한 나라나 인간의 문제를 다룰 때 있는 사실만 기록하기는 용이하지 않다. 자신의 판단과 평가를 내리고 싶은 유혹을 뿌리치기 힘든다. 하지만 공자는 가치중립적 태도로 역사를 말하고 싶었다는 것이다.

그리고 공자는 인간과 사회의 현실적 문제를 적극적으로 해결해 나가겠다는 정치가이며 개혁론자로서의 면모를 견지해 왔다. 그는 사실에 입각한 문제의 도출과 그 해결에 집중하였다.

이에 대하여 후대의 주자(朱子)는 논어집주(論語執奏)에서 다음과 같이 주석하였다.

"성인은 떳떳함을 말씀하고 괴이함을 말하지 않으며, 덕을 말하고 힘을 말하지 않으며, 다스려짐을 말하고 패란(悖亂)의 일을 말하지 않으며, 인간의 일을 말하고 귀신의 일은 말씀하지 않는다."

이를 '상덕치인(常德治人)'으로 설명하기도 한다.

상덕치인(常德治人)이란 한결 같은 덕으로 '기괴하지 않은 평상적인 것, 꾸준하게 내면적으로 쌓아가는 덕성, 질서정연한 다스림, 초자연적 신과 반대되는 인간적인 다스림'을 뜻하는 말이다.

공자 이후 사마천의 사기나 김부식의 삼국사기를 비롯한 역사서들은 대체로 '군자불어 괴력난신(君子不語怪力亂神)과 술이부작(述而不作)'의 서술 태도를 유지하려고 애썼다. 그러나 본다는 것은 참 다양하다. 똑같은 것을 보고도 본 게 다르고 본 느낌이 다르고 그다음의 판단이 다르게 마련이다. 그게 항상 인간사의 문제이었다. 역사관은 오늘날 우리의 현실에서도 심각한 문제를 야기하고 있다. 역사 교과서 제작을 두고 얼마나 첨예하게 다투었는지 우리 모두에게 아직 끝나지 않은 아픔이다.

1980년대까지도 '동학란'이라고 불리던 역사적 사실이 교과서에 '동학혁명'이라고 바로잡혀 게재되었다. 역사를 보는 주체가 누구이며 그 눈이 어디를 향하느냐에 따라 '난'도 되고 '혁명'도 되는 것이다. 역사는 진실이고 소설은 픽션이라는 말은 사실이 아니다. 소설은 그럴 듯한 이야기이다. 그 전제인 '그럴 듯하다'니, '있을 법하다'는 말은 매우 사실에 가깝다는 뜻이다. 사실인 듯이 꾸민 것이다. 그래서 거의 사실이다. 그러나 역사는 진실이 아니다. 쓴 자도 제멋대로 쓰고 해석하는 자도 제멋대로 한다. 누구는 혁명이라 쓰고 누구는 난이라 쓴다. 또 그 기록을 아전인수 격으로 해석한다. 입김 센 사람들의 말이 맞다. 그러나 그것도 곧 수정된다.

공자의 합리주의는 곧 무징불신(無徵不信)이라는 리얼리티 정신이라고 해도 크게 틀린 것이 없을 것이다.

무징불신(無徵不信) －"실증할 수 있는 근거가 없으면 믿지 않는다."－(논어, 팔일편)

술이부작(述而不作), 상덕치인(常德治人), 무징불신(無徵不信) 이 세 가지의 역사 서술 태도가 공자가 견지하려고 한 집필의 정신이었다.

공자는 현세적 삶을 중시하고 현실 세계에서 이상 정치를 통해 사람이 사람답게 사는 세상을 구현하려했던 사람이다. 공자를 조금이라도 살펴본 사람이라면 이점에 대하여는 공감할 것이다. 잘 다스려지는 세상이라면 굳이 천국이 따로 있겠냐. 공자는 내세를 믿지 않았다. 그것이 바로 '괴력난신을 말하지 않았다.'라는 말로 웅변한 것이다. 지고지순한 현실세계가 곧 이상세계이다. 죽은 다음의 세상에 대하여 공자는 말하지 않았다. 이 점은 불가에서도 마찬가지이다. 깨달음을 통해서 현실적 삶을 바르게 제대로 살면 그곳이 바로 극락정토임 말하고 있다.

특히, 중국에서 불교가 안착하며 이런 사상은 더욱 굳어졌다. 달마이후 중국의 역대 조사들은 불교를 중국화해 나가며 중국에 안착시켰다. 특히, 임제록에는 조사를 만나면 조사를 죽이고, 부처를 만나면 부처를 죽여야 한다고도 했다. 막연한 믿음에 맹종하지 말고 스스로 참다운 깨달음의 세계로 찾아들어야 함을 적시한 가르침인 것이다. 극락이나 정토, 천국이 다른 곳에 있지 않고 내가 사는 세상을 아름다운 세상으로 만들면 그곳이 바로 이상세계가 아니겠는가? 공자의 생각은 시종 여기에 다다르고 있었다. 그래서 그의 가르침에는 황당함이 없고 합리가 자리 잡고 있다. 이것이 공자의 역사 서술에도 나타난 술이부작의 사관이다.

공자가 현실적 삶에 무게를 두며, 잘 다스려지는 나라를 꿈꾸었다는 것은 논어 등 곳곳에서 발견된다.

논어 선진 편에서 계로(자로)가 귀신을 섬기는 것에 대하여 묻자 공자는

"사람을 섬기는 일도 제대로 다하지 못하는데 어찌 귀신을 섬기겠는가?"

또 죽음에 대하여 묻자

"삶도 제대로 모르거든 죽음을 어찌 알리요?"

라고 답하였다.

"季路問事鬼神. 子曰, 未能事人, 焉能事鬼? 曰, 敢問死. 曰, 未知生, 焉知死?"

(계로문사귀신, 자왈, 미능사인, 언능사귀? 왈, 감문사. 왈 미지생, 언지사?")

　공자는 우리가 살고 있는 현실 속에서 최선을 다하고 진실하게 살아가는 것이 가장 절실한 문제라고 믿었다. 그것을 해결하지 않고 어찌 죽음이나 그다음에 대하여 논하겠는가 하고 되묻는 것이다. 물론 공자가 귀신 섬기는 일을 하지 않았다는 것은 아니다. 그는 제례를 매우 중요하게 다루었고, 부모 사후에 삼년상을 치르지 않는 자를 나무랄 정도로 귀신을 잘 접대하라고 하였다. 그러나 귀신의 일은 삶의 일보다 우선하지 않다고 여긴 것은 분명하다. 우리가 살고 있는 이 세상을 난장판으로 두고 귀신만 쫓는다고 복록이 올 리 없다. 이러한 공자의 사상은 그가 잘 다스려지고, 선한 세상을 염원하고 있었음을 아주 잘 나타낸 말인 것이다.

　그러나 공자의 이러한 사관과 논어에 나타난 그의 언행은 몇 곳에서 모순된 점이 있다. 일연은 그것을 또 좌시하지 않은 것이다. 공자의 사가당착을 일연은 끝까지 추궁한 것이다. 논어에는 괴력난신에 대한 공자의 이중적 행태가 드러나고 있다. 논어에는 공자가 괴력난신에 대하여 말하지 아니하였다라고 분명히 기록되어 있다.

　그런데 다음의 항목은 어떠한가?

　"공자께서 이르기를 봉황은 나타나지 않고, 하수(河水)에서 도(圖)도 나오지 않으니, 나도 이제 끝장이로구나!"

(子曰, 鳳鳥不至, 河不出圖, 吾已矣夫!)

(자왈, 봉조부지, 하불출도, 오이의부!) ―(논어 자한편)

186

봉황이 나타나 울지도 않고, 황하에서 용마가 나오지 않으니 용마의 등에 그려진 그림 또한 나타날 리 없다. 복희나 요임금, 문왕과 같은 성군의 탄생은 바라볼 수 없게 되었다. 이미 글렀다. 그러니 자신의 인생이 끝장이라고 토로한 공자.

우리는 여기서 공자의 꿈을 되짚어 보아야 할 것이다. 공자가 그토록 기다리던 봉황이나 용마. 왜 그는 그렇게나 애절하게 그런 천기(天機)를 기다렸을까? 또 그것들이 나타나지 않는다고 해서 왜 공자는 '내 인생도 끝장인가?'라고 처연히 탄식했을까? 공자는 과연 무엇을 기다린 것인가? 그가 그렇게 바라던 것은 도대체 무엇이었을까?

괴력난신을 말하지 않았다라고 한 공자가 이토록 처절하게 자신의 속내를 드러내며 괴력난신을 고대하고 있음을 우리는 어떻게 받아들여야 하나?

주자(朱子)는 논어집주(論語集註)에서

'봉(鳳)은 신령스러운 새니 순(舜)임금 때 와서 춤을 추었고, 문왕(文王) 때에 기산(岐山)에서 울었다. 하도(河圖)는 황하에서 나온 용마(龍馬)의 등에 그려진 그림이다. 복희(伏羲) 때 나왔다. 모두 성왕(聖王)의 상서(祥瑞)이다.'

라는 주석을 달았다. 하지만 지금은 그런 징조가 전혀 없다. 성인이 나타나기에는 틀린 세상이다. 그래서 공자는 "나도 끝장이로구나!" 하고 절규하고 만다.

02 선양(禪讓)을 꿈꾸다

중국의 사서에는 선양(禪讓)의 사례가 늘 언급되고 있다. 선(禪)이나 양(讓)은 둘 다 넘겨주다 양도하다는 의미이다. 선양(禪讓)은 중국 전설상의 오제(五帝) 중 한 사람인 요(堯)가 자질과 덕이 부족한 자신의 아들 단주(丹朱)에게 제위를 물려주지 않고, 효행으로 널리 알려진 덕망 있는 순(舜)에게 제위를 물려준 것에서부터 유래한다. 순 역시 자신의 아들인 상균(商均)에게 양위하지 않고, 주야로 칠년 간이나 치수사업에 매달려 대홍수를 극복한 공을 세운 우(禹)에게 제위를 물려주었다. 따라서 선양이란 천자의 제위를 부자나 형제끼리 상속을 하지 않고 훌륭한 인물 즉 덕망(德望)이나 실제 능력을 가진 자에게 양도하는 이상적인 행위를 가리킨다. 특권층이나 가문이 권력을 독점하는 것이 아닌 정권 교체의 방법이었다.

선양이 일어날 때쯤, 곧 위대한 제왕이 탄생할 조짐을 예언하는 시점에 '봉황과 용마, 기린'이 출현하는 것이다. 그런데 도대체 공자는 왜 자신의 언행과 불일치하는 이런 신이한 비기(秘記) 즉 비밀스런 예언을 고대하고 있었을까? 그는 어떤 성군의 탄생을 기다렸을까? 공자가 바라는 성군은 누구였을까?

'성군으로부터 선양을 받을 자는 바로 공자 자신이었다.'

공자는 천하를 원했고, 그는 천하를 제대로 다스려 보고 싶었다. 고대의 아름다운 선양이 오늘날에도 이어져 세습의 고리가 아닌 선양이 이루어지기를 갈망하였다.

공자가 권력욕을 가진 야심가라는 말이 결코 아니다. 그는 다스려지지 못하는 세상을 가슴 아프게 바라보며 성군이 다스리던 옛 태평성대를 염원한 사람이다. 그런데 현실은 어떠한가? 그 어디에도 희망은 보이지 않고, 난국을 추슬러 낼 영웅은 아무리 둘러보아도 보이지 않는다. 이대로 두고 자신의 배만 불리고 글이나 읽고 있어야 하는가? 후대에 춘추 시대라 불리는 난세 속에서 인간 공자는 끊임없이 고뇌하였을 것이다. 그 어느 누구 제대로 된 천하 경영의 비전을 갖고 끌고 갈 뜻도 용기도 없는 현실 앞에서 그는 수없이 좌절하였다.

'천하를 이대로 버려두어도 좋다는 말인가? 하늘은 어찌하여 이렇게 천하를 내팽개치려 하는가? 제대로 덕을 갖춘 성인이 나타나 이 난세를 구원할 기회는 오지 않는가?'

이러한 세계관을 가진 공자에게 그것을 실험해 볼 기회는 몇 번 찾아왔다. 그는 전심전력으로 그 일을 수행하여 수완과 능력을 인정받기도 했다. 노나라의 대사구가 되었을 때 그는 정직과 겸손, 성실과 믿음으로 나라를 추스르기 시작했다. 때로는 과감하게 국정을 밀고 나가기도 하였다.

나라의 권력 질서를 혼탁하게 하는 소양묘라는 간신을 참하는 추상 같은 기개를 보이기도 했다. 그러나 세상은 이 영웅을 받아들이기에는 너무나 왜소했다. 권력자들이 감당하기에는 너무나 큰 그릇. 그가 공자였다. 현실 정치에서 공자는 수없이 좌절하였다. 한계를 절감했다. 비록 작은 일이라도 주어진다면 최선을 다해 세상을 변혁시켜 보겠다는 그의 의지는 받아들여지지 않았다.

견제와 조소. 그는 수모까지 느꼈다. 그러나 좌절하지 않고 꿈을 찾아 천하를 주유하였다. 자신이 실권을 잡고 참다운 민본의 정치를 펼칠 수 없는 현실을 가슴 아파하며 깊은 좌절에 빠지기도 하였다.

도대체 이 난세를 바로잡아 천하를 안정시킬 사람은 누구인가? 주(周)왕실은 무력하고, 천하의 제후들은 고삐 풀린 망아지처럼 뛰고, 대부들과 관리들은 제 뱃속을 채우기 바빠 민생은 그야말로 형편무인지경이다. 무기력한 주왕실의 권위를 확립하고 제후들 사이의 질서를 바로잡고, 대부들의 전횡을 그치게 할 방도는 무엇인가?

그 답은 성군의 출현밖에는 없다. 전쟁이 아닌 또 세습도 아닌 방법으로 천하의 위대한 천자가 나타나게 되는 길! 그것이 선양이다. 선양밖에는 길이 없다. 순이나 우가 나타나듯이 천하의 덕망 있는 인재를 찾아 천하를 그에게 넘겨야 한다. 지금 이 천하에서 그러한 덕과 능력을 갖춘 자는 누구인가? 아무리 둘러보아도 아무도 없다. 그런데 오직 한 사람이 있을 뿐이다. 그가 누구인가? 공자는 그 스스로 자신이 그러한 인간임을 믿었던 것이 틀림없다.

무소부지(無所不知)의 학식, 천하의 영재들이 배움을 청하며 몰려들어 존경하는 덕망, 노나라에서나 제나라에서 보인 정치의 실무 능력. 어디 나무랄 데가 없는 완벽한 성덕을 갖춘 자! 나 공자가 여기 있지 않은가!

천하가 뒤죽박죽되어 이전투구를 벌이고 있는 작금의 현실에서는 도저히 자기의 꿈 즉 이상 정치를 펼칠 수가 없었다. 덕치(德治)에 바탕한 공평하고 평화로운 세상을 만들고 싶은 공자의 야망이 그의 가슴에 가득했다. 그래서 하(夏)나 은(殷)의 시대를 동경하고 주(周)나라 초기 시대를 부흥하고 싶어 했다.

그것을 가장 쉽게 이루는 방법이 성인이 성인에게 선양을 하는 길이다. 그런데 성덕을 갖춘 나 공자(孔子)는 여기 있는데 요나 순 같은 성왕(聖王)이 없어 선양이 이루어지지 못함을 그는 몇 번이고 탄식했다. 순(舜)이나 우(禹)와 같이 성덕을 닦아 쌓으면 성군(聖君)이 그에게 천하를 맡기어 다스리게 하리라는 아름다운 세상을 꿈꾸던 공자는 너무 순진하였던 것인가?

사실 요순의 선양이 전설과는 다르다는 후대학자들이 많다. 대체로 이와 같은 선양 전설은 사실이 아니라고 보는 것이 일반적인 해석이다. 선양 전설은 전국시대 맹자의 저서에서 처음으로 주목되며, 실제 전설의 생성도 전국시대 초기 묵자가 자신의 주장을 뒷받침하기 위해 만들어낸 것으로 보인다고 한다. 또한 한비자나 죽서기년과 같은 선대 고전에서는 이미 선양이 허구이며 순, 우가 각각 요, 순을 폐위, 감금시키고 제위에 올랐음을 폭로하고 있다고 한다. 그러나 선양 전설은 유학이 중국의 중심 사상이 되면서 크게 유행하여 중국 역사 전반에 걸쳐서 사실로 받아들여졌으며 이상적인 왕조 교체의 전형으로 칭송되었다. 따라서 공자의 시대에 이러한 선양 설화가 전혀 생성되지 않았다는 단정은 할 수 없는 것이다.

공자의 시대에 이미 선양 사상은 싹터 있었고 논어에도 그렇게 기록되어 있다. 그리고 공자는 고대의 선양 미덕이 새로이 나타나기를 갈망하였다. 나, 공자는 여기에 있다. 천하를 물려 줄 성군은 누구이며 그것을 예언하는 징조는 왜 나타나지 않는 것인가?

공자가 자만에 빠져 기개를 드러내며 으스댄 것이 아니다. 공자는 그 시대 세상 사람들 특히 학식과 권력을 가진 사람들에게 이미 출중한 인물로 어떤 나라이든 맡을 충분한 능력을 가진 사람이라고 알려져 있었다. 모두 그를 두려워하기까지 하였다. 공자가 노나라의 재상 대리격인 일을 맡아 정치를 펴 나갈 때 이웃 나라인 제나라는 국가적 위기를 느껴 긴장한다. 상호 경쟁적 관계인 노나라의 강성은 제나라의 화(禍)가 될 것이라는 두 나라의 뿌리 깊은 경쟁의식이 제나라 조야를 긴장시킨 것이다.

그래서 제나라는 노나라에 미인 가무단을 보내 공자를 실각시킬 공작을 폈고, 그 계획은 성공을 거둔다. 이를 일러 '부저추신계(釜底推薪計)'라고 말한다. 우리 속담에 '군불을 때다'라는 말이 있다. 슬그머니 은근히 불을 지펴 가마솥의 열을 차츰 높여 나간다는 말이다. 먼저 아궁이에 장작을 밀어 넣는 일부터 시작해서 은근히 밑에서 보이지 않게 쓰는 계책이다. 삼십육계 중 제19책이라고 한다.

공자가 제대로 일 한 번 해보려 하니 세상이 그를 내버려 두지 아니하였다. 제나라가 공자를 견제하려고 노나라 왕에게 말 120필과 80명의 미녀 가무단을 선물로 보내었다. 노나라의 왕 정공과 계손씨를 비롯한 실권 대부들이 향락에 빠져 정사를 멀리하게 만들자는 계책이다.

공자는 이런 망령된 짓을 받아들이지 않을 것이고 그러면 자연히 내분이 일어나게 될 것을 노린 이간 전술이었다. 노나라의 실권자들은 미희 가무단에게 흠뻑 빠지고 말았다. 공자는 천한 향락에 빠진 지배층의 행태에 크게 실망한다. 그리고 혹시나 그들이 문제를 자각하기를 기다렸으나 역시나였다. 공자는 크게 실망한 나머지 사직하고 노나라를 떠나버린다. 이간책이 성공을 거둔 것이다.

퇴폐한 와중에서 자신의 신념을 지킬 수 없어 미련 없이 떠나 버리는 공자. 여기까지가 공자의 한계다. 공자는 그들의 어리석음 깨우쳐 주고 나라의 장래를 걱정하며 굳건히 버티려 하지 않았다. 이때의 공자에게서는 지사다운 면모는 찾아볼 수 없었다. 오랜 세월이 지난 후 그의 철저한 추종자이던 조선의 선비들은 그렇지 않았다.

견리사의, 견위수명(見利思義 見危授命)하라는 공자의 말은 교조적 권위로서 그들의 삶을 지배하고 있었다. 조선의 선비들은 임금과 고위 관료가 비리나 정책적 오류를 저질렀을 때 서슴지 않고 간하는 의기를 보였다. 특히 중요한 사안 앞에서는 목숨을 던질 각오로 그 잘못을 탄핵하였다.

'아니 되옵니다.'

유약한 조선을 그런대로 살려 나간 한 마디. 바로 '아니 되옵니다.'였다. 극한의 상황에서는 궁궐 문 앞에 거적을 깔고 그 위에 꿇어앉아 머리를 산발한 채 도끼를 앞에 놓고 상소를 올렸다. 도끼에 머리가 잘려 그 시신이 거적에 싸여 묻히더라도 물러설 수 없다는 의기. 이것이 조선을 지킨 정신이다. 우리 겨레는 이 의기로 나라와 민족을 지켜왔다. 비단 선비뿐만 아니라 모든 겨레 가슴에는 이러한 의기가 늘 자리 잡고 있었고, 불의와 폭압 앞에서는 화산 같이 분출되었다.

삼일운동, 4·19의거, 광주민주화운동, 촛불집회. 우리 민족은 이렇게 스스로를 쇄신하며 그 정체성을 지켜왔다. 그러나 유학의 원조 공자는 고국 노나라를 버렸다. 공자는 노나라와 그 권력자들에게 미련 없이 결별을 선언하고 떠났다. 그리고 14년에 걸쳐 천하를 주유하게 된다.

그에게는 선양만이 답이었다. 이러한 선양에 대한 공자의 미련은 여러 곳에서 나타난다. 한 번은 제자 자공에게 심경을 털어놓기도 하였다.

"나를 알아주는 이가 없구나."

"어찌하여 스승님을 알아주지 않는 것입니까?"

"하늘을 원망하지도 않았고, 사람을 탓하지도 않았다. 작고 사소한 것부터 배워 마침내 큰 진리(도)를 깨우쳤으나 나를 알아주는 것은 하늘뿐이로구나."

(子曰, "莫我知也夫! 子貢曰, "何爲其莫知子也?" 子曰, "不怨天, 不尤人, 下學而上達. 知我者其天乎!" ―(논어 헌문편)

그래서 그는 하늘만 쳐다볼 뿐이었다. 공자는 스스로도 성왕(聖王)들의 정통을 그가 이어받았음을 공언하기도 하였다.

그가 광(匡) 땅에서 폭도들에게 생명의 위협을 당했을 때 그는 태연하게 말했다.

"문왕(文王)이 이미 죽었지만 그 전통만은 내가 이어받지 않았느냐? 하늘이 장차 그 문(文)을 없애버리고 싶지 않아 문왕이 죽은 후에 내가 그 전통을 이어받게 한 것이다. 하늘이 그 전통을 없애려 하지 않는 한 광(匡) 땅 사람들이 나를 어떻게 하겠느냐?" ―(논어 자한)

공자는 스스로도 그가 문왕의 문을 이어받은 적자(嫡子)임을 제자들 앞에서 공언하고 있었다. 그는 강한 자부심을 갖고 있었다. 그러나 자신의 큰 포부를 알아주는 이도 없고 그에게 천하 개조의 대사업을 의뢰할 요나 순 같은 절대 권력자도 없어 그저 하릴없이 하늘만 쳐다보는 처지일 뿐이었다. 그의 능력만큼은 여러 제후들이 충분히 인정했다. 그러나 그들은 도량이 작은 소인배들이었고, 춘추라는 정치 환경이 이 성인을 받아들이기에는 참으로 난감한 시대였다. 그는 너무 큰 그릇이었다.

비록 왕위(王位)에 오르지는 못했지만 왕자(王者)와 같은 존재감을 드러내는 위인을 '소왕(素王)'이라고 한다. 공자와 같이 제왕(帝王)의 지위에 직접 오르지는 않았지만 제왕 못지않은 영향을 후세에 남긴 성현(聖賢)들을 일컫는다. 대체로 유가(儒家)에서는 공자를, 도가(道家)에서는 노자를 소왕(素王)이라고 칭하면서 숭상한다.

공자는 스스로도 이런 자존감을 가지고 살았던 것 같다. 이런 공자의 심중은 곳곳에서 드러나는데 공자가 제자 옹야(雍也)를 평한 부분에서도 확인할 수 있다. 다음의 논어 구절을 주목해 보자. 공자가 그의 제자 옹야를 평가한 언급이다.

"옹야는 능히 남면하게 할 만하다."

(子曰, "雍也可使南面 옹야가사남면") ─(논어 옹야편)

옹야는 충분히 남면할 자격을 갖추었다고 했다. 여기서 말하는 남면이란 무슨 말인가? 남쪽을 향해 앉는다는 말이다. 식자들은 벌써 알아들었을 것이다. 곧 임금의 자리라는 말이다. 공자의 제자 옹야는 인품이나 능력으로 보아서 한 나라의 제후로서 충분한 자격을 갖추었다는 후한 평가이다.

옹야(雍也)는 공자의 제자 중궁(仲弓)이다. 그는 출신이 비천하고 그 아비의 품행이 좋지 않아 사회적으로 다소 비하되는 인물이었다. 하지만 공자의 제자가 되어 여러 덕행을 쌓으며 중후한 인재가 되었다. 공자가 보기에 옹야는 단순한 재사(才士) 정도가 아니고 그 이상의 인품과 능력이 있다는 것이다. 성품이 너그럽고 도량이 넓으며 간략하고 중후하여 인군(人君)의 자격이 있다고 본 것이다. 중궁은 나중에 공자의 추천으로 노나라의 실권자 계손씨의 재상이 된다.

우리는 옹야에 대한 공자의 이러한 평가를 주목해 보아야 한다. 제자 옹야를 두고 한 나라의 왕 노릇은 충분하다고 말했다면 공자 자신은 어떤 위치에 있을 법한 것인가? 상대적으로 평가할 때 공자는 왕의 왕 정도여야 한다. 말할 나위도 없이 왕의 왕은 천하의 제왕인 것이다. 공자는 천하의 제왕 노릇은 충분히 감당할 만하다는 자긍심이 그의 심중에 늘 자리 잡고 있었던 것 같다.

또 논어 술이편에는 다음과 같은 공자의 말이 기록되어 있다.

"공자께서 말씀하셨다. 하늘이 나에게 덕을 주셨다. 환퇴 따위가 나를 어떻게 하겠느냐?"

子曰, "天生德於予, 桓魋其如予何?"(자왈, 천생덕어여, 환퇴기여여하)

공자가 천하를 주유(周遊)할 때 송나라에서 난을 일으킨 환퇴라는 자에게 포위되어 목숨이 경각에 달린 때가 있었다. 제자들이 두려움에 빠져 있을 때 공자는 의연히 위와 같이 말했던 것이다. 하늘이 나에게 덕을 주어 어떤 사명을 맡겼다.

하늘은 나를 여기서 죽게 내버려 두지 않을 것이다. 공자는 하늘이 이 세상을 구원하라고 자신을 내려보냈다. 그냥 허망하게 죽게 하지는 않을 것이라는 믿음을 갖고 있었다. 당당하면서도 강한 소명의식을 가졌던 것이다. 그에게는 천하경영의 사명이 있다고 믿었던 것이다.

03 획린(獲麟)

공자는 말년에 참으로 황당한 사실과 직면하게 된다. 도저히 받아들이기 힘든 정황 앞에서 공자는 마침내 절망하고 무릎을 꿇는다. 영웅이 쓰러지는 것이다. 그는 이 이상한 사태를 맞아 마지막 절규를 하며 붓을 던진다. 파란만장한 삶의 고비를 직감하고 더 이상 세상을 향한 어떤 언행도 끝내고 죽음을 기다리게 된다.

공자가 천하주유를 끝내고 고국 노나라로 돌아와 제자들을 가르치고 있을 때의 일이다. 공자는 노나라의 역사 춘추를 집필하였는데 그 춘추에 "기린이 잡혔다."는 기록이 있다. 춘추의 마지막 기록이 '서쪽으로 사냥을 나갔다가 기린을 잡았다(西狩獲麟)'이다. 노나라 애공은 어느 봄날 대야에 사냥을 나갔다.

그때 사냥에서 노나라의 실권을 장악한 대부 숙손씨의 수레를 모는 서상이란 자가 이상한 짐승을 잡았다. 처음 보는 기이한 짐승이었다. 몸통은 노루 형상이고, 꼬리는 소와 같고 머리에 뿔이 있었다. 사람들이 무슨 짐승인지 몰라 불길하게 여겨 목을 찔러 죽였다. 나중에 사냥에서 돌아와 사람들이 그 짐승을 공자에게 보였다. 그 짐승을 보고 공자는 기린이라고 말했다. 그리고 탄식했다.

'성인이 나타날 때야 출현하는 상서(祥瑞)로운 짐승이 어찌 이런 때 나타났단 말인가? 성인의 앞에서나 복종하는 진귀한 기린이 기린인 줄도 알아보지도 못하는 천한 자에게 잡히다니. 하늘의 도가 이것으로 무너지고 말았구나.'

라고 한탄했다. 공자는 이로써 춘추의 기록을 끝낸다. 그래서 획린(獲麟) ─기린을 잡다─이란 단어는 '붓을 꺾다' 또는 '천명을 다하다'는 뜻으로도 사용하게 되었다.

기린을 묻은 후 공자는 거문고를 뜯으며 처연히 노래 불렀다 한다.

'요 순 임금 밝은 시대에

기린과 봉황이 노닐었다네.

지금은 아니로구나.

내가 바라는 그때가

기린이여! 기린이여!

내 마음 서글프구나.'

(唐虞世兮麟鳳游, 今非其時吾所求, 麟兮麟兮我心憂)

공자는 스스로를 기린이라고 생각했음이 틀림없다. 공자는 천하를 경영하고 싶었다. 그 길이 바른 세상을 만드는 길임을 확신하였다. 그러나 세상은 너무나 혼탁하여 기린이 나타난 줄도 모르고 그를 홀대하였거나 받아들이지 못했다. 기린은 성인의 출현이고 선양의 징후이다. 아무도 그 깊은 하늘의 기밀 ─천기를 눈치채지 못했다. 신화의 시대는 끝난 것이다.

삶의 종막이 다가옴을 느낀 철인은 하늘을 우러러보며 탄식한다. 노나라 애공 15년. 제자이며 친구 같았던 우직한 의협의 사나이 자로가 위나라 왕위 계승을 둘러싼 변란으로 죽었다. 공자에게 자주 바른 말을 하기도 하고 때로는 바람막이 역할까지 하던 제자 자로가 세상을 떠나자 공자는 더욱 기가 꺾였다. 곧이어 병이 들었다. 애공 16년. 공자는 파란만장한 생을 마감하고 임종을 맞이한다.

공자는 임종을 앞두고 제자 자공이 문병을 오자 자신의 심경을 토로하였다. 그의 나이 73세 때였다. 그리고 비장하게 다음과 같은 노래를 불렀다.

泰山壞乎(태산괴호)
梁柱摧乎(양주최호)
哲人萎乎(철인위호)
(태산은 허물어지는가?
큰 기둥은 쓰러지는가?
철인은 사라져 가는가?)

그의 두 눈에서는 걷잡을 수 없이 눈물이 쏟아져 나왔다. 그리고 마침내 울음을 멈추고 자공을 비롯한 여러 제자에게 말했다.

"천하에 도가 없어진 지가 오래 되었구나. 나의 말을 믿어 주는 사람은 아무도 없다."

그의 비장한 토로는 제자들의 심금을 찢었다. 그 후 7일 만에 공자는 파란만장한 삶을 끝내었다.

공자의 마지막 노래는 예기(禮記)나 사기(史記)에 두루 실려 있다. 우리는 공자가 임종의 노래에서도 스스로를 '대산', '양주', '철인'으로 지칭하며 성인다운 면모를 잃지 않았음을 볼 수 있다. 천하가 기울어지고 있음을 보는 심정. 그러나 그에게 아무런 천명이 주어지지 않음을 보는 쓰라림. 그것이 거기에 있었다. 공자 스스로 그 자신이 태산 같은 존재로 천하를 바로잡을 덕망을 갖추었음을 자부하였다. 성인이 헛되이 쓰러져 가는 처참함을 그는 죽음 앞에서 토로하고 만 것이다.

주공(周公)이 되고 싶었던 공자

공자는 자신이 바라던 이상적 세상을 선양을 통해 확실히 재현할 수 있으리라 기대했으나 세상은 그럴 사정이 아니었다. 봉황도 하도도 나타나지 않았을 뿐더러 세상은 이미 신화시대가 아니었다. 선양은 벌써 기대하기 불가능한 세상이 되었다. 천하는 도덕의 시대를 지나 폭압의 시대로 옮겨 가고 있었다. 역사의 진화가 이루어지고 있었다.

이상 세계를 꿈꾸는 그를 세상은 비웃었다. 오히려 그를 '상가의 개' 취급하였다. 그래서 공자가 꿈꾼 차선책이 바로 '주공'이었다. 선양을 통한 천하의 개조가 어렵자 공자는 다른 길을 모색할 수밖에 없었던 것 같다. 그래서 그는 주공을 겨냥했다.

주(周)나라 창건의 일등 공신. 주나라의 기반을 닦은 현인. 문왕의 아들이며, 무왕의 동생이고, 성왕의 숙부인 주공. 그러한 주공이지만 최고 권력 곧 제위에는 결코 욕심을 내지 않고 오로지 주(周) 왕실을 탄탄한 기반 위에 올려놓는 일에만 전심전력을 다했다.

제2인자로서의 역할을 너무나 훌륭히 수행하여 태평성대를 이룩한 위대한 정치가. 그가 주공이다. 그 옛날 이윤이 태갑을 제대로 된 천자로 만들기 위해 그를 유폐시키고 천자를 대행한 사례가 있었다. 주공도 그와 유사한 행적을 보인다. 주공은 조카 성왕이 성장하여 제대로 된 천자 노릇 할 때까지 대리청정을 하였다. 오해를 사기도 했다. 그러나 그는 그 일을 깔끔하게 완수하고 성왕에게 권력을 넘겨주었다.

공자는 자신에게 선양의 기회가 오지 않을 세상임을 이미 간파하고 있었다. 그래서 그는 그의 꿈을 구현할 또 다른 방안으로 '주공'이 되었으면 하는 야심을 가졌다. 야심이라고 해도 충분히 좋을 것이다. 훌륭한 일에 대한 의욕적 도전도 야심이다.

그는 자신을 등용해 주는 군주 밑에서 주공과 같은 현명한 보필을 하여 위로 천자를 영광되게 하고 아래로 백성을 태평하게 할 수 있는 역량이 그에게 충분히 있다고 믿었다. 그래서 그는 주공을 흠모한 것을 넘어 그의 역할을 하고 싶어 했다. 그것도 간절히.

그가 어느 날 술회한 논어의 구절을 보자. 논어 술이편에서 공자는 다음과 같이 말했다.

"심하구나. 나의 노쇠함이여! 오래구나. 내가 꿈에서 주공을 뵙지 못한 것이!"

子曰, "甚矣, 吾衰也! 久矣, 吾不復夢見周公!"

(자왈, 심의, 오쇠야! 구의, 오불부몽견주공!)

꿈에서라도 주공을 뵙고, 그의 이상이 실현될 때를 염원하는 공자의 심정을 잘 드러낸 말이라고 본다. 공자는 성인 주공을 흠모하여 그를 꿈에라도 다시 보기를 원한 것만이 아니다. 그는 주공이 되고 싶었다.

주공은 문왕(文王)의 아들이다. 성은 희(姬)이고, 이름은 단(旦)이다. 형 창(昌)이 즉위하여 상나라(흔히 은나라라고 불림)를 멸망시키고 주 왕조를 창업하는 데 크게 기여하였다. 주나라가 천하를 차지한 이후에는 예악과 법제를 정비하였다. 봉건제도를 발전적으로 정착시켜 중국이 오랜 세월 봉건 국가로서 유지되는 기틀을 다졌다. 중국은 넓은 땅과 많은 인구를 효율적으로 다스리기 위해 진작부터 봉건제도를 정착시켰다. 천하의 주인인 제왕 곧 천자가 큰 나라를 작게 나누어 공신이나 왕족들에게 나누어 주고 천자는 전체의 통솔권을 갖는 제도인 것이다.

전국시대를 마감한 진의 시황제는 중앙의 직접 통치를 시도하여 군현제를 도입하였다. 한나라의 무제도 부분적인 군현제를 시행해 전국을 직접 통치하려 하였다. 봉건제와 군현제는 중국과 같은 큰 나라에서 늘 고민되던 선택 사항이었다.

사실 큰 나라에서는 지금도 봉건제와 유사한 제도를 채택하고 있다. 현재의 미국만 봐도 아메리카 합중국(United States of America)이다. 작은 국가(state)가 매우 강한 독립성을 유지하면서 전체 합중국으로 결합하여 충성하는 연방제도이다. 다만 민주주의를 표방하므로 정권의 탄생을 주민의 손으로 결정할 뿐이다.

영연방은 형식상이지만 아직도 국가 원수는 여왕이 임명하는 총독이 된다. 구소련도 위성국을 그렇게 다스렸다. 덩치가 큰 나라는 너무 넓은 영토와 수없이 많은 국민을 중앙 정부가 완전히 장악하여 다스리기에는 무리가 있다. 통치에서 어느 시점이 되면 임계점에 도달할 수밖에 없다. 인류는 동서를 막론하고 이런 꾀를 낼 수밖에 없었던 것이다.

주나라 창건 당시 천하의 권력 구도는

천자→제후→대부→사(土)→평민→천민

의 순으로 유지되고 있었다. 천자는 제후에게 천하를 분할하여 대리 통치하게 하고 제후는 대부들에 의지하여 나라를 다스리는 것이다. 대부는 거의 제후의 족친으로 세습되었다. 그리고 대부를 돕는 지식, 실무 그룹이 사(土)이다. 사는 신진 그룹이다. 공자 시대에 이르러 이 사계급이 대부 계층과 충돌하며 권력의 변환이 시작되는 것이다.

주공은 형인 무왕이 죽은 후에는 어린 조카 성왕을 대신하여 약 7년간 섭정하면서 국가를 안정시켰다. 왕실 내외부의 반란도 진압했다. 주나라의 대부분의 제도는 그에 의하여 만들어졌다. 주공은 무왕 이후 공자의 고국인 노나라의 제후로 봉해졌다. 봉지(封地)인 노나라에는 부임하지 않고 주로 조정에서 형 무왕을 보좌했다. 자기 대신에 아들 백금(伯禽)이 노나라의 제후 역할을 하게 하였다. 노나라는 주공의 나라였고, 그래서 공자는 주공을 더욱 흠모했던 것 같다.

주공은 현인과 인재를 소중하게 생각하고 잘 받들었다. 아들 백금이 봉지인 주나라로 떠날 때 당부한 말은 늘 인구에 회자된다.

"나는 문왕의 아들이자 무왕의 동생으로 귀한 신분이지만 현인이 찾아오면 머리를 감다가도 중단하고, 밥을 먹다가도 입속의 음식을 뱉어 내고 인재를 맞이했다."

흔히 인재를 소중히 여기고 그들을 대할 때 인용되는 말이다. 인재를 맞이할 때에는 예를 다하고 정성을 쏟아야 한다는 그의 가르침은 현인 다운 면모를 여실히 드러내고 있다. 주문왕이 태공망 여상을 맞을 때나 유비 현덕이 제갈공명을 찾을 때도 이러했다.

상나라를 멸망시킨 지 2년 만에 무왕이 죽었다(기원전 1034년). 무왕의 뒤를 이어 무왕의 열세 살 된 아들이 즉위하였다. 곧 성왕이다. 주공은 어린 조카를 대신하여 섭정을 맡아 국사를 돌보았다. 의혹과 질시가 따랐다. 급기야 다른 동생들이 불만 세력과 결탁하여 반란을 일으켰다. 지방 세력들과 구왕조의 잔존 세력까지 동조하여 주 나라의 기반이 흔들리는 위험한 판국이었다. 이에 주공은 스스로 토벌군을 이끌고 출전하여 3년에 걸친 원정 끝에 반군을 평정하였다.

그 후 주공은 주변 소국들 특히 동방의 어리 나라를 토벌하여 주나라가 중국을 확고하게 주도하는 천자의 나라로 굳혀 갔다. 그러고는 그 국토를 효율적으로 다스리기 위해 믿을만한 왕족과 공신들을 제후에 봉하여 통치하도록 하는 봉건제도를 확립했다.

또 주공은 광범위한 주나라를 안정적으로 통치하기 위해 국가기구를 새롭게 정비했다. 주례(周禮)나 의례(儀禮) 등의 저술을 통해 관혼상제 등의 예법과 종교, 정치, 사회 의례들을 확립했다. 오늘날에는 이런 것들이 주공의 저술이나 업적이 아니라고 보는 쪽도 있기는 하다. 또 그는 악(樂)을 정비하여 천자, 제후, 대부들의 수준에 따라 그 규모나 악곡의 선택을 엄격하고 세밀하게 구분하여 사용하게 하였다.

주공은 성왕이 장성하자 7년간의 섭정을 끝내고 천자에게 정권을 돌려주었다. 온갖 의혹과 질시 속에서도 어린 조카를 끝까지 돌보고 성장시킨 후 초연히 권좌에서 물러난 주공은 참으로 사심 없는 지도자의 표상이 아닐 수 없다. 형제들이 모함하고 난을 일으키고, 어린 성왕까지 의구심을 가지고 바라볼 때 그의 가슴이 찢어질 듯 하였지만 그는 의연히 진실되게 정국을 안정시켰다.

논어 태백편에서 증자도

"어린 임금을 부탁할 수 있고, 나라의 운명을 맡길 수 있다면 군자라고 말할 수 있다."

라고 말하고 있다. 어려운 일을 피하지 않고 했던 사람이 주공이었다. 조선조에 수양대군이 단종을 내칠 때 성삼문이 울부짖으며

"나리, 주공을 잊었소이까?"

하고 수양을 힐책하였다. 조카를 보살핀 자와 내친 자. 주공은 성인의 반열에 올랐다. 공자는 주공을 너무나 존경하였다. 주공을 배우고 싶어 했던 공자에게 기회가 왔다. 공자는 젊은 시절 노나라 실권자들의 배려로 주나라의 도읍에서 견문을 넓힐 기회가 있었다. 친구이며 제자이며 조카사위이기도 한 남궁경숙이라는 실권자의 아들 덕분이었다. 노나라 왕의 허락을 받아 마차와 마부를 비롯해 경비까지 지원받아 주도(周都)를 견학하였다. 요즘 말로 관비 수학여행을 한 셈이었다.

이때 주나라의 도읍을 둘러보며 여러 가지 견문도 넓히고, 제도, 법령, 예악을 배웠다. 주공의 여러 행적도 수집하였다. 또 주나라 왕실 도

서관을 관리하던 노자(老子)를 만나는 역사적 회합이 이루어졌다. 주나라 여행은 공자의 인생에 중대한 영향을 끼쳤다. 그는 여러 견문과 현자들과의 대담을 통해 그가 본 나름대로의 바른 세상과 그 통치 방향을 체득하게 되었다.

논어 팔일(八佾)편에서 공자는 주(周)의 문물을 높게 평가하였다.

"주나라는 하나라와 은나라 두 시대의 문명을 기초로 해서 빛나고 빛나는 문명을 이루었다. 나는 주나라를 따르련다."

子曰, "周監於二代, 郁郁乎文哉! 吾從周."

(자왈, 주감어이대, 욱욱호문재! 오종주.)

전쟁이 없고 인민이 태평한 나라, 문화는 꽃피고, 예악(禮樂)이 순후하고, 인의에 가득 찬 세상! 얼마나 아름다운가? 그가 꿈꾸는 덕치의 세상이 바로 주나라 초기의 모습이었다. 공자는 그런 세상을 다시 만들어 보고 싶었다. 자기를 등용하는 어진 왕이 있다면 주공처럼 결코 권력을 탐하지 않고 바른 정치를 실현해 보고 싶었다.

제왕을 욕되게 하지 않고 제왕을 보좌하여 천하를 평정하여 태평성대를 이루는 불세출의 치자(治者)가 주공이고 공자는 그것을 간절히 바랐다. 그것이 바로 절제의 미학이다.

재상정치 2

중국 역사에는 주공과 같은 제2인자가 자주 등장한다. 그들은 건국 초기에 나라를 안정시키며 절대자를 절대자 되게 만들었다. 그런 위대한 제2인자는 어쩌면 절대자를 앞세워 자신의 꿈을 완성시킨 참다운 의미에서 진정한 절대자일 수도 있다. 주공은 어린 성왕을 도와 7년간 섭정을 한 실권자였다. 주공이 내외적으로 산적한 일을 해결해 나가는 데 실질적 역할을 한 사람은 사실은 태공망(太公望)이라고 불리던 여상(呂尙)이었다.

주공은 위로 성왕을 보위하고 아래로 재상 태공망을 감무(監務)하며 천하를 주나라의 것으로 확실히 다지었다. 이러한 정치 양태는 전술한 바 있는 재상정치의 모델 그대로이다. 예(禮)로서 상하를 유대하면서 신(信)으로 중심을 삼고 전개하는 정치인 것이다. 제 2인자의 역할이 중심이 되는 국정 운영은 주로 건국 초기에 매우 강하게 드러나곤 했다.

한나라를 창업한 고조 유방은 깡패 비슷한 인간이었다. 그러한 그가 천하를 통일하여 제왕이 되도록 만든 일등 공신은 재상(宰相) 소하(蕭何)였다. 그가 안으로 나라를 안정시켜 통치하고 끊임없이 군수물자와 병력을 보충하여 보내 주지 않았다면 유방은 결코 천하를 얻을 수 없었다. 소하는 우직하게 묵묵히 내정에만 전념하였다.

전선에 나가 있는 유방은 내부의 동요를 내심 걱정하기도 하였다. 그래서 가끔은 의심의 눈초리로 자주 그를 떠보기도 하였다. 소하는 그런 기미만 보이면 일부러 소인배 같은 처신을 하며 유방을 안심시키고 공연한 의심을 불식시키는 지혜를 발휘하였다. 그는 오로지 시종일관 자신의 임무에만 충실하였다. 한나라는 소하가 만들었다고도 할 수 있다.

한신(韓信)이나 장량(張良) 등 공신들이 있었지만 소하와는 수준과 차원이 달랐다. 그들은 전쟁터를 누비는 영웅들이었지만 소하는 천하의 향방을 가늠하며 대세를 파악하고 있었다.

천하를 통일한 유방이 논공행상을 할 때 소하를 제일 위에 놓자 사단이 벌어졌다. 모두 거세게 항의하였다.

"우리들은 적게는 수십 번 많게는 수백 번. 목숨을 내놓고 적과 싸워 생명을 보장할 수 없는 난고를 치러왔다. 그러나 소하는 후방의 책상 위에서 정사만 보살펴 왔을 뿐이다. 그런 자가 제일 위라니 부당하다."

그러나 한 고조 유방의 생각은 그들과 달랐다. 사마천의 사기에는 이렇게 기록되어 있다. 고조가 장군들에게 말했다.

"귀공들은 사냥이라는 것을 아오?"

"알고 있습니다만…."

"그렇다면 사냥개가 무엇인지도 알고 있겠군."

"그렇습니다."

"사냥할 때 짐승을 쫓아가서 잡는 것은 사냥개이지만 그 개의 끈을 풀어 주어 달려나가게 하는 것은 사람이요. 말하자면 그대들은 도망치는 짐승을 쫓아가서 잡아 온 셈이니 공을 따지더라도 사냥개의 공이라고 할 수 있소. 그에 비하면 소하는 그대들의 끈을 풀어 주어 뛰게 한 자이니 이는 요컨대 인간의 공적이요."

신하들은 입을 다물었다. 유방은 항우에 비해 턱없이 능력이 모자라는 사람이었지만 이런 대세를 보는 시각을 가진 인물이었다. 그래서 그가 천하를 거머쥐게 되고 한(漢) 제국이 창건되었다. 승상 소하는 보이지 않는 곳에서 전쟁을 치렀고, 나라의 기틀을 다지고 있었다.

또 유방은 천하통일 뒤에 공신들을 순차적으로 제거해 갔다. 권력을 위해할 가능성이 있다고 본 자들을 거의 다 죽였다. 교활한 토끼가 죽으니 사냥개를 삶는다는 토사구팽(兎死狗烹)이 이로부터 나왔다. 제왕 한신, 회남왕 경포, 양왕 팽월이 도륙되고, 번쾌는 겨우 목숨만 건졌다. 현명한 장량은 장가계 산속으로 도망가듯 숨어버렸다. 유방의 측근 공신 중 제 명대로 살다가 죽은 자는 소하가 유일하다고 볼 수 있을 정도이다. 사냥개의 공적과 사람의 공적. 일시의 공적과 만세의 공적. 소하는 명재상임을 모두가 인정했고 그는 천수를 누렸다. 그의 자손들까지도 영예를 입었다.

또 한 사람의 위대한 재상을 언급하지 않을 수 없다. 중국 공산당이 지금 중국 천하를 거머쥐고 세계를 향해 굴기(倔起)하는 데는 저우언라이(周恩來)라는 탁월한 재상이 있었기 때문이었다. 마오쩌둥(毛澤東)은 카리스마와 지도력은 있었지만 잦은 오류를 범하고 정적과 싸움으로 손에 피를 많이 묻혔다. 그러나 공산당이 천하의 민심을 얻고 작전의 위기를 넘어가는 데는 명재상 저우언라이의 공적이 결정적이었다. 중국 공산당을 위기에서 구하는 데는 주공, 소하를 잇는 저우언라이라는 제 2인자의 존재와 역할이 있었던 것이다.

우리나라에도 세종 때에 명재상 황희가 있었다. 세종의 위대한 업적은 내치를 맡아 정국을 평안히 이끌어 가는 노재상 황희가 있었기에 가능한 것이었다. 세종은 자신의 세자책봉을 앞장서 반대했던 황희를 왕위에 오르자 곧 좌참찬으로 발탁했다(1422년). 대왕다운 풍도를 보인 것이다. 곧이어 영의정으로 기용하여 18년 동안 국초의 산적한 문제를 해결하고 나라를 안정시키는 데 기여하게 하였다. 공적으로는 군신의 관계였지만 사적으로는 지피지기의 지우였다.

한글 창제, 내불당 건립, 과학 기계 제작에도 황희는 적극적으로 왕을 도왔다. 한글 창제나 내불당 건립에 기를 쓰고 반대하는 사료(士僚)들을 황희가 거의 도맡다시피 하며 설득하고 제어해 나갔다. 반대자들은 황희의 논변과 인품 앞에서 수그러들었다. 황희는 왕의 의중이 국정에서 그대로 실행되도록 최선을 다한 명재상이었다. 세종의 위업과 뒤이은 성종의 빛나는 내치에 힘입어 조선 왕조는 우여곡절도 많았지만 오백 년을 버틸 수 있었다.

성군과 명재상은 늘 같이 등장한다. 동전의 양면이다. 내가 있어야 네가 있다. 네가 있기에 내가 있다. 주공을 비롯한 천하의 명재상들은 한결같이 주로 건국 초기에 많이 나타난다. 그리고 그들의 활동에는 믿음이라는 인간관계가 항상 자리 잡고 있다. 절대자와 제2인자 사이의 믿음은 천하를 안정시키는 핵심 키워드이다. 신뢰가 무너지고 제2인자와의 불편한 관계가 지속되는 정권은 필멸의 고비를 맞게 된다. 그것은 오늘날에도 마찬가지이다. 제1인자의 의심과 질투, 제2인자의 야심. 이 두 가지는 상승 작용을 일으키게 되어 있고, 그 결말은 잔혹하게 마감된다.

이야기의 본론은 공자의 주공 사랑이다. 공자는 이미 선양의 아름다운 시대가 끝났음을 알았기에 그는 주공을 꿈꾸었다. 어진 제왕이 있어 그 밑에서 주공처럼 천하를 태평성대로 이끄는 덕치주의의 실현이 공자의 꿈이었다. 그래서 인민들이 함포고복(含哺鼓腹)하고 마을과 마을에서 격양가(擊壤歌)가 울려 퍼지는 성대를 재현해 보고 싶었다. 바로 이것이 공자의 야심이었다.

흔히 공자를 내성외왕(內聖外王)이라고들 칭한다. 한 시대를 다스릴만한 성덕을 지닌 인물이라는 중망(衆望)도 있었다. 공자 스스로도 그렇게 믿고 있었던 것 같다. 공자의 꿈은 '잘 다스려지는 천하'였던 것이다. 그러나 주공 같은 위업을 이룰 기회도 그에게 오지 않았다. 그는 떠도는 낭인의 신세였다.

2. 어두운 밤에 길을 묻다

01 춘추의 저울추 앞에서

혁명은 왜 못하나? 차라리 혁명이라도.

춘추 시대에는 제(齊), 진(晉), 초(楚), 오(吳), 월(越) 등이 강국이었다. 이들은 나라도 크고 백성도 많은 패권(覇權) 국가(춘추오패)들이었다. 노를 비롯한 송, 정, 책, 곽 등은 군소 국가들이었다. 공자의 시대에 노나라는 더욱 왜소해진 나라였다. 당시 노나라의 정치는 어지러웠다. 노의 정치 형국은 하극상의 시대였다. 몇 대 전부터 형제 분규로 왕실이 사실상 4등분 된 상태였다. 형식상 왕과 조정은 있었으나 실권은 세 가문이 나누어 가지고 있었다. 그들은 계손씨, 맹손씨, 손숙씨의 세 가문이다.

이 세 가문이 노나라를 실질적으로 통치하고 있었다. 그들은 독자적 영지와 군대를 유지하고 있었다. 왕은 허수아비에 불과했다. 왕은 작은 직할령만 가진 궁색한 처지였다. 세 가문 중에도 계손씨 가문이 더 세력이 강했다고 볼 수 있다. 계평자, 계환자, 계강자로 이어지는 실권 가문이 노나라의 정치를 사실상 좌우하였다.

공자가 아직 등용되기 전에 노나라에 양화(陽貨)라는 실권자가 있었다. 양호(陽虎)라고도 불리던 그는 노나라의 실권 대부 가문인 계손씨(季孫氏) 집안의 가신이었다. 이런 자가 계손씨 집안의 혼란기에 주인을 가두고 제 스스로 노나라의 실권자 역할을 하려고 하였다. 그의 위세가 노나라를 좌지우지할 정도였다. 이런 그가 넌지시 공자에게 자신을 도와주기를 청하였다. 그러나 공자는 완만한 거절로 그의 요구를 벗어난다.

어느 날, 양화가 자기와의 만남을 피하기만 하는 공자를 길에서 우연히 만난 체하며 마주쳤다. 공자를 만나기 위한 덫을 놓은 셈이었다. 그가 공자를 향해 물었다.

"훌륭한 보배를 품고서 나라를 어지럽게 하는 것을 인(仁)이라고 할 수 있겠소?"

공자가 답했다.

"아니요."

양화가 또 물었다.

"종사(從事) —국정에 참여함— 하기를 좋아하면서 자주 때를 놓치는 것을 지(知)라 할 수 있겠소?"

"할 수 없소."

양화가 공자를 향해 은근히 말했다.

"세월은 흘러가는 거요. 세월은 나를 위해 기다려 주지 않소."

공자가 답했다.

"알았소. 내 장차 벼슬을 할 것이오."

(來! 予與爾言." 曰, "懷其寶而迷其邦, 可謂仁乎?" 曰, "不可." "好從事而亟失時, 可謂知乎?" 曰, "不可." "日月逝矣, 歲不我與." 孔子曰, "諾, 吾將仕矣.") —(논어 양화편)

양호는 자기가 섬기는 계손씨 가문의 군권을 장악한 틈을 타 계손씨 가문을 억압하고 있었다. 그는 노나라의 실권자 구실을 하면서도 더 확실한 정치적 기반을 모색하고 있었다. 그래서 공자와 같은 신진 지식 그룹이 그를 돕기를 바랐다. 자신을 도와달라는 양화의 은근한 유혹에 공자는 딱 잘라 거절하지는 않았다. 공자의 어투에는 어느 정도 말미를 주고 있음이 드러난다. 나갈 수도 있고 물러나 있을 수도 있는 엉거주춤한 상태의 심정, 공자와 양화의 회동은 여기서 끝난다.

그러나 우리는 이 조우에서 공자가 분명히 어느 시점이 되면 벼슬길에 나가겠다고 말한 대응을 눈여겨보아야 한다. 딱 잘라서 정치에 나서지 않겠다고 하지는 않았다. 다만 양호의 행실이 도덕적이지 못해서였을까 아니면 때를 저울질하고 있었을까?

춘추의 저울추는 흔들리고 있었다. 저울판 위에 올려진 중량이 제대로 가늠되지 못한 시대에 공자는 스스로 저울대에 올라갈 의지가 있었을까? 양호는 곧 실각하여 권좌에서 쫓겨나게 된다. 만약 양호가 더 오래 권력을 장악하고 있었다면 공자의 인생은 어떻게 되었을까? 공자는 "내 곧 벼슬할 것이오."

라고 말한 바와 같이 양호와 정치적 운명을 같이 하였을 가능성이 높다고 생각된다. 그렇게 되었더라면 공자라는 철인(哲人)을 우리가 만날 수 있었을까? 결코 아닐 것이다. 공자의 학문적 원숙과 깨우침은 그가 천하를 주유하며 겪은 온갖 풍상과 혼란을 통해서라는 것이 관련 학자들의 일관된 견해이다. 젊은 나이에 양호 등과 결탁하여 파란만장한 정치판에서 뒹굴었다면 우리는 철인 공자를 결코 만날 수가 없었을 것이다. 공자의 불행(?)이 인류 정신사에는 도움이 되는 아이러니라 할 수 있겠다.

그러나 춘추 시대의 정치 판국이 요동쳤을 가능성은 매우 높았을 것이다. 춘추 시대라는 약육강식의 소용돌이 속에서 권력과 세력의 판도가 크게 달라질 수 있었을 것이다. 공자의 자신에 찬 호언들이 그것을 뒷받침하고 있다. 어쨌든 공자는 사관(仕官)하여 국정을 주도적으로 이끌고 그래서 성대를 구현하고 싶었던 꿈만은 젊어서부터 강렬했음은 틀림없다.

"내 손에 권력을 쥐어 다오."

이러한 공자의 야심이 더 분명히 드러난 것이 공산불요(公山弗擾)와의 관계이다. 논어 양화편에는 다음과 같은 기록이 보인다.

공산불요가 비읍 땅을 차지하고서 반란을 일으키고는 공자를 불렀다. 공자가 가려고 하였다. 그때 자로가 좋아하지 않으며

"갈 곳이 없으면 그만 둘 것이지 하필 공산(公山)씨에게 가려 합니까?"라고 불편한 심기를 드러내었다. 공자께서 말씀하셨다.

"그가 나를 부르는 것이 어찌 그냥 공연히 그러겠느냐? 나를 써 주는 자가 있다면 나는 동주(東周)를 만들겠노라."

(公山弗擾以費畔, 召, 子欲往. 子路不說, 曰, "末之也已, 何必公山氏之之也?" 子曰, "夫召我者, 而豈徒哉? 如有用我者, 吾其爲東周乎?") —(양화 4)

"동주(東周)를 만들겠다."

공자의 의지가 예사롭지가 않다. 동쪽에서의 주나라, 즉 노나라 땅에서 천하의 새로운 태평국가를 재현하겠노라는 호언장담은 참 공자다운 호연지기(浩然之氣)가 아닐 수 없다. 반란자를 도와 태평성대를 이루겠다는 꿈. 얼마나 절실한 야심인가? 공산불요란 자는 앞의 양화와 함께

반란을 일으킨 자다. 양화가 갑자기 실각하자 공산불요 자신이 또 반란을 일으킨 것이다.

공자는 양화에게는 가지 못했는데 공산불요에게는 가려는 뜻을 분명히 한 것이다. 만약 제자 자로(子路)의 기개 있는 반대가 없었다면 공자는 기어코 공산불요의 가신이 되었을 것이다. 그리고 그 결과는 양화와 마찬가지로 역사의 의문부호로 남게 될 것이었다.

논어의 내용 중에서 공자가 자신의 정치적 의지와 꿈을 온전히 드러낸 곳 중 가장 확실한 것이 위의 인용 내용이다.

'자신을 등용하여 정치를 맡긴다면 동쪽에서 즉 노나라에서 주나라를 재현해 보겠다'는 공자의 호언에서 우리는 공자의 꿈은 무엇이며, 공자의 자신감은 어떠한지를 단번에 파악할 수가 있는 것이다. 또 논어 자로편에는 다음과 같은 공자의 정치 포부가 드러나 있다. 공자께서 말씀하셨다.

"만일 나를 등용해 주는 자가 있다면 일 년만 하더라도 괜찮을 것이다. 삼 년이면 이루어짐이 있을 것이다."

(子曰, "苟有用我者, 期月而已可也, 三年有成.")

일 년 안에 가시적 성과가 드러나고, 삼 년이면 무언가를 이룰 수 있다는 공자의 호언. 무엇을 이룰 것인 지에 대한 구체적 언급은 없다. 그러나 그의 종래까지의 언행을 보고 판단하기에는 그것이 크고, 튼튼하고, 풍요롭고, 예가 숭상되는 이상적 국가 모습일 것이라는 추측은 어렵지 않다.

풀뿌리라도 쥐고 싶은 마음

공자가 천하를 주유하고 있을 때였다. 온갖 고난을 겪고 있는 그에게 뜻밖의 솔깃한 제안이 들어 왔다.

기원전 490년 진(晉)나라의 대부 조간자(趙簡子)의 가신이며 중모 땅의 읍재(邑宰)였던 필힐(佛肹)이란 자가 그 주인을 배반하고 난을 일으켰다. 그리고는 공자를 초청했다. 같이 일해 보자는 것이다. 그러자 공자는 기다렸다는 듯이 대뜸 가려고 했다. 그러나 이때 역시 자로(子路)가 가로막았다. 공자가 들떠 조급해 할 때마다 자로는 강하게 가로막을 쳤다. 귀가 얇고, 또 기회를 잡고자 안달하는 공자에게 자로는 제자이며 친구로서 자기 나름의 소신을 갖고 간하는 것이다.

양화 때도 그랬고, 공산불요 때도 그랬다. 자로가 공자를 막은 것은 '직접 불선(不善)을 한 자에게는 군자(君子)가 그 무리에 들어가지 않는 다.'라는 공자의 가르침을 환기시킨 것이다. 공자에게는 자신의 말들이 자신의 발등을 찍은 형국이었다. 그는 스스로의 자가당착에 민망해 하면서도

"내가 어디 공중에 매달아 놓은 뒤웅박이냐?"

하고 볼멘소리를 한다.

(佛肹召, 子欲往. 子路曰, "昔者由也聞諸夫子曰, '親於其身爲不善者, 君子不入也.' 佛肹以中牟畔, 子之往也, 如之何?" 子曰, "然, 有是言也. 不曰堅乎, 磨而不磷, 不曰白乎, 涅而不緇. 吾豈匏瓜也哉? 焉能繫而不食?") ―(논어 양화편)

공중에 매달려 모두 쳐다보기만 하는, 말라 비틀어져 가는 뒤웅박 신

세, 공자는 위기의식을 느끼고 있었다. '기회가 자꾸만 멀어지고 있다. 무엇이건 잡아야 한다.'는 초조감까지 그의 심중에서 꿈틀거렸다. 좋은 모양은 아니나 그래도 그는 애타게 어떤 변화의 기회를 모색하려 하였다. 비록 반역의 무리일지라도 그를 잘 이끌고 보필하면 차츰 제후의 수준에 이를 것이고 그것은 곧 제왕의 태평성대까지도 넘볼 수 있지 않을까 하는 것이 공자의 생각이었던 것 같다.

반역이 성공하면 혁명이 되는 것이다. 공자를 꼬드긴 양화나 공산불요, 필힐은 기존 세력층에 속하는 인물들이었다. 그들은 군권을 쥐었을 때 주인을 배반하고 군사력으로 권력을 탈취하려 했다. 이것을 쿠데타라고 한다. 그러나 문제의 핵심은 그들의 권력 탈취가 정당한가, 그렇지 아니한가에 있는 것이 아니다. 문제의 핵심은 그들은 성공할 수 있는가에 달려있는 것이다. 왜냐하면 그들의 반란이 성공하면 혁명이 되고 새로운 정치 질서가 성립되기 때문이다.

역사상 세계의 모든 정권은 그렇게 등장하고 소멸되어 왔다. 거사에 가담하려 하던 공자와 이를 못마땅해하며 제지한 자로의 노선상의 불일치는 바로 이 혁명을 보는 세계관의 차이라고 보아야 할 것이다. 공자는 반역을 획책하던 인물들이 정당하고, 도덕적인 사람들이 아님을 이미 알고 있었다. 그런데 왜 그가 그들에게 동조하려 했는가? 그는 '성공한 쿠데타'에 대한 나름의 관을 가지고 있었음에 틀림없다.

우리도 1990년대에 '성공한 쿠데타'에 대한 논란에 휩싸인 적이 있었다. 전두환 등이 재판을 받을 때 모든 법리학자, 정치학자들이 이 문제로 낮밤을 샜다.

쿠데타건 반역이건 혁명이건 기존의 권력을 변화·퇴출시키려는 의지는 모두 일치한다. 그것들이 권력자에 의한 돌발적인 행위이든, 민중에 의한 점진적 힘의 표출이든 그 목표는 기존 권력을 뒤엎고 새로운 정권을 창출하는 것이다. 그리고 그 정권의 지향하는 방향이 독재적이냐 민주적이냐 하는 것은 그다음의 일일 뿐이다. 더 수구적이 되느냐 진보적이 되느냐 하는 문제는 성공한 다음의 문제일 뿐이다.

공자는 새로운 권력 질서의 등장으로 춘추 시대라는 지긋지긋한 난맥상이 종식되기를 바란 사람이다. 그는 매우 현실적인 정치가였다. 정치의 새로운 패러다임을 꿈꾸었다면 그것은 혁명의 배아가 그의 심중에 자리 잡고 있었다는 것이다. 다만 그가 이용하려는 힘이 당시 사회에서 그다지 정당성이나 도덕성을 갖춘 집단의 것이 아니라는 점이 결국 공자를 좌절하게 만든 것이다.

그러나 우리는 공자보다 300년 후에 나타난 위대한 혁명가들을 되새겨 본다면 공자가 얼마나 무기력하고 과단성이 없었던가 하는 점을 확인하게 되는 것이다.

그 혁명가들은 가장 무식했으며, 가장 가진 것 없는 천한 것들이었다. 천하는 그들에 의하여 경천지동(驚天地動)의 격변을 맞이하게 된다.

02 진승(陳勝)과 오광(吳廣), 천하를 뒤집다

"왕후와 장상이 어찌 씨가 따로 있다는 말인가!"

(王侯將相寧有種乎!)

진승(陳勝)과 오광(吳廣)은 둘 다 하남성의 가난한 농민의 자식들이었다. 둘은 다 집안이 가난하여 머슴으로 일하며 근근이 살았지만 가슴에는 큰 뜻을 품고 있었다. 진승이 하루는 농사일을 하다가 쉴 때 자신이 나중에 아무리 출세를 하더라도 옛 친구들은 잊지 않아야지 하고 혼잣말처럼 지껄였다. 이를 듣고 사람들이 모두 같잖아 하며 비웃었다. 그러자 진승은

"연작(燕雀-제비와 참새)이 어찌 홍곡(鴻鵠-기러기와 고니)의 뜻을 알리요!"

라는 황당한 말을 했다. 이 말이 진승이 처음 말했다는 근거는 없으나 그 후 천하의 명언이 되었다.

진승. 그는 하찮은 빈농의 자식으로 머슴살이나 하는 신세였다. 그러나 그의 가슴에는 남다른 포부가 꿈틀거리고 있었다. 그는 연작이기를 거부했다. 홍곡이 되고 싶었다. 아침저녁 조잘거리기만 하는 새떼가 아니라 몇 번의 날갯짓으로 창공을 가르는 큰 새라고 스스로를 다듬고 있었다.

기원전 210년 진나라의 시황제가 순행을 나갔다가 병을 얻어 세상을 떠났다. 시황제가 죽은 후 막내아들 호해(胡亥)가 2세 황제로 즉위했다. 환관 조고가 진시황의 유서를 위조하여 막내 호해를 후계자로 삼은 것이다. 2세 황제는 환관 조고에 의해 황제가 되어 조고에게 철저히 농락당하였다. 그들은 나라 정치를 피폐하게 만들었다.

진시황이 살아 있을 때 나라의 운명을 점쳐 보게 하였더니

'진나라를 망하게 할 자는 호(胡)'

라는 점괘가 나왔다. 시황제와 신료들은 이 호(胡)라는 대상을 모두 북방의 오랑캐 흉노라고 단정하였다. 그때 진제국은 흉노와 끊임없이 싸울 때여서 모두가 당연히 그렇다고 여겼다. 그래서 그들은 북방에 무지무지하게 많은 병력을 집중시키고 만리장성을 쌓기 시작했다. 그러나 이것은 참으로 잘못 짚은 것이었다. 그때까지 어린 막내 호해를 아무도 주목하지 않았고 그 존재감도 전혀 없었기 때문에 호(胡)가 호해(胡亥)의 호임을 아무도 몰랐다. 그러나 조고와 이사의 흉계에 의하여 호가 황제가 되었다. 그리고 호해는 몇 년 안 되어 천하를 말아먹고 말았다.

참 대단한 점괘다. 아마 누군가가 후대에 만든 이야기일 것이다. 조고는 어린 호해를 등에 업고 권력을 전횡하였다. 천하 통일의 밑거름이 되었던 재상 이사를 모함하여 죽였다. 이사는 중국 역사에 가장 강력한 법가의 지존이다. 거칠 것 없는 조고는 유명한 고시 지록위마(指鹿爲馬)를 낳은 장본인이다. 그의 무자비한 권력이 사슴을 말로 만든 것이다. 민생은 도탄에 빠지고 형벌은 더욱 가혹해졌다. 또 만리장성, 운하, 도로, 아방궁, 황릉 등의 대역사를 일으켜 백성들을 무자비하게 동원했다. 이로 인해 백성들의 조세와 부역에 대한 부담이 가중되었다. 자연히 민심은 극도로 황폐해졌다.

기원전 209년 진승과 오광은 변방 수비군에 징발되어 북쪽의 국경지대로 향하게 되었다. 그러나 그들 일행은 중간에 홍수를 만나 더 이상 나아갈 수 없어 도착 기일을 넘기게 되었다. 당시 진나라에는 징발령을 받고도 기한 내에 도착하지 못하면 참형에 처한다는 법령이 있었다. 진승과 오광의 무리는 참형을 당할 위기에 놓였다. 이판사판이 된 이들은 호송 책임자를 죽이고 변란을 일으켰다.

"이래도 죽고 저래도 죽을 팔자(八字), 끝까지 가보자."

그들은 자신들과 비슷한 처지에 있는 다른 무리들을 규합하였다. 그리고 산적이나 수적이 된 무리도 이들과 합세했다. 유리걸식하던 난민들까지 모여들어 그 수가 급격히 불어났다. 세력이 커지자 이 고을 저 고을을 차지하며 그 지평을 넓혀 갔다. 그들은 내친김에 나라를 세우기로 하였다.

중국 최초의 농민혁명이 일어난 것이다. 이때 진승이 한 유명한 말이

"왕후장상이 어찌 씨가 따로 있으리오!"

라는 말이다. 이 말은 그 후 반란하는 무리가 상투적으로 사용하는 캐치프레이즈가 되었다. 그러나 이 말은 따져보면 참으로 명언 중에 명언이다. 왕후장상의 씨가 따로 없다는 말은 인간은 모두 평등하다는 깨우침인 것이다. 그들은 2200년 전에 인권 선언을 한 것이다. 민중, 인민, 평등 같은 개념을 정립하고 확장시킨 것은 아니나 그 저류에 흐르는 '인간성'에 대한 각성은 참으로 대단한 것이었다.

이 외침은 마른 들판의 불길처럼 천하를 뒤덮었다. 얼마나 절실했던 깨우침이었을까? 이로써 중국 역사상 최초의 농민혁명이 시작된 것이다. 그들의 횃불 아래 그들 자신들도 놀라우리만치 구름같이 사람들이 몰려들었다. 물론 진시황의 폭정과 진승과 오광의 교묘한 대중 선동이 기름을 부은 격이 되었지만 변화를 바라는 민중의 열망도 대단했다. 지긋지긋한 세상을 확 뒤집어 버리고 싶었다. 누군가 불씨를 지피기만을

기다리고 있었던 것이다.

미천한 농민에 불과했던 진승은 스스로 장군이 되었고, 오광은 도위가 되었다. 그들은 처음에는 기현(蘄縣)을 공격하여 점령했다. 진승과 오광은 세력을 불리며 동서로 나누어 진나라 군대를 공격하여 이웃 다섯개 현을 점령하였다. 파죽지세로 나아가 계속 여러 군현을 함락시키면서 진나라의 폭정에 시달리던 농민들을 규합하였다. 봉기 1개월 만에 수만 명의 병사를 소유한 막강한 군대를 갖추자 진승은 마침내 스스로 왕이 되었다. 진지(陳地)라는 곳을 수도로 하고 나라 이름을 '장초(張楚)'라고 지었다. '초나라를 넓힌다.'라는 의미이다. 장초는 중국 역사상 농민혁명으로 건국된 최초의 국가였다.

"왕후 장상이 어찌 씨가 따로 있으리요?"

이 말은 희대의 명언이자 인간 해방의 기념비적 선언이다. 진승은 농민들을 이끌고 정치적, 집단적 행동을 통해 혁명을 일으킨 최초의 지도자다. 그는 농민의 영웅이다. 중국의 민중 역사는 진승과 그 동료 오광으로부터 시작되었다. 그들은 무식했다. 절박했다. 죽기를 각오했다. 이것저것 재어 보고 따지어 보는 원모심려(遠謀深慮)가 아니었다. '이것밖에 답이 없다.'라는 신념이 섰을 때 행동했다.

좌고우면(左顧右眄)하는 유생(儒生)들이 아니다. 예(禮)니, 충(忠)이니 하는 것보다 탄압받는 무리의 생명이 절실했던 사람들이었다. 그래서 행동했고, 그 후 중국 인민들은 새로운 왕조의 출현과 혁명이라는 성과를 누렸다.

"연작이 어찌 홍곡의 뜻을 알리요?"

진승과 오광, 그들이 아니었으면 유방(劉邦)과 항우(項羽)의 궐기도 없었다. 시골 건달에 지나지 않던 유방과 초나라의 몰락한 명문 집안의 후예라는 항우가 정의라는 기치를 앞세우고 진나라를 향해 도선장을 내민 것은 진승과 오광이 세운 장초국에 의해 큰 자극을 받았기 때문이다. 그들은 분위기에 편승하여 덩달아 일어나 천하를 양분했다.

진승이 멸망한 후 천하는 항우와 유방의 결전장으로 변했고 마침내 유방의 한(漢)나라가 천하를 거머쥐게 되었다. 중국을 세계적 국가로 뻗게 한 한제국(漢帝國)은 그 시원이 진승과 오광이라는 혁명아들의 봉기로부터였음은 그 누구도 부정할 수 없다. 한제국(漢帝國)의 성립은 물론 그 후 유현덕이 세운 촉한(蜀漢), 주원장이 세운 명(明)왕조 역시 서민과 평민이 주동한 나라다. 그 시원은 천민 진승이다.

공자는 진승보다 300년 정도 앞선 사람이다. 공자가 진승과 같은 기개로 혁명을 주도했다면 어떤 일이 벌어졌을까? 공자는 그럴 의향은 있었을까? 나는 공자가 공산불요나 필힐에게 흥미를 느끼고 동참할 의사를 가졌던 것으로 보아 그럴 가능성은 충분하다고 앞서 언급한 바 있다. 그런데 공자는 결코 그럴 수 없었다.

왜? 무엇 때문에?

시대가 무르익지 않아서인가? 그에게 용기가 없어서인가? 아니면 그가 평생 익혀 온 학문의 굴레가 그를 자승자박의 울안에 가두어 버린 것인가? 이것도 저것도 안 된다고 판단했다면 '차라리 새로운 왕업을 창시하여 새 나라를 만들 수는 없을까?'라고 생각한 적이 단 한 번도 없었을까? 그래서 '그 나라가 요순의 나라, 주나라와 같은 태평성국이 되게 할 수는 없을까?' 하는 큰 꿈을 가져 보지도 않았을까?

그러나 그런 웅지가 있었다고 하더라도 그에게는 그것을 실행에 옮길 동력이 없었다. 동력은커녕 불쏘시개도 없었다. 공산불요와 양호, 필힐의 초청을 받고 그들에게로 달려가려 한 것은 그들이 불쏘시개는 되지 않을까 하는 일말의 모험에 가까운 기대였다. 그렇게 해서라도 천하를 경영해 보려는 야심이 공자에게 있었다. 그러나 그런 야심은 실행되지 못했다. 그 근저는 무엇이었을까? 이 글에서 그것을 밝혀 보려는 것이다.

진승 등이 혁명을 하려는 생각을 갖게 된 것이 우연이고 돌발적인 것이라고 쳐도 이미 그 시대에 정치체제에 대한 새로운 패러다임이 싹트고 있었다. 그 기운은 정치 집단에서부터 민중에게로 서서히 옮겨 오고 있었다고 본다. 제왕, 제후, 대부, 전문 행정가로 짜인 요지부동의 권력 패턴에 새로운 바람이 불고 있었던 것이다.

오랜 세월 축적된 권력 체계를 무너뜨리는 사상적 변이가 태동되어 점차 민중에게까지 파급되고 있었다. 진승이 거사를 함에는 그 사회에 점진적으로 파고든 어떤 사조(思潮)가 동인이 되었다고 본다. 그 사조는 은근하면서도 강렬하게 민중에게까지 스며들고 있었다.

그 불을 지른 자가 맹자이다. 맹자! 그는 천하를 뒤집을 이론을 정립한 것이다.

순자와 맹자 초원에 불을 지르다

공자의 시대에는 상상도 하지 못할 사상적 전환이 일어났다. 공자보다 약 200년 후에 나타난 사상가들은 공자를 계승 발전시켜 나갔다. 공자의 후 세대에 그의 학통(學統)을 다지고 발전시킨 순자(荀子)와 맹자(孟子)의 출현은 중국 사상사에 큰 변화를 불러일으켰다. 특히 맹자의 과감하고도 도전적인 탕무방벌론은 절대 권력의 최종 선택자는 백성이라는 새로운 패러다임을 제시하였다. 공자도 민(民)의 힘이 나라의 힘이라는 데까지는 이르렀지만 민이 정치의 주연이라는 데까지는 닿지 못했었다.

순자는

"군주(君主)가 배라면 백성은 물인 것이다. 물은 배를 띄우기도 하지만 때로는 배를 뒤엎기도 한다."

(君者舟也 庶人者水也 水則載舟 水則覆舟)

-군주민수(君舟民水)

라는 말을 하므로 민본의 세상을 선언한 것이다. 그는 또

"하늘이 백성을 낳은 것이 군주를 위한 것이 아니나, 하늘이 군주를 세운 것은 백성을 위하여서다."

공자의 시대를 벗어난 사상의 전환이다. 민본주의를 피력한 것이다. 물론 공자도 백성이 근본이란 뜻을 밝히기는 했지만 이렇게 강렬하고 직접적이지는 않았다.

맹자는 여기서 한 발 더 나아가 역성 혁명론을 제시하기도 하였다. 맹

자의 '탕무방벌론'을 한 번 더 숙고해 보자.

"백성이 가장 귀중하다. 사직(社稷)이 그다음이다. 군주는 가장 가볍다. 그러므로 여러 백성의 신임을 얻어야만 천자(天子)가 되는 것이다. 또한 천자의 신임을 얻어야 제후가 된다. 제후가 그 사직을 위태롭게 한다면 곧 갈아치워야 할 것이다."

맹자는 백성과 천자, 제후의 관계를 명쾌하게 정립하였다. 그리고 한 걸음 더 나아가 제(齊)나라의 선왕(宣王)에게 탕무방벌론을 피력했다.

"탕(湯)이 걸(桀)을 몰아내고 천자(天子)가 되었고, 무왕(武王)은 주(紂)를 쳐내고 천자가 되었다. 신하 된 자로서 제 임금을 시해한 것이 도리에 맞는 일인가?"

라고 하는 제왕의 질문에 맹자가 답했다.

"인(仁)과 의(義)를 해치는 자를 잔적지인(殘賊之人)이라 하옵니다. 탕과 무왕은 단지 잔적 곧 '그놈' 걸과 주라는 놈을 저형하셨을 뿐 자기 임금을 시해한 것은 아닙니다."

얼마나 명쾌한 답인가? 독재자, 폭군을 권좌에서 끌어내리고 민심에 부응하는 새로운 나라를 세우는 것은 매우 정당하다는 이 논리가 확산되어 민중의 가슴에까지 다다랐다.

이 역성혁명론(易姓革命論)은 이율배반적이다. 한제국(漢帝國) 때 경제의 면전에서 신하들끼리 이 문제에 대한 토론이 있었다. 황제의 앞에서 제왕이 천심을 잃으면 갈아치울 수 있다는 학자들과 그것은 패역의 도당들이나 할 짓이라는 학자들이 일대 토론을 벌인 적이 있었다.

황제 앞에서 혁명에 대한 소신을 밝힌다는 것은 상상하기 어려운 용기임에 틀림없다. 만약 황제의 노여움을 사게 되면 목이 열 개라도 모자랄 지경이기 때문이다. 그러나 역성혁명론을 옹호하던 학자들에게도 당당한 논리와 방패막이 있었다. 그들은 만약 역성혁명이 불가능하다면 어찌 고조 유방이 한나라를 세울 수가 있었겠는가? 지금의 황제 폐하도 존재할 수가 없었을 것이라고 자신들의 소신을 굽히지 않았다. 경제도 어느 쪽을 두둔할 수 없어 논쟁을 중단시키고 말았다.

맹자는 왕의 면전에서 바로 백성을 착취하는 왕과 대부들은 도둑이다. 잘못된 왕은 갈아치워야 한다고 서슴없이 일갈한 사람이다. 권위적이기만 한 폭군들은 왕으로 인정하지 않고, 백성들에게 해를 끼치면 바꿔어야 한다고 말한 것이다. 이러한 사상의 변이가 바로

"왕후(王侯) 장상(將相)이 어찌 씨가 따로 있으리요?"

하는 피맺힌 절규로 이어져 민중과 농민이 봉기하여 혁명을 일으키게 되는 시대적 배경이 된 것이다.

공자가 정치적 야망을 기르고 있었을 때 이런 사상적 기운이 시대를 채우고 있었다면 세상은 많이 달라질 수도 있었을 것이다. 그러나 한편으로는 공자 생전에 맹자와 순자 같은 제자백가들의 이론이 더 강력하게 파급되어 있었다 해도 공자는 분연히 거사를 도모하지 못했을 것으로 생각된다. 그것이 공자의 한계였던 것이다.

우리는 그 전후의 사정을 한 겹씩 벗겨 보아야 할 것이다. 자신에게 정치를 맡길 군주를 막연하게 기대만 하고 천하를 떠돌던 공자는 오랜 세월의 영욕을 뒤집어 쓴 채 천하 주유(周遊)의 파란을 마감하고 고국 노나라로 돌아간다. 그리고 후학 양성과 집필에 전심하다가 생을 마감

한다. 우리는 공자의 굴기(崛起)와 좌절을 통해 인생사의 여러 면모들을 헤쳐보고 삶이 무엇이며 우리들은 어디로 흘러가고 있는가를 되짚어 보아야 할 것이다. 이것이 역사를 공부하는 근본이 아닐까?

공자, 그는 차려 놓은 밥상을 원했고, 그리고 반찬이 시원찮으면 언제나 혀를 차며 수저를 놓았다. 그리고 또 자기에게 새로운 밥상을 차려줄 왕이나 나라를 찾아 떠났다.

03 위험한 나라, 너나 사세요

공자는 식성이 다소 까다로운 편이었다. 또한 예를 갖춘 식습관을 가진 사람이었다. 정결하고 깔끔한 음식을 좋아했다. 넘치지도 않고 흐트러지지도 않는 식단을 선호했다. 음식을 대할 때도 절도가 있었다. 검약하면서도 돈후한 식생활을 하였다. 술도 잘 드셨다. 공자가 술을 대하는 태도가 논어에 언급되어 있는데 논어 공부를 하는 사람들은 가끔 이 대목으로 우스개를 하곤 한다.

논어 향당편에

"오직 술만은 한정이 없었으나 난잡함에 이르지는 않았다."

(唯酒無量유주무량, 不及亂불급란)

라는 구절이 보인다. 이 구절을 보아 공자는 술을 많이 드신 것은 분명하나 취하여 난잡하지는 않았던 것 같다. 그러나 후대 학인들은 술을 마실 때 이 구절을 교묘히 어긋나게 해석하여 킥킥거리며 술을 마시곤 한다. 뒷 구절 불급란(不及亂)의 不及과 亂을 띄워 해석하는 것이다. 곧 不及하면 亂하다 식으로 현토하면 '미치지 못하면 난리를 피운다'로 해석할 수도 있다. '不 及亂'이라 현토하여 급란하지 않았다. 곧 난잡함에 이르지 않았다가 되는 것이 보통의 옳은 해석이다. 그런데 누군가가 심심파적으로 우스개를 만든 것이다. 술을 흡족하게 제대로 마시지 못하면 난동을 부린다? 공부하다 어떻게 술자리라도 한 번 만들어지면 학인들은 통음하면서 이 구절을 인용하고는 킬킬거리는 것이다.

'공자님께서도 그러셨는데….'

공자는 검약하면서도 절도 있는 식생활을 했던 것은 틀림없다. 그런데 지금 여기서는 밥상의 내용에 대하여 말하려는 것이 아니다. 밥상의 주체에 대하여 말하려는 것이다. 중국이나 우리나라에서나 권위주의 시대에는 사대부, 군자들이 밥상을 직접 차리는 일은 절대로 없었다. 차려 놓은 밥상에 앉아서도 온갖 위엄을 보이는 것이 군자다운 체통으로 여겼다. 심지어는 여인네가 밥상을 들어 바칠 때, 그 높이가 눈썹까지 다다르도록 공손함을 다해야 했다. 이를 거안제미(擧案齊眉)라고 하여 부덕(婦德)을 쌓는 여인들의 수신 요목이었다.

공자 역시 스스로 밥상을 차린 일은 결코 없었을 것이다. 그도 당연히 자신의 취향에 맞게 차려 주는 밥상에 앉아서 식사를 했을 것이다.

공자는 정치판에서도 스스로 밥상을 차리려는 모습을 보이지 않았다. 스스로 밥상을 차려 보려는 의지보다는 '차려진 밥상'을 원하는 편이었다. 그러면서도 더욱 까다로운 입맛을 드러냈다. 입맛이 까탈스러운 것은 몸을 사리기 때문이다. 공자는 정치에서만은 지나친 청결벽을 보이는 언행들이 많다. 그래서 그의 정치 행적에 일관성의 문제가 제기되는 것이다. 지금부터 말하려 하는 내용은 그가 양화나 공산불요 그리고 필힐에게 흥미를 느끼고 가려 했던 것과는 매우 다른 행보이다.

우리는 다음의 이야기를 통해 그가 이쪽저쪽의 중간에서 상당히 고뇌하고 망설였던 자취를 발견하는 것이다. 공자의 현실 정치 참여 방향을 가늠해 볼 수 있는 사례들을 찾아보자.

밥상 차려

수저만 들면 되는 밥상. 공자는 정치에서도 '차려 놓은 밥상'을 원했던 것 같다. 정치판에서 코피 터지게 바둥거리며 입지를 넓혀 나가는 스타일이 아니었던 것 같다. 그의 학문과 명성, 그리고 능력을 알아보고 어느 누군가가 모시러 올 때를 기다리는 사람. 공자는 그런 쪽이었다. 그의 주유천하는 열국의 제후들에게 '나 공자, 어때요?' 하는 시위적 성격의 유세라고 보아야 할 것이다. 막말로 하면 일종의 상품 세일 같다고나 할까? 그런데 그에게 밥상을 잘 차려 놓고 '어서 옵쇼!' 하는 나라가 별로 없었다.

여러 나라의 제후들은 모두 망설이기만 했다. 갖고 싶기는 하나 갖기에는 버거운 존재, 그가 공자였다. 공자 또한 마찬가지였다. 다소의 모욕을 감수하고라도 그 판에서 승부를 내겠다는 오기, 그에게는 그것이 더 절실하지 않았을까?

오늘날에도 과거 자신의 업적이나 지위, 명예를 등에 업고 슬그머니 정치판에 뛰어든 사람들을 종종 본다. 모대학 총장을 지냈다거나, 무슨 법원의 판사였다든지, 모모 기업의 CEO였다든지 또는 시민사회 단체의 지도자였다든지 하는 명망을 가지고 정치판에 뛰어들어 그대로 성공하기를 바라는 사람들이 많다. 본인이 정치적 야심을 가졌든지, 정당에서 소위 새로운 수혈이랍시고 그들의 명성을 이용해 보려는 술책이든지 간에 그분들이 정치판에서 겪는 파란을 보면 아쉬움이 남는 경우가 많다.

정치 활동이 그들의 자의든 타의든 그것을 불식하고 그가 발을 들인 정치판은 '차려 놓은 밥상'이 아니다. 그가 이왕에 그 판에 뛰어들었다면 이판사판의 치열한, 어쩌면 결사적이랄 수도 있는 싸움을 벌일 자세가 있어야 하고 그렇게 펼쳐 나가야 한다. 좋은 말로 소위 영입되었다고 해서 수저만 들고 밥상에 앉아서는 성공하기 어려울 것이다. 그들이 필요해서 끌어들이기는 해도 그 판에는 끊임없는 약육강식과 온갖 술수가 판을 치고, 서로 야합하기도 하며 또 배격하기도 하며 치열한 생존의 싸움을 벌여 나가야 하는 것이다.

우리는 명망 있는 인물들이 어쭙잖게 그 판에 뛰어들었다가 이러지도 못하고 저러지도 못하다가 결국 정치판에 이용당하기만 하던 사례를 많이 보아 왔다. 단물만 빨아먹고 내치는 그 판의 생리를 몰랐다면 순진한 사람이다. 또 막상 뛰어들었으나 이전투구의 꼴들을 보고 자기는 도저히 그럴 수는 없다고 뒤늦은 후회를 하는 사람은 선견지명이 부족했던 것이다.

신사적 플레이를 하자고 외치다가 도리어 '바보 아냐?'하는 비웃음만 사고 명예도 돈까지도 잃어버린 명사들을 보는 것은 안타까운 일이다. 결국 정치판에서는 모두 자기의 밥상을 자신이 차릴 수 있어야 하는 투지와 지혜와 오기가 있어야 하는 것이다. 하지만 공자는 그렇지 못했다. 그는 '차려 놓은 밥상'에 앉으려고 했다. 공자의 굴기와 좌절은 여기서 항상 명암이 갈리는 것이다.

공자는 제자들에게 종종 이런 교훈을 피력했다.

〈어지러운 나라에 발을 들여 놓지 마라.〉

"위험한 나라에는 들어가지 말고, 혼란스러운 나라에는 거하지 말 것이며 천하에 도가 있으면 나타나고, 도가 없으면 은둔한다."

(危邦不入, 亂邦不居. 天下有道則見, 無道則隱 위방불입, 난방불거, 천하유도즉견, 무도즉은) ─논어 태백편

공자는 제자들에게 위험한 나라에는 들어가지도 말라고 가르쳤다. 또 세상이 제대로 이치에 맞게 돌아가고 있으면(도가 행해지면) 나타나 활동하고 그렇지 않고 혼란스러우면 숨어버리라고 가르쳤다. 실제로 공자 자신도 그랬다. 노나라를 떠날 때도, 제나라를 떠날 때도 무도한 나라에 살 수 없다는 심정이었을 것이다. '더러운 꼴을 차마 볼 수 없다.'라는 순정이 공자의 가슴에 가득했을 것이다.

공자는 또 이런 말도 했다.

"가장 현명한 사람은 무도한 세상을 피해서 살고, 그다음 가는 사람은 무도한 지역을 피해서 살고, 그다음 사람은 무도한 사람을 피해서 살고, 또 그다음은 무도한 말을 피한다."

(子曰, "賢者辟世, 其次辟地, 其次辟色, 其次辟言." 피세, 피지, 피색, 피언) ─(논

어 헌문편)

무도한 세상은 피해서 사는 것이 상책이다? 공자다운 덕성(?)스러운 말씀이다. 그러나 참 의아스럽다. 왜 공자는 이처럼 봄을 사리는 말을 했을까? 공자가 여러 나라를 떠돌며 유세에 나선 것은 정치에 참여하고 싶어 했기 때문이다. 그런데 태평하게 잘 다스려지는 나라에서 왜 공자 같은 사람을 구태여 고용하겠는가?

군주들이 탁월한 지도자를 고용하려는 것은 산적한 국내외의 문제들을 현명하게 처리해 줄 인재를 원하기 때문이다. 그런데 공자는 골치 아픈 나라에는 들어가지도 말라고 가르치고 있다. 사실 공자 자신은 벼슬길을 간절히 원하는 사람이었는데도 말이다.

한번은 제자 자공이

"선생님께서 좋은 구슬을 가지고 있으면 파시겠습니까?

라고 출사의 의지를 떠본 적이 있었다. 그러자 공자는

"팔아야지, 암, 팔아야지, 나는 물건을 제대로 알아보는 사람을 만나 제 값 받기를 기다린다."고 했다.

(子貢曰, "有美玉於斯, 韞匵而藏諸? 求善賈而沽諸?" 子曰, "沽之哉! 沽之哉! 我待賈者也.") —(논어 자한편)

이토록 정치 참여를 갈망하던 사람이 위험한 나라에는 발을 들이지 말라고 말하였을까? 위험하지 않은 나라라면 대체로 잘 다스려지는 나라가 아닐까? 그런 나라에 가서 정치를 하고 싶다는 것인가? 그런 나라에서 얻을 수 있는 좋은 명망과, 높은 봉록. 이런 것들이 그가 추구하는 목표였던가? 이러한 공자의 언행과 처신은 세상을 개혁하고 태평한 천하를 구현하려는 의지와 합치하는 말씀일까? 납득하기가 어렵다. 의아스러운 행보가 아닐 수 없다. 공자의 이런 교훈을 들은 사람이라면 누구나 이런 의문쯤은 품지 않겠는가?

'그렇다면 위험한 나라에는 누가 살아야 하나요?'

그와 그의 제자들이 위험한 나라에 발을 들여놓지 않겠다는 것은 보신주의인가? 결백주의인가? 위험한 나라가 어떤 나라인지 불분명하기는 하다. 그러나 그 나라는 도가 행해지지 않는 나라일 것이다. 무도한 왕과 대부들이 백성들을 억압하고 수탈하여 민심이 횡행하는 나라일 가능성이 높다. 또 이웃 나라로부터 위협을 당하여 전쟁에 휘말린 나라일 수도 있다. 그런 나라는 피하는 것이 상책이다. 왜냐고? 공연히 그런 나라에 발을 들여놓거나 그런 나라에서 벼슬살이하다가는 변란에 휩쓸려 개죽음하기 십상이다. 이게 공자의 정치관인가?

'위험한 나라'에는 위험한 인간들이 살아야 한다. 무지랭이 같은 백성들과 막 돼먹은 대부들이 뒤죽박죽이 되어 사는 것이다. 감히 군자들이 발들일 곳이 아니다. 이쯤에서 우리는 공자의 이상 정치가 어디로 증발하였는지 어리둥절할 수밖에 없는 것이다.

"나 공자는 '잘 차려진 밥상'에 앉아야 한다."

만약 공자가 추구하는 처세관이 이러했다면 우리는 그를 존경할래야 존경할 수가 없다. 그가 늘 말해 온 덕치주의(德治主義)는 어디로 갔으며 인의예지신(仁義禮智信)은 누구를 위한 것인가? 백성이 압제에서 시달리건 말건 폭정의 지도자가 천리(天理)를 어기든 말든 우리는 '위험하지 않은 나라에서 살아야 해.' 이것이 공자의 의지인가?

자로(子路)의 분노

오늘날 우리들이 가진 의문을 그때도 가진 사람이 있었다. 자로(子路)였다. 공문십철(孔門十哲) 중에서도 정치와 군사 방면에 탁월한 재능을 가진 제자로 알려져 있는 자로이다. 자로는 공자와 생각이 달랐다. 자로가 말했다.

"조정에 나가지 않는 것은 의(義)가 아니다. 어른과 아이 사이의 절의도 버릴 수 없는데 군신의 의리를 어찌 버린단 말인가? 자신의 일신을 깨끗이 보전하고자 천하의 큰 윤리를 어지럽힐 수는 없다. 군자가 벼슬길에 나가는 것은 국가에 대한 의를 다하려는 것뿐이다. 도를 행하지 못한다는 것은 이미 아는 바다."

(子路曰, "不仕無義. 長幼之節, 不可廢也, 君臣之義, 如之何其廢之? 欲絜其身, 而亂大倫. 君子之仕也, 行其義也. 道之不行, 已知之矣.") —〈논어 미자편〉

얼마나 당당한가? 내 한 몸의 일신을 보전하고자 몸을 사리고 정치를 외면한다면 나라는 어떻게 된단 말인가? 임금은 어찌되고, 또 백성은 어찌 되겠는가? 나 한 몸의 도를 이룸은 큰 윤리 앞에서 중요하지 않다. 자로의 이러한 언설은 앞서 언급한 일민(逸民)들에 대한 반론이고 사관하려는 공자를 두둔한 것으로 판단할 수는 있으나 그 의연함은 스승 공자보다 훨씬 강력하다.

'작은 것〈도(道)〉 때문에 하늘이 부여한 윤리〈천륜(天倫), 대륜(大倫)〉를 거역할 수 없다.'

자로는 도(道)를 행하지 못함은 이미 알고 있으며 잠시 유예할 수 있다고 말한다. 왜? 대륜(大倫)을 저버릴 수가 없기 때문이다. 여기서 우리는 도는 무엇이며 대륜은 무엇인가를 숙고해야 한다.

우리는 자연스런 결론에 도달할 수밖에 없다. 도(道)는 곧 소아(小我)이고 대륜은 곧 대아(大我)라는 사실이다. 불교적 가르침을 들여다보면 이는 곧 소승(小乘)과 대승(大乘)의 차이이다. 나 한 몸의 성불보다 중생 제도의 사명이 더 막중한 것이라고 성인들은 가르치셨다. 지장보살은 "지옥이 빌 때까지 결코 성불하지 않으리라."고 다짐하였다고 한다. 공자 자신도 그러한 말을 종종 하였다.

공자의 출사(出仕)에 대한 태도에는 자로가 아니라도 오늘날의 식자라면 누구나 의문을 가지지 않을 수가 없을 것이다. 공자는 '밥상이 차려진 곳에서 숟가락만 들겠다는 말인가?' 누가 그에게 밥상을 차려주며, 그를 모시어 잡수시게 한단 말인가? 위험한 나라에서 도망가듯 하며 그는 여러 나라를 주유하였다.

위험한 나라일지라도 제 한 몸 망가질 각오를 하고 어려운 백성들을 위해 진력하겠다는 의지가 자로의 것이라면 공자는 조무래기들하고 싸움질이나 하다가 날 새는 나라에서는 정치할 의도가 없다는 것이 그의 의지였던 것 같은 처신을 곳곳에서 드러내었다. 실제로 위나라에서 임금이 군사(軍事)에 대하여 묻자

"그런 것은 배운 바가 없습니다."

하고 말한 후 위나라를 떠났다. 그 임금이 절실하여 물었는데 공자는

"제 전공이 아니라서요."

하고 발을 뺀 것이다. 공자는 다방면에 재능이 있었다고 알려져 있다.

군사 방면에 대하여도 언급한 내용이 몇 곳이나 있다. 그가 모른다고 말한 것은 그로서는 그런 일을 하고 싶지 않다는 뜻을 밝힌 것이다. 그러고는 곧 짐을 쌌다. 그때 위나라는 정치적으로 난맥상을 보인 나라였다. 백성들의 삶이 매우 황폐했다.

공자 같은 뛰어난 행정가가 필요했다. 그러나 공자는 흙탕물에 발을 담그려 하지 않았다. 하지만 자로는 달랐다. 나중에 자로는 위나라의 왕권 다툼에 휘말려 죽게 되는 데 공자는 자로라면 충분히 그럴 것이라고 예측하기도 했던 것이다. 스승 공자와 제자 자로와의 얽히고설킨 애증(愛憎) 관계는 뒤에 별도의 장에서 다루어 보려 한다. 그를 통해 우리는 공자라는 인물을 추적하는데 많은 단서들을 찾을 수 있기 때문이다.

어려운 나라라고 하더라도 또 마음에 다소 들지 않는 일이라고 할지라도 진정 백성을 생각하는 정치를 꿈꾸었다면 흙탕물에라도 발을 들일 수 있어야 하지 않을까?

"물이 맑으면 머리를 감고, 흐리면 발을 씻는다."

세상은 온탕과 냉탕을 오가며 굴러간다. 궂은일과 좋은 일이 반복되고, 큰일도 있고 사소한 일도 있다. 직장이든 사업이든 작고 어려운 일에서부터 크고 막중한 일로 점차 영향력을 넓혀 가는 것이 상리가 아닌가? 허드렛일이라도 하며 입지를 넓히고 봉사하는 것이 군자답지 않은가? 공자 자신도 그렇게 말하기도 했다. 그런데 위험한 나라는 피하라니 무슨 이야기인지 납득하지 못하는 사람이 많다. 자신의 인격적 완성과 정치 실험과 의욕에만 차 있었는가? 그가 떠난 나라와 백성은 누가 돌보아야 하는가? 청소부가 따로 있다는 말인가?

그는 음란과 사치, 방탕한 쾌락을 향유하는 불의한 권력자들의 꼴을 보지 못해 벼슬을 버리거나 다른 나라로 외유를 떠났다. 그러나 그때 그 나라의 백성들은 비참한 삶 속에서 극한적 고통을 당하고 있었다. 그들을 외면하고 떠나는 마음이 편하지는 않았을 것이다.

노나라에서 미인계에 놀아난 왕과 실세들을 차마 볼 수 없어 외유의 길에 나서게 되는데 그가 떠난 노나라는 '알아서들 하슈. 난 끼이기 싫어니까.' 정도로 팽개쳐도 좋다는 생각이 그를 지배한 것인가?

'까마귀 노는 곳에 백로야 가지 말라.'

이런 생각은 공자의 일관된 정치관과 모순되지 않는가?

또 공자는 이런 말도 했다.

"나라에 도가 있으면 소신껏 말하고 행동하지만 나라에 도가 없으면 소신껏 행동은 하되 말은 조심해야 한다."

"子曰, 邦有道, 危言危行, 邦無道, 危行言孫."(자왈, 방유도, 위언위행, 방무도, 위행언손) —(논어 헌문편)

공자보다 좀 뒤에 한비자(韓非子)라는 법가의 대가가 등장하여 사상계와 정치판에 회오리를 일으킨다. 그는 모순(矛盾)이라는 명언을 낳은 사람이다. 공자가 한 말 '도가 없는 나라에서는 함부로 정의로운 말을 해서는 안 된다'는 논설은 한비자의 논리와 흡사하다. 한비자(韓非子)가 '세난(說難)'에서 말하는 처신술이 바로 그러하다. 한비자는 세난이라는 저술에서 임금이나 높은 벼슬자리에 있는 사람에게 어떻게 하면 그들의 노여움을 사지 않고 진언(進言)할 수 있는가에 대하여 자세하게 피력해 놓았다.

권력자의 심기 −한비자의 표현대로 역린(逆鱗)−를 건드려 일신을 위험에 빠지게 하는 우(愚)를 경계하라는 처세술을 적은 책이다. 한비자는 공자보다 늦게 출현한 사람이다. 그는 실용적이면서 교활할 정도의 계책에 능한 사람이다. 그러나 공자는 인의라는 대의명분을 중하게 여기는 철인이다.

그러하기에 우리가 공자의 언행에서 도의 소중함을 일깨우는 가르침보다 보신책을 가르치는 잔꾀 같은 저급함을 발견한다면 참 당황스러운 일이 아닐 수 없는 것이다. 그래서 공자의 이러한 태도는 다소 이중적이라는 인식을 지울 수가 없다. 그가 자주 과감하고 의연한 지사적 태도를 피력하기도 했기 때문이다.

"이(利)를 보면 의(義)를 생각하고 나라의 위기 앞에서는 목숨을 바친다." "見利思義, 見危授命"(견리사의, 견위수명) −논어 헌문편

또 "뜻있는 선비와 인(仁)한 사람은 삶을 얻고자 인(仁)을 해하지 않고, 자신은 죽어도 인(仁)을 이룬다."

子曰, "志士仁人, 無求生以害仁, 有**殺身以成仁**."(자왈, 지사인인, 무구생이해인, 유살신이성인) −(논어 영공편)

이러한 신념에 투철했던 공자인데 막상 자신이 처한 현실 앞에서는 머뭇거리기만 했는지 혼란스럽다. 남에게 주었던 교훈과 자신의 처신은 다른 모습이라고 느껴지기 때문이다. 사실 종교 지도자나 정치가, 철학자들의 말과 행동은 불일치할 때가 많다. 이슬람의 성직자 이맘에 대하여 '이맘의 말만 따르고, 그의 행동은 따르지 말라.' 하는 속담이 있을 정도니 말이다.

애증(愛憎)의 교차(交叉)

논어 전편을 통하여 공자 다음으로 자주 이름이 오르내리는 사람은 자로와 자공이다. 두 사람은 매우 대조된다. 자로는 곳곳에서 인간적 면모를 여과 없이 드러내고 있다. 이와 달리 자공은 외교적 수완을 발휘하여 천하를 소용돌이치게 만드는 노련함을 지녔다. 자로의 우직함과 자공의 세련됨이 확연한 차이를 보인다.

공자와 자로는 스승과 제자 사이면서도 사랑과 다툼이 교차하는 관계로 파악된다. 자로는 공자와 나이 차이도 별로 나지 않는다. 그는 처음에는 유협(遊俠)의 무리에 속했다. 칼을 차고 거들먹거리며 거리를 배회하고, 이런 일 저런 일에 감 놔라 배 놔라 하며 끼어들기 좋아하는 그런 부류였다.

의기도 있고 배포도 있었으며 무예에도 일가견이 있었다. 한때 유자(儒者)의 무리를 경멸하여 공자를 겁박(劫迫)하기도 하였다. 우연한 기회에 공자와의 대담을 통해 그를 가까이 접하고는 그의 인간적, 학문적 매력에 빠져 적극적 추종자가 되었다. 본래 이런 만남이 큰일을 벌인다. 예수와 바오로처럼.

자로는 공자의 제자가 된 후로 학문에 정진하며 마음을 수양하는 데도 열심이었다. 종종 다혈질을 드러내어 공자로부터 경고도 자주 받았다. 그러나 자로는 정의롭고 결단력 있는 사람이었다. 그는 늘 공자의 곁을 밀착 수행하며 심지어 그의 경호원 같은 역할까지도 수행하였다.

공자 스스로도 자로가 자기 곁에 있고부터 자기를 비난하는 자들이 없어졌다고 말할 정도로 자로는 공자의 철저한 보디가드였다. 무려 14여 년에 걸친 망명 생활 동안 공자를 가까이 모시고 험난한 길을 전전하기도 하였다.

자로는 급한 성질과 지나친 용기로 인해 공자에게 자주 질책을 받았다. 그 질책이 모욕에 가까울 정도로 매우 심한 경우도 많았으나 자로는 잘 참았다. 자로가 공자의 집안에서 슬(瑟)을 연주한 적이 있었는데 실력이 별로였다. 공자가 자로의 연주 실력을 두고 평했다.

"그 정도의 실력으로 감히 내 집에서 연주를 하다니."

공자의 비난 후에 다른 문하생들이 자로를 좀 부족한 사람같이 여기고 곱지 않은 눈길을 보내었다. 그러자 공자는 자기 말을 수정하여 자로를 달래 준다. 그때 나온 말이

'승당(升堂) 미입실(未入室)'이다.

마루까지는 충분하나 방에 들기에는 조금 모자란다. 상당한 수준이나 조금 미흡하다. 요즘 말로 하자면 2% 부족하다는 말이다.

(子曰, "由之瑟, 奚爲於丘之門?" 門人不敬子路. 子曰, "由也升堂矣, 未入於室 也.")

공자는 자로를 믿고 자로는 스승을 공경하였기에 둘 사이에는 다툼도 많았다. 공자는 자주 자로를 핀잔하였고, 자로도 어떤 때에는 대놓고 공자에게 대거리를 하기도 하였다. 두 사람이 어떤 관계인가를 말하려는 것이 이 글의 논점이 아니다. 여기서 논하려는 것은 공자의 지향점과 자로의 지향점을 살펴보려는 것이다. 그것을 통하여 우리는 공자의 정치관과 그의 삶을 더욱 확연히 파악할 수 있기 때문이다.

먼저 공자를 향한 자로의 볼멘소리부터 몇 가지 확인해 보자. 공자가 위나라의 정치판을 어지럽게 만드는 남자의 부인과 만났다. 요부로 알려진 여자다. 이 소식을 들은 자로는 공자를 면전에서 맹렬히 비난한다. 그러자 공자는 자신이 그 여인과 만나 아무 일이 없었음을 극구 변명한다. 무슨 일이 있었다면

"하늘이 나를 버릴 것이다. 하늘이 나를 버릴 것이다."

두 번이나 거듭 강조하며 펄쩍 뛰었다. 자로는 품행이 좋지 않은 여자로 인해 공자의 덕(德)이 훼손됨을 심히 걱정한 것이다. 요즘 식으로 말하면 스캔들이 걱정된 것이다.

또 이런 일도 있었다. 위나라가 공자에게 정치를 맡긴다면 무엇부터 먼저 하실 것인가라는 자로의 질문에 공자는

"정명(正名)부터 해야 한다."(必也正名乎!)

라고 단언한다. 정명이라는 말은 명칭, 명분을 바로잡는다는 뜻이다. 그때 위나라에서는 할아버지, 아비, 아들 사이에 왕권 승계가 어긋나서 내분이 심각하였다. 공자는 이 승계 관계를 바루어 대의명분(大義名分)을 바로 잡는다는 뜻을 피력한 것이다. 그때 위나라는 왕권이 뒤죽박죽이 되어 있었다. 모두 요부 남자부인 때문이었다.

그녀의 음란함이 온 나라에 소문이 나서 그 아들인 태자가 견디다 못해 어머니인 왕비를 죽이려 했다. 그러나 거사는 실패하였다. 태자는 외국으로 도망가서 겨우 목숨을 건졌다. 그런 와중에서 왕이 죽었다. 태자는 죄를 짓고 국외를 떠도니 손자가 왕이 될 수밖에 없었다. 할애비의 왕권이 아비를 건너뛰고 손자에게로 바로 넘어가게 된 것이다. 결국 이

러한 승계는 할애비가 애비가 되는 이상한 현상으로 해석되었다. 공자는 이것은 바르지 않다. 명분을 바르게 하지 못한 일이라고 판단했다.

나중에 아비가 왕권을 되찾고자 국내로 돌아왔다. 희한하게 부자간에 내란이 일어나게 되고 결국 아비가 왕자리를 차지한다. 이 내란 때 자로는 손자 왕의 측신(側臣)이었다. 그 손자 왕을 끝까지 지키다가 자로는 죽게 된다. 자로가 공자와 이 문제를 논할 때는 손자 왕이 실권을 장악하고 있을 때였다.

공자가 '정명'이라는 문제를 거론하자 자로는 냉소한다.

"이 정도로구나. 선생님의 우활(迂闊)하심이여! 대체 어떻게 하시겠다는 겁니까?"

자로는 공자가 현실을 직시하지 못한다고 여겼다. 우활(迂闊)이라는 말은 세상 물정에 어둡다는 의미를 내포하고 있다. 이미 위나라에는 실권적 왕위가 확정되어 자리 잡고 있다. 현실은 공자의 생각대로 바로잡기에는 너무 나가 있다. 이것이 자로의 생각이었다. 그러나 공자는 명분을 중요하게 생각하고 그것이 모든 것의 뿌리임을 강변하였다. 여기서 우리는 자로와 공자의 정치 편향을 조금이나마 유추할 수가 있다. 자로의 현실론과 공자의 이상론의 괴리가 드러나는 것이다.

공자는 바르게 승계된 왕이 바르게 통치해야 나라가 바로 선다고 하였다. 그러나 자로는 왕은 이미 서 있다. 나라를 더 이상 혼란스럽게 해서는 안 된다. 나라는 백성을 위해 존재한다. 통치자들의 정당성에 대하여 백성들은 별 관심이 없다. 백성들은 등 따시고 배부른 세상을 좋은 세상이라고 여긴다. 군대며 부역이며 자꾸만 끌어내지 말고, 온갖 명목으로 뜯어가지 말고, 아녀자들 빼앗아 가지 말고, 송사를 제때 해결해 주고, 횡포한 무리로부터 보호해 주면 태평성대인 것이다.

이 시대는 지금처럼 여론이 빨리 확산되거나 여론이 정치를 주도하는 시대가 아니었다. 여론이란 정치하는 사람이나 관리들에게만 존재하였다. 백성들의 민의는 그 당시에 크게 정치를 주도하지 못했다. 아무리 민심이 천심이라고 하나 민심이라는 것은 참 나약하고 늦게 생성되었다.

'제발 가만히 두세요. 편안히 오순도순 살게 관리나 해주세요. 그러면 적절한 세금일랑 꼬박꼬박 낼게요.'

백성들은 이것이 절실하였다. 하지만 공자는 명분 있는 지도 체계가 더 중요하다고 생각했다. 자로는 공자가 정치에서 바닥 정서를 외면한다고 생각하였다. 그래서 자로가 볼 때는 '참 한가롭구만. 우리 선생님.'이었던 것이다.

이러한 논쟁의 바닥에는 큰 구도를 보는 공자의 시선과 미시적인 자로의 노선의 차이이며 실질적인 위민이냐 정의로운 세계냐 하는 정치관의 차이인 것 같다.

공자는 정치 행로를 결정하려고 할 때마다 자로로부터 태클을 당하기 일쑤였다. 앞에서 언급했던 공산불요의 초청과 필힐로부터의 프로포즈도 모두 자로에게서 심한 질책(?)을 받고서 포기해야 했다.

"갈 곳이 없으면 가만있을 것이지 그 따위 인간들이 한 자리 준다하니 게걸스럽게 끼려 하느냐?"

자로의 말투는 거의 이 수준이었다. 스승에게 직언을 서슴지 않는 자로였고 공자는 머쓱한 모습으로 주저앉고 마는 것이다.

꼭 책을 읽어야 하나요?

한 번은 자로가 후배 자고를 비읍의 읍재(邑宰)로 추천하였다. 이때 자로는 노나라 실권자 계씨의 가신(家臣)으로 있으면서 자고를 등용하려 한 것이다. 이 소식을 들은 공자가

"남의 자식을 망치려 하는구나."

하고 자로의 행위를 비판하였다. 그러자 자로가 다음과 같이 답했다.

"백성이 있고, 사직(社稷)이 있는데 하필 책을 읽은 뒤에야 학문이 되는 것입니까?"

그 말을 들은 공자가 중얼거렸다.

"이래서 내가 말 잘하는 사람을 미워한다."

두 사람의 티격태격하는 모습이 재미있다.

자로는 다스려야 할 백성이 있고 나라의 막중한 사업들이 있는데 어찌 책만을 후벼 파고 있어야 합니까? 공부 다 마치고 나랏일을 하자면 어느 세월에 가능하겠습니까? 하는 항변이고, 공자는 아직 배움이 성숙하지 않은 사람에게 성급하게 중책을 맡기는 것은 자칫 사람을 망치게 하는 짓이라고 여긴 것이다.

두 사람의 이야기 행간 속에 우리는 두 가치관을 엿보게 된다. 역시 자로의 현실 우선의 정치와 공자의 이상주의적인 정치 노선이다.

공자는 자로의 실천 의지, 용기와 의연한 삶의 자세를 가끔 높이 평가하기도 하였다.

"자로는 좋은 가르침을 듣고도 아직 그것을 능히 실행하지 못했다면 행여 또 다른 가르침을 들을까 두려워했다."(子路有聞, 未之能行, 唯恐有聞.) —논어 공야장

자로가 얼마나 실행하는 데 집중하였는가? 하는 정도가 잘 드러난 말이다. 책상물림들이란 본래 듣고 아는 것은 많은데 그것을 실행하는 과단성이 모자라는 법이다. 그러나 자로는 무실역행(務實力行)에 매진하는 용맹을 보였다. 하지만, 공자는 그 용맹이 너무 앞서 깊은 통찰이 모자란다고 핀잔을 주었다.

또 공자는 자로가 세상의 자질구레한 눈길에 구애됨이 없이 당당한 사나이임을 높이 평가한 적도 있다.

논어 자한편에서 욕심 없으며 당당한 자로의 모습을 칭찬하고 있다.

子曰, "衣敝縕袍, 與衣狐貉者立, 而不恥者, 其由也與? (여우와 담비 가죽으로 지은 옷을 입은 자와 더불어도 부끄러워하지 않은 자가 자로일 것이다.)

자로의 당당함은 그가 참다운 가치가 무엇인가를 익히 알고 그것을 실행하는 사람임을 보이는 것이다. 그는 실행하는 지식인이었고, 실행은 나를 위해서가 아니고 백성과 사직을 위해서였다. 그는 정당하다고 판단되는 일을 우선적으로 실행하는 것이 의(義)라고 믿었다. 공자가 다소 좌고우면(左顧右眄)하는 모습을 보일 때, 자로는 신념에 따라 행동하다가 죽었다.

공자는 자로가 위나라의 정치 중심에서 활동하는 모습을 보고 자로의 죽음을 예견했다. 의(義)를 지키는 자로가 목숨 때문에 타협하지 않으리라는 것을 알았기 때문이다. 자로는 죽음 앞에서도 선비는 의관을 흐트러지게 하지 않는다면서 바르게 관을 갖추고 의연히 싸우다 죽었다. 그를 죽인 자들이 자로의 시체 살점을 발라 젓을 담았다는 소리를 듣고, 공자는 집안의 모든 젓갈을 버리게 하고 그로부터 다시는 젓갈을 입에 대지 않았다고 한다.

이처럼 자로와 공자는 서로 보살피고 격려하며 스승과 제자의 한계를 넘었던 군자들이었다. 공자는 자로의 급한 성격과 울컥하는 용기를 걱정하며 다독거리려고 여러 차례 교훈을 주었다. 자로는 좋은 가르침을 받으면 잊지 않으려고 계속 외거나, 허리띠에 새겨 두었다. 그리고 반드시 실천하려 최선을 다했다.

그러나 그 두 사람은 정치적 행로가 달랐다. 공자가 큰 그림을 그리는 성인의 그릇이라면, 자로는 그 아래서 작은 일들을 치다꺼리하는 정도의 실무형이라고 보아야 할 것이다. 하지만 정치라는 것이 결국 백성들을 이끌고 그들을 풍요롭고 평안히 살게 만드는 일이라면 이상에 치우쳐 때를 잃음이 바람직한 일일까?

'백성'과 '사직'

여기서 우리는 자로가 늘 추구했던 '백성'과 '사직'이라는 문제를 짚어 보아야 한다. '백성'은 아래요, '사직'은 위다. 하지만 백성 없는 사직은 없다. 백성은 우매하면서도 천하의 근본이요, 사직은 국가의 권위와 영

속성이다. 정치하는 자는 이 두 가지의 근본을 잊어서는 안 된다. 사직이 중하기는 하나 정의로워야 하고 사직이 영속하도록 해야 하나 백성을 핍박하지 않아야 한다.

이 두 가지가 온전히 존속되도록 하는 것이 정치의 요체다. 자로는 이러한 생각을 했기에 정치에서도 과단성이 있었고, 능력도 인정받았다. 그러나 공자의 예견대로 의(義)라는 도그마에 빠져 목숨을 잃고 마는 것이다.

자로뿐만 아니고 공자의 많은 제자가 춘추 시대의 정치 소용돌이를 헤쳐나갔다. 그들 중에는 여러 제후국에서 중요한 정치적 역할을 수행하며 전문 관료로서 격동의 춘추 시대를 살아간 자가 아주 많았다. 공자는 자신도 정치 일선에 헌신하였고 여러 제자를 국가의 주요 임무를 수행하는 역할을 하도록 길러내었고, 관직에 추천하기도 하였다.

제4부

돈불고 필유린

세계 2차 대전을 승리로 이끌고 그 마무리까지 주도했던 처칠 영국 수상은 당대의 여러 문제에 대해 깊은 식견을 가진 인물로 평가받고 있다. 그의 선택과 결단은 세계 정치 판도를 좌지우지할 정도의 위상을 가졌었다. 그는 스탈린과 몇 차례 만나 세계 정치에 대하여 담판하였고 여러 경험을 통해 세계사의 흐름을 감지하기도 한 인물이다. 그는 당시에 앞으로의 지구상의 세력 판도는 서구 자본주의 세계와 소련을 중심으로 한 공산주의 세계의 대립으로 편성되리라 예견한 인물이다. 그리고 두 가지 체제에 대한 나름의 인식을 갖고 있었다. 이에 대한 그의 견식을 살펴보자.

'자본주의는 이익의 공정한 분배라는 문제를 안고 있고, 공산주의는 고통의 공정한 분배라는 문제를 안고 있다.'

가벼운 단평 정도의 견해지만 의미가 심장하다. 그리고 핵심을 짚은 혜안이기도 하다. 자본주의의 고뇌는 잉여 가치에 대한 공평성이다. 그 문제로 인해 공산주의가 발아되었다고 해도 과언이 아니다. 동시에 공산주의 역시 운용이 될수록 자체적 모순에 빠지게 되는데 그 가장 비근한 예가 처칠의 지적대로 '고통의 공정한 분배'이다.

세계에는 수도 없는 일자리가 있다. 최고 통수권자로부터, 고위 관리에서 말단 동서기, 장군에서 병졸, 큰 회사의 최고 경영자에서 하급 노동자에 이르기까지 많은 구성원이 맡은 일을 해야 세상은 돌아가게 된다.

그런데 공산주의는 파이의 공정한 분배가 그 존립의 바탕인데 공정한 분배는 공정한 노동 가치의 판단에서 출발해야 한다. 그런데 그 노동 가치라는 것의 우열이나 난이도를 판가름하기는 참으로 어렵다. 기름투성이, 흙투성이가 되어 중노동에 시달리는 하급 노동자와 양복에 넥타이를 매고 외국에 들락거려야 하는 무역 종사자와의 노동 경중을 측정하기란 불가능하다. 따라서 그 경중에 따라 배급의 경중을 매기는 것도 쉽지 않다.

뿐만 아니라 사회 인식과 권력, 영향력 등의 유무와 문화 예술의 향유 기회 부여와 제공도 일률적일 수가 없다. 처칠은 매우 예리하게 그 맹점을 파악한 것이다. '같이 일하고, 같이 먹자.'는 구호는 매우 그럴 듯하지만 그 '같이'라는 것의 '가치'가 같지 않기 때문이다.

인류는 수 천 년의 역사 속에서 공동체를 구성하며 살아왔다. 그리고 공동체의 규모가 커질수록 많은 문제가 파생되었고 그 문제의 대부분은 위의 이야기를 벗어나지 못한다. '만들기'와 '나누기'는 인류의 영원한 숙제다. 공자 시대에도 오늘날에도 마찬가지다.

만드는 것과 나누는 것은 결국 물화(物貨)이다. 물화에는 문화 예술의 영역가지를 포함한다.

세상인심은 물화(物貨)를 따르는 것이라는 소박한 진리가 전국시대 제나라의 맹상군이라는 대부와 그의 식객 풍환이라는 사람 사이의 고사로 재미있게 기록된 것이 있다. 맹상군의 부침을 도운 풍환의 고사는 물화를 제대로 다룸으로써 가능하였다. 그들은 인간이 가지는 상리(常理)에 대하여 깊이 있게 파악하고 있었다.

맹상군의 부침은 그의 덕의 유무가 아니다. 세상의 인심은 물화(物貨)를 따르게 마련이다. 그래야 그들은 생존할 수 있기 때문이다. 그들은 물화를 따라 그야말로 물결치는 대로 오고 가는 것이다. 그러한 세상 사람들을 모두 의리를 모르는 속물들이라고 폄하할 수는 없다. 그렇지 않으면 좋으련만 그렇게 되어버린 것이 인간이다. 인간은 그렇게 진화해 왔다.

다윈은 말했다.

"살아남은 종은 강력한 종이 아니고 적응하는 종이다."

생명 있는 것들의 일차적 책무는 자신의 DNA를 유지하고, 승계하는 일이다. 문명이란 이름으로 자행되는 인위적인 인의(仁義), 예악(禮樂)은 생존이 충족된 후에 가능하다. 혼탁한 세상에서 민중은 생존을 위해 몸을 불살라야 했던 것이 역사이다. 생존 다음에 예악이 있을 따름이다. 이 두 가지는 인간 삶을 둘러싸고 늘 대립하면서도 공존해 왔다. 그래서 강물이 맑으면 머리를 감고 흐리면 발을 씻는다지 않은가.

초나라의 대시인이며 대부였던 굴원(屈原)이 간신들의 농간에 벼슬자리에서 쫓겨나 멱라 강변을 수심에 차서 거닐고 있었다. 어느 어부가 그를 보고 말했다.

"삼려대부가 아니십니까? 어찌하여 이곳을 거닐고 계신지요?"

"세상 모두가 취해 있다. 나만이 깨어 있다."

이욕(利慾)에 빠져 혼탁해진 세상을 향한 그의 탄식이 눈물과 함께 새어나왔다. 그러자 어부가 말했다.

"모두가 취해 있다면 어른께서도 막걸리라도 마시어 취하시는 게 어떨까요?"

어부의 이야기가 속되고 사람의 도리를 모르는 버러지 같은 놈의 망설인가? 배운 것 없는 필부지만 세상의 흐름을 그도 조금쯤은 알고 있는 것이다.

결국 굴원은 이소(離騷)라는 그 유명한 시를 남긴 채 돌을 안고 멱라수에 뛰어든다. 우리는 굴원의 경우뿐만 아니고 맹상군과 풍환의 이야기를 통해 세상 속에 살아가는 인간의 적나라한 모습들을 엿보게 된다. 그리고 인간관계라는 것을 음미하게 되고, 사람을 다스리는 근본이 무엇인지 그 얼개를 들여다보는 것 같은 숙연함도 느끼게 된다.

"사람은 빵으로 사는 것이 아니다."

예수도 톨스토이도 그렇게 말했다. 나도 그것을 굳게 믿는다. 하지만 나는 감히 말한다.

"사람은 빵 없이는 살지 못한다."라고.

이것이 세상의 철리다. 인간도 다른 생명체와 마찬가지로 먹지 않고는 생존할 수 없다. 예수도 오병이어로 수많은 음식을 재생산하여 오천 명을 먹였다. 잔칫집에서는 부족한 음료를 시급히 공급할 수 있게 조처하기도 했다. 먹어야 할 때는 먹여야 한다. 그것은 이념보다 우선적이다. 그래서 정치는 백성들에게 빵을 제공하는 일부터 시작된다.

왜? 생명이니까. 정치는 곧 빵인 것이다. 이는 유물적이라느니 하는 고상한 요설들로 이러쿵저러쿵할 호사가 아니다. 불교에서도 진정한 불자들은 사회적 책임을 다해야 한다는 생각을 가진 분들이 많고 이런 생각을 가진 분들은 어려운 환경에 처한 사람에게는 '법(法)보다 밥이 먼저' 제공되어야 한다는 논지를 펼치고 있다. 불법이 밥도 못 먹는 사람에게 어떤 기여를 하는가에 대한 성찰이라고 본다.

인간은 아득한 때에 생존을 위해 집단적 삶을 택했다. 집단적 삶을 영위하기 위해서 집단 유지의 작은 룰이 만들어졌다. 집단은 점점 커지고 룰은 점점 많아지며 강력해졌다. 이렇게 해서 정치가 등장한 것이다. 정치는 생존을 위한 장치이다. 일부의 생존이 아닌 더 많은 쪽의 생존이 가능한가에 따라 정치는 굴러가야 한다. 생존이야말로 생명체 곧 인류의 사명이다.

공자가 지향했던 통치의 요체에도 백성을 부유하게 해야 한다고 일관되게 말하고 있다.

'사람의 마음을 따라가는 정치'와

'사람의 마음을 끌고 가려는 정치'

이 둘은 큰 차이가 있다. 세속에 부화뇌동해서는 안 되고 세속에 아첨해서도 안 되지만 민초들의 가열한 삶을 허술히 여겨서는 더욱 안 되는 것이다. 주역이나 관중의 저서 등에서 더욱 분명히 밝히고 있는 부분들을 확인해 보는 것이 필요할 것 같다.

1. 주역(周易)이 가르치는 의(義)의 본질

'천하의 사람들이 모여들게 하는 것을 '재물(財物)'이라고 한다. 재물은 생활하게 하는 자재이기 때문이다. 재물을 처리하는 데 바른 명령을 내리고 백성에게 불의한 일을 못하게 하는 것을 '의(義)'라고 한다.

주역이란 책은 유가에서는 가장 중요한 경서다. 천지의 조화가 음양이라는 이원론에서부터 시작하여 운용되는 원칙을 밝히려 한 책이다. 어둠과 밝음, 남과 여, 하늘과 땅, 높고 낮음을 비롯한 모든 것이 서로 맞서는 듯하면서도 조화롭게 변용 생성되는 것이 우주의 질서라고 밝히고 있다.

주역의 핵심은 '변화'이다. 주역의 주(周)는 주나라를 뜻하고 역(易)은 바뀜 곧 변혁을 뜻한다. 주나라 시대에 지어진 '천지만물의 변화와 인간만사의 뒤바뀜을 해설한 책'이 주역이다. 주(周)는 '두루'라는 뜻도 지니고 있다. '널리 인간 세상에 두루 통하는 삶의 변화'라는 의미가 주역이란 말 속에 내포되어 있기도 한 것이다.

세상에 변하지 않는 것은 없다. 모든 것은 변한다. 오직 한 가지 변하지 않는 것이 있는데 그것은 '이 세상 모든 것은 변한다.'라는 말이다. 농담같이 들리지만 사실이다.

그런데 그 변화에 대하여 인간들은 궁금한 점이 많다. 나와 우리들의 현재의 삶이나 문제 되는 일들이 앞으로 어떻게 변할까? 인간의 불안이나 기대감은 자꾸만 미래의 변화를 알고 싶어 한다. '어떤 상황에서 어떻게 변해 가는가?'를 알아보려는 인간의 욕구는 절실하였다. 이러한 욕구는 인간의 삶 속에서 언제나 상존해 왔다. 이는 동서고금의 어디에서도 존재해 왔다. 미래의 변화를 예측하려는 초조함은 예언, 점술, 신탁(神託) 등 여러 경로를 모색하였다. 인간의 안타까움은 무속, 종교, 예언서 등 여러 통로를 통해 인간의 정신을 지배하기도 한다. 이집트, 그리스, 중국, 인도 어디서든 마찬가지였다.

동양에서는 오랜 세월 동안 그 역할을 충실히 이행한 서책이 유전되어 왔다. 주역이란 책이다. 주역은 인간이 자신의 한계를 뛰어 넘어 미래를 보는 예지를 갖고 싶어 하는 의욕을 적절히 쓰다듬어 주었다. 운명 해설서나 예언서 같은 역할을 할 것 같다고 기대하는 마음을 갖게 하는 책이다.

이것이 바로 주역의 카리스마다. 주역이 점치는 책이 아니고 위대한 철학서라고 연구자들이 목소리를 높이지만 이미 주역은 점술서, 예언서, 운명 해설서라는 카리스마 속에서 다소는 고조되거나 다소는 폄하되어 있는 것이 사실이다.

나도 주역의 변(變)에 대하여는 전적으로 동감이지만 왜? 무엇이? 무엇으로? 변화하는 가에 대하여는 나름의 의문점을 갖고 있다. 세상의 모든 것이 변한다는 것은 이미 알고 있다. 양이 음으로, 겨울이 여름으로, 낮이 밤으로, 낮은 것이 높은 것으로, 굳센 것은 연약한 것으로….

그러나 그 변화에는 순리(順理)가 존재함을 잊지 말아야 한다. 변화라는 것은 변할 수 있는 것이 변환(變換) 가능한 존재로 변하는 것이다. 이 원칙을 벗어나는 것은 변화가 아니다. 여름이 겨울이 되고, 밤이 낮이 되는 변화는 물론 당연하다. 작은 씨앗이 거목이 되고, 구름이 비로, 미세한 공기의 흐름이 태풍으로까지 변할 수 있다는 것은 당연한 섭리이다. 그래서 나비 효과까지도 인정하는 것이다. 그러나 바위가 여자로 변할 수는 없고, 호랑이가 개구리로 변할 수는 없다. 산이 무너지고 돌이 모래가루가 될 수는 있지만, 돌이 꽃이 되고, 구름이 메뚜기가 될 수는 없는 것이다. 그것은 요술 방망이가 하는 일이고, 호박이 마차로 변하는 것은 신데렐라 이야기와 같은 동화에나 나오는 것이지 인간 세상에서는 이루어질 수 있는 일이 아니다.

그리고 변화는 반드시 과정을 수반한다. 여름은 바로 겨울이 되지 않는다. 가을이라는 시간과 형체를 겪으면서 겨울이 된다. 얼음도 서서히 물이 된다. 도깨비 방망이처럼 꽝 치면 바로바로 바뀌지 않는다. '경계선'이라는 것이 있다. A과정에서 B과정으로 변하는 데는 반드시 경계선이 존재하고 그 경계선이 가장 삶의 근간이 되는 장소이다.

바다와 육지가 만나는 곳, 강이나 호수가 땅과 만나는 그곳이 생명이 가장 많이 편하게 깃드는 곳이다. 그 경계선을 재빠르게 포착하는 자는 세속적 이득을 획득할 수도 있다. 저점과 고점의 경계선, 흐름과 중단의 경계선을 용하게 포착하여 일약 스타덤에 오르는 자들도 가끔은 있다. 주식이나 부동산의 흐름을 포착하여 그 경계선에서 기민하게 배팅한 자는 떼돈을 벌게 된다. 정권이 바뀌는 경계선을 노린 자들도 한몫 잡는 경우가 많다.

변화에는 징후가 있다. 그러나 인간은 그 징후를 잘 알아차리지도 못하고 설령 기미를 눈치챘다 해도 뱃심 부족이나 여건 미성숙으로 놓치는 경우도 비일비재하다.

나는 변화라는 것은 목적지향이 아니고 과정으로 보아야 한다고 믿는다. 물이 흐르듯 바뀌는 것이 순(順)이다. 순(順)이 아닌 것은 역(逆)이다. 순(順)으로 바뀌는 것이 화(和)이다. 주역이 변(變)이라는 것도, 순(順)이라는 것까지는 알면서 화(和)라는 것까지는 모두 간과한다. 변화의 구경(究竟)은 화이다. 마땅히 천착(穿鑿)해 보아야 할 논제라고 생각한다.

공자도 늘 이 화(和)를 강조하였다.

공자는 논어에서 이렇게 이야기하고 있다. 논어 자로편에서

"군자는 화합하되 부화뇌동하지는 않고, 소인은 부화뇌동하지만 화합하지는 못한다."(子曰, "君子和而不同, 小人同而不和.)

화(和)할 수 있는 자는 인격자이다. 소인배는 끼리끼리 몰려다녀도 화하지는 못한다는 것이다. 화는 인간들이 어울려 사는 사회에서 최고의 가치이다. 그러면서 한 인간으로서도 마음에 화평을 유지하는 것이 최고의 지경으로 가름되는 것이다. 또 공자는 군자는 두루 사랑하지만 자기 편을 만들지 아니하고, 소인들은 편당하고 두루 사랑하지 않는다고도 했다.

주역의 변화가 어디에 가서 멎을 것인가? 그것은 화(和)한 경지에 가서 머물도록 되어있다. 그러나 그 화한 경지 역시 부동의 상태는 아니다.

주역의 가장 핵심이 되는 것은 인간의 운명조차 변한다는 것이다. 주역의 64가지 괘는 길흉화복을 암시하고 있다. 그런데 64가지 괘에는 절대적 길(吉)도 절대적 흉(凶)도 존재하지 않는다. 그리고 그 길흉은 고착되어 있지 않고 변한다. 길이 흉이 되고 흉이 길로도 바뀌는 것이다.

이러한 변화는 언제 어떻게 일어나는가? 또 왜 변하는가? 이미 언급한 바대로 주역은 깊은 인생 철학을 담고 있는 철학서이기도 하다. 인간의 삶을 해석하고 그 나아갈 바를 제시하는 깊은 가르침이 그 가운데 있다. 이에 따라 스스로를 변화시키면 운명조차도 변화한다고 말한다.

나에게 주어진 어떤 운명은 나의 수신(修身)과 마음의 상태에 따라 변한다고 본다. 그래서 교만하고 나태한 자의 길은 흉으로 바뀌고, 겸허하고 부지런하며 뉘우치는 자에게는 흉이 길로 바뀐다고 주역은 가르치고 있다.

살다 보면 불운과 행운은 교차되기 마련이다. 몽땅 불운한 인생도 없고 완전히 행운 속에 사는 사람도 없다. 불운이 왔을 때, 또는 행운이 찾아왔을 때 그것이 과연 행운인지 또 불운인지 자각하고 잘 다스려 나가면 모든 것이 형통하게 된다는 것이 주역의 핵심이다.

이 책의 서두에서 언급한 바 있는 니체의 영원 회귀와 크게 다르지 않다. 다시 말해,

'회린(悔吝)'

이것이 주역(周易)의 결정적 가르침이라고 본다면 나의 지나친 억설일까?

회(悔)는 뉘우침이다.

삶의 과정에서 일어나는 많은 일에는 다 잘잘못이 있게 마련이다. 잘하고 못함에 따라 인과응보로 길흉이 일어난다. 그러나 흉한 데로부터 길한 데로 가는 길이 있으니 곧 회다. 회란 깨달음이 있어 반드시 고치려고 하는 마음이다.

린(吝)은 마음속에 있는 탐함이다.

곧 인색함을 일컫는 것이다. 인이란 마음속에 부끄러워하는 바가 있어도 바꾸려 하지 않는 것이다. 잘못을 알고도 욕심에 차 있거나 솔직하지 못하거나 아집에 사로잡혀 고치려 하지 않는 것이 인이다. 그러므로 인은 길한 데서부터 흉한 데로 향하게 되는 길이다. 이는 과거에 연연하여 끝장 곧 〈궁(窮)〉에 맴돌면서 새로 변하기를 망설이고 두려워하므로 싹 트는 것이다.

주역의 저자는 여럿이라고 보아야 한다. 신화적 존재인 복희씨가 64괘를 짓고 주나라의 문왕과 주공이 본문을 완성하고, 이어 공자가 해설을 붙여 마감하였다. 주역은 유가 최고의 경전이다. 성경이든 불경이든 유가의 삼경이든 오경이든 그 무리들이 존숭하는 최고의 이념이 수록된 책이 경이다. 경으로 받들어지는 책은 최고 수준의 성인이 최고 수준의 가르침과 진리를 설파한 내용을 담고 있어야 하는 것이다.

그런데 이런 주역에서도 인간 삶의 근원에는 재화가 있어야 한다고 명시하고 있다. 고귀하든 미천하든 사람들이 살아감에는 가장 필요한 것이 재화이고 그 재화를 충족시켜야 나라 전체가 길한 기운으로 번성하는 것이라고 적시하고 있다.

'의로운 재물의 운용이 정치의 핵심이다.'

주역 계사(繫辭) 하전에 성인이 어떻게 생명을 생성하게 하고 그 지위를 유지하며 백성을 다스리는가에 대한 원론이 드러나 있다.

"천지의 큰 덕을 '생(生)'이라고 한다. 이는 만물을 항상 생성하게 하는 것을 말한다. 성인의 큰 보배는 '위(位)'라고 한다. 성인이 주역의 법칙을 옮겨 천하 만민을 다스릴 수 있는 지위를 말하는 것이다.

어떻게 하면 위를 지킬 수 있을까? 그 길을 '인(仁)'이라고 한다. 어진 정사를 행하는 것을 말한다. 어떻게 하면 천하의 사람들이 모여들게 할 수 있을까? 그것을 '재물(財物)'이라고 한다. 재물은 생활하게 하는 자재이기 때문이다. 재물을 처리하는 데 바른 명령을 내리고 백성에게 불의한 일을 못 하게 하는 것을 '의(義)'라고 한다. 의(義)는 도리에 마땅하다는 뜻이다.(天地之大德 曰生 聖人之大寶 曰位 何以守位 曰仁, 何以聚人 曰財 理財正辭 禁民爲非 曰義) —(주역 계사하전)

위의 내용을 명확하게 정리하면 다음과 같다.

첫째, 천지의 큰 원칙은 '모든 만물은 생성되고 변환된다'는 것이다.

둘째, 성인은 하늘로부터 이러한 권한과 지위를 받았다

셋째, 어진 정사(仁)를 베풀어 지위를 지키면 사람들이 모여든다.

넷째, 사람들이 모여들어 생활하게 하는 것은 재물이다.

다섯째, 재물을 바르게 처리하는 것이 의(義)다.

명확한 인과관계로 정리된다. 하늘로부터 인간을 통치하라는 왕권을 신탁 받은 자는 의롭게 재정을 관리하여 백성을 배부르게 하라. 결국 이렇게 요약되는 것이다. 주역에서 밝힌 통치의 핵심은 백성을 살찌게 하라는 것이다. 이는 개인에게도 동일하게 적용된다.

'공정한 게임'. 오늘날의 말로 표현하면 단 이 한마디다. 국가는 국민에게 그 재물이 제대로 고르게 돌아가도록 관리하고 보살피는 것이 나랏일의 근본이라고 주역은 가르치고 있는 것이다. 주역이 말하는 역사 변환의 바탕에 바른 재화의 소통이 자리를 잡고 있다.

2. 균재론(均財論)

어떤 날 제나라의 경공은 정치란 무엇인가? 라는 다소 난감한 질문을 공자에게 던졌다. 그러나 공자는 눈치 보지 않고 망설이지도 않고, 오히려 기다렸다는 듯이 시원하게 답했다.

"정치는 재정을 절약하는 데 있습니다."(政在節財)

라고 하였다.

왕이나 제후들은 국가 재정을 줄이는 것을 싫어한다. 재정의 축소는 왕실의 영화를 쇠락하게 하고 국력을 줄어들게 한다고 믿기 때문이다. 그러나 국가가 국력을 과시하거나 왕실이 지나치게 권위를 보이려고 하다가 재정을 파탄시키는 경우가 더 많았다. 또 왕실이 사치하여 재물을 물 쓰듯 하여 국고가 거덜 나는 경우도 자주 있었다.

재정이 넉넉한 것은 백성들로부터 세금이 잘 징수되어야 함이 전제 조건이다. 재정은 백성으로부터 나오고 쓰는 자는 왕과 대부들이다. 전쟁이니 궁궐 증축이니 성을 쌓아야 하느니 해서 세금을 과도하게 거두어들이면 백성들은 당연히 궁핍하게 된다.

공자는 경공의 호불호에는 아랑곳하지 않고 재정을 줄여야 한다고 말한 것이다. 왕실이 검소하여 백성들과 고통을 같이 하고 지도층이 솔선하여 나랏일에 앞장서면 국가 재정은 튼튼해지고 나라는 강하게 된다. 재정을 절약한다는 것은 곧 세수를 줄여 백성들을 편안하게 하는 것으로 연결된다. 그리하면 천하의 백성들이 모여 들어 얼마 지나지 않아 세

수는 오히려 증대된다. 또 재정의 지출을 합리적으로 하여 국력이 분산되지 않게 하면 제후들 사이에서 권위와 위세를 떨치고 결국 강국의 지위를 누리게 된다는 논리다. 참 지당한 논지다.

월왕 구천은 회계에서 치욕을 당한 후 가까스로 목숨을 구하여 귀국한 이래 바로 이와 같이 하여 강국을 만들었다. 스스로 베옷을 입고 밭을 갈았다. 궁궐의 여인들까지도 치마를 짧게 입고 누에를 길렀다. 백성들은 똘똘 뭉쳐 국가의 치욕을 갚자고 이를 갈았다. 강개(慷慨)한 군대는 반드시 이긴다고 노자가 말했다고 한다. 그들은 마침내 승리하였다. 공자는 이러한 메커니즘을 일찍이 알고 있었다.

'정치는 재정을 절약하는 데 있다.'

절약하면 덜 거두어도 된다. 백성은 기뻐하고 신뢰한다. 이것이 정치의 출발이다. 그런데 왜 도대체 집권자들은 이 명쾌한 사리를 망각할까?

공자의 제자 자공이

"정치란 무엇입니까?"하고 물었다.

공자는 거침없이 대답했다.

"먹는 것을 충분하게 하고, 국방을 튼튼히 하여 백성에게 믿음을 주는 것"이라고 했다.

"子貢問政. 子曰, "足食, 足兵, 民信之矣.""-(논어 안연편)

공자는 분명히 알고 있었다. 백성의 입에 밥이 들어가게 하는 것이 정치의 첫 번째 과업임을. 옛날 우리 속담에도

'마른 논에 물들어 가는 것과 자식 입에 밥 들어가는 것만치 기쁜 일이 있을까?'

라는 말이 있다. 부모는 자식들 배불리 먹는 모습을 보는 것만으로도 저들의 배는 부른 것이다. 나라의 임금된 자나 관리들도 이러해야 하는 것이 정치의 근본이다. 배고픈 자식을 보는 부모나 굶주린 백성을 보는 군주나 같은 마음이라면 나라가 바로 서지 않을까?

또 공자는 논어 학이편에서

"비록 큰 나라를 다스린다 할지라도 공경하고 신의가 있으며, 재물을 쓰기를 절도 있게 함으로 백성을 아끼고, 백성을 부리는 데에는 때(농한기)에 맞추어야 한다."(子曰, "道千乘之國, 敬事而信, 節用而愛人, 使民以時."

라고 밝히고 있다.

나라의 재물은 백성으로부터 나온다. 재물을 아끼는 것이 곧 백성을 사랑하는 길이다. 모름지기 천승지국의 제후라 할지라도 나라의 기틀이 어디서부터 시작하는지를 알고 백성의 재물을 소중히 여겨야 한다. 또 국가는 백성늘의 손으로 이루어지는 것이다. 성을 쌓는다. 길을 뚫는나. 운하를 판다. 궁궐을 짓는다. 이런 일에는 모두 백성들이 동원되어 부역을 하여야 한다.

부역에는 임금을 주는 일도 있지만 대부분 강제 동원이다. 백성들을 끌고 와서 강제 노역을 시킨다는 것도 권력의 횡포인데 그것도 농번기에 장정들을 끌고 가서 농촌에 일할 사람이 없다면 민생은 도탄에 빠지고 마는 것이다. 백성들이 제대로 생업에 종사하여 백성들을 부유하게 만드는 것이 곧 세수 증대이고 그것이 부국의 길인데도 권력자들은 제 욕심에 바둥대기만 하니 참으로 한심한 일이었다. 공자도 묵자도 이런 것에 참지 못하였다.

조선조에 정조가 화성이란 신도시를 건설할 때 공사에 동원된 인부들의 명부와 그들에게 지급된 급료가 적힌 장부가 전해 오고 있다. 국가적 대역사를 진행함에 치밀한 재정 규모를 설정하고 서민 노역자들에게 일당을 지급하였다는 것은 전제 군주 시대에 드문 선정인 것으로 평가받고 있다. 백성을 동원함에는 때를 맞추어야 한다.

통치자가 졸급하게 닦달하지 않고 민생을 고려한 조처를 시행해야 백성의 원성을 사지 않는다. 정조 임금은 영정 시대라는 조선의 중흥기를 이룬 명군이다. 물론 그에게도 이런저런 정치 비사가 있긴 하지만 그래도 후한 평점을 받는 인군이었다. 조선은 이런 명군들에 의해 오백 년의 사직을 유지할 수 있었다. 역사에는 명군도 있지만 '멍군'도 더러 있었다. 멍청한 군주는 백성과 자신의 관계를 제대로 파악하지 못해 웃음거리가 되는 것이다.

공자는 국가 재정이 합리적이고 애민에 바탕을 두어야 한다고 곳곳에서 지적하고 있다. 공자의 경제관 중에서도 요즘 세인들의 입에 오르내리는 균재론(均財論)이 있다.

논어 계씨편에서

"내가 듣기론 나라나 가문을 다스리는 자는 적음을 걱정하지 말고 고르지 않음을 걱정해야 한다고 한다. 가난함을 걱정하지 말고 편안하지 못함을 걱정해야 한다. 모두가 고르면 가난할 리 없고, 화목하면 부족하지 않다. 편안하면 기울어짐이 없는 것이다. (~丘也聞 有國有家者, 不患寡而患不均, 不患貧而患不安. 蓋均無貧, 和無寡, 安無傾.) ―논어 계씨편 논어의 여러 내용 중 정치나 민생에 관한 언급 중에서 압권에 해당되는 구절이다. 지금부터 2600년 전에 이러한 균등 사상을 공자가 피력했다는 것은 놀라운 혜안인 것이다.

'고르면 가난하지 않다.'

'화목하면 부족하지 않다.'

물론 논어의 이 장에 대한 주석은 학자마다 견해가 달라 오랜 논쟁이 되기는 했다. 여기서 '고르다'는 것은 제후들 사이의 세력이라고 판단하는 학자들이 많았다. 균(均)의 대상이 재(財)라고 주해하지 않는 학자들이 많다. 하지만 '고르면 가난하지 않고, 화목하면 부족하지 않다.'라는 말은 상황을 뛰어 넘는 혜안이다.

특히 나라 안의 재물이 이렇게 운용되면 얼마나 안정적이겠는가? 부가 치우치지 않고 고르다면 그런대로 몇 대박씩이라도 돌아갈 수 있다. 그런데 한쪽에만 치우치면 나머지는 쪽박만 차는 것이다. 고르면 저절로 화목하게 된다. 웃으면서 먹으면 부족함을 모른다. 적으면 적은 대로 서로 아끼며 먹는다. 그러면 그냥저냥 오순도순 살 수 있는 것이다. 그런데 누군가 자기 몫을 많이 챙겨가면 나머지 쪽박은 깨어지는 것이다.

오늘날 국정을 맡은 자들도 이런 정신으로 국가 경영을 하고 있는지 의심스러울 때가 많다. 가진 자를 위한 정치는 부익부를 가중시킨다는 것은 삼척동자도 알 것이다. 특히 재화를 거의 독점하다시피 한 현대의 자본가들이 꼭 이 말을 명심하였으면 좋겠다.

세간에는 이런 말이 있다. 조금 찜찜한 말이라서 듣기가 영 거북하지만 또 한편 세상인심을 반영한 말일 수도 있다는 생각도 든다.

"배고픈 것은 참을 수 있어도 배 아픈 것은 참기 어렵다."

좀 심술을 부리는 억지 같다고 여길 수도 있겠으나 누군가가 불합리하게 챙겨가는 것을 보았다면 부아가 나는 것은 당연한 일일 것이다. 제 몫부터 챙겨가는 지도층이 있다면 고운 시선을 보낼 리 없는 것이 인간의 보편적 심상일 것이다. '공정한 사회' 아무리 강조해도 모자라지 않을 이 시대의 화두이다.

공자는 정치를 함에 덕과 예가 중요하다고 표면적으로는 외쳤지만 진짜 정치에는 재정의 합리화가 우선이라는 것을 곳곳에서 밝히고 있다. 먹고 사는 문제를 해결하지 못하는 이념은 죽은 이념이다.

흑묘냐 백묘냐는 본질이 아니다. 그것은 의복에 지나지 않는다. 배를 채우고 그다음에나 옷을 챙기는 것이다. 이념에 매몰되지 않는 민생의 길이 정치에 우선되어야 한다. 오래 전에 진작 고르게 편안히 사는 법을 공자는 설파하였다.

백성의 입에 들어갈 것을 세금이라는 명목으로 국가는 거두어 간다. 허가 낸 도둑이라는 말이 있듯이 이것은 강탈이나 다름없다. 그러나 유사 이래 동서고금의 모든 나라는 백성의 생산물에 의지하여 유지되어 왔다. 공동체를 이루는 분업으로서 백성들은 생산의 업무를 맡은 것이다. 그러하다면 그 분업은 합리적 균형 속에서 유지되어야 한다.

국가의 몫과 생산자의 몫은 합리적 균형이 맞아야 한다. 그렇지 못하고 한쪽으로 치우치면 탈이 난다. 대체로 칼자루 쥔 자들의 탐욕으로 이 균형은 무너진다. 과도한 과세는 민생을 거덜 나게 한다. 자연히 조세에 대한 저항이 일어난다.

우리나라도 이런 문제로 온 나라가 한두 번 아파 본 나라가 아니다. 왜 이러한 반복이 계속되는가? 주역의 가르침에 '회린'을 강조한 것은 개인 윤리만이 아니다. 사회 전체가 변해야 한다.

조선의 말기에 이런 폐단이 온 강토에서 일어났다. 백성들은 농사지을 이유도 의욕도 없어졌다. 뼈 빠지게 고생해도 식구들 입에 들어갈 양식은 턱없이 부족했다. 온갖 명목으로 뜯어 가고, 제대로 내지 않으면 끌어다가 물고를 내니 견딜 재간이 없었다. 원성이 하늘을 찔렀다. 백성들은 땅을 버리고 산으로 들어가 화적패가 되기도 하고 이곳저곳을 유리걸식하며 거지가 되기도 하였다.

지방의 새력기들 집을 약탈하는 집단행동도 일어났다. 그리고 이는 규모가 점점 커지고 대담하게 발전하여 마침내 민란으로까지 이어졌다. 망조가 든 것이다. 매관매직이 공공연히 자행되고 과거 제도는 부정과 불공정으로 문란하기가 실로 가관이었다. 기득권을 쥔 자들은 제 식구 감싸기와 세 불리기에 골몰하였다. 외척을 중심으로 권신, 척신 등의 세도가들이 설치고 사삼재상(沙蔘宰相), 잡채판서(雜菜判書) 등의 웃지 못할 유행어도 떠돌았다.

벼슬을 돈을 주고 샀으니 본전을 뽑아야 하고 그러니 거털 나는 것은 민초들이었다. 지방의 관아에는 매일 끌려오는 백성들의 매 맞는 소리와 비명소리로 자자했다. 거의 목불인견의 처참함이 삼남을 비롯해 서북 지방까지 이어졌다. 이래서 백성들은 오사(五死)한다는 눈물겨운 비아낭이 가슴을 저리게 한다. 맞아 죽고, 굶어 죽고, 얼어 죽고, 속 터져 죽고, 성 쌓다가 돌에 치여 죽고….

　요즘의 정치판이 꼭 이 꼴이다.

　부정 채용, 측근 비리 눈감기, 제 편 두둔과 감싸기, 떼거리로 몰려 세를 불리기, 마음에 들지 않는 편을 말살하기, 조선말의 판박이다. 법원과 검찰, 경찰을 장악하면 죄 없는 사람 죄 씌우기와 죄지은 놈 방면하기는 여반장이다.

　지금 그렇게 진행되고 있다. 하나도 변하지 않았다. 국민이 시퍼렇게 눈을 뜨고 보고 있는데도 아랑곳없다. 입에 발린 사죄와 개선은 벌써 아무도 믿지 않는다. 실컷 때려 놓고 '미안해.' 한 마디로 별 일 없었다는 듯이 행동한다. 누가 불만을 가지면 '사과했잖아.' 이게 그들의 수작들이다.

3. 물화론(物貨論)

돈과 덕에 대한 훈수

전국 시대의 풍운을 헤치는 명사들의 이야기는 수도 없이 많이 전해 온다. 제자백가들이 천하를 휘젓고 다니던 시대에 특히 뛰어난 신의와 군자적 풍도를 보인 몇 인물 중 전국 사공자(四公子)가 회자 되고 있다.

그들은 제나라의 맹상군을 필두로 조나라의 평원군, 초나라의 춘신 군, 위나라의 신릉군을 일컫는다. 이들 전국의 사공자(四公子)는 천하에 명성이 뜨르르했던 인물들이다. 이들은 서로 교우하며 돕기도 하고 인 척 관계를 맺기도 하며 한 시대를 풍미한 사람들이었다.

위나라 신릉군의 누이가 평원군의 아내가 되었으므로 둘은 처남과 매부 사이였고, 또 사공자는 나라의 위기 때 서로 돕고 지원하기도 하 였다. 모두 덕망이 높고 능력도 갖추었을 뿐 아니라 각각의 나라에서 재상 벼슬을 했던 인물들이다. 이들은 한결같이 많은 식객을 거느리고 있었다. 전국 시대의 식객이란 일종의 씽크 탱크의 역할을 하는 집단이 라 볼 수 있다.

유력 인사들은 많은 재력과 공을 들여 식객들을 거두는데 그것이 일 종의 세력의 과시인 것처럼 보이기도 하였다. 또 그의 인품과 덕망을 만 천하에 드러내는 가장 강한 메시지이기도 하였다. 사공자 중에도 제나 라의 맹상군이 많은 일화를 남기고 있다.

맹상군 역시 많은 식객을 거두었던 인물이다. 많을 때는 삼천 명이나 되었다고 한다. 말이 삼천 명이지 그 많은 손을 먹이고 뒤치다꺼리하는 일은 엄청난 재물과 정성이 들어야 가능한 일이었다.

맹상군은 처음 온 식객을 면담할 때는 자기 뒤에 보이지 않는 곳에 서사를 앉혀 두고 그 사람의 출신이나 인적 사항을 기록하게 하고 그들을 보살폈다. 그들의 고향 가족에게 선물까지 보낼 정도였다.

맹상군의 아버지 정곽군 전영은 제나라 위왕의 아우이고 선왕의 이복동생으로 재상이며 설땅의 영주이기도 한 세력가였다. 맹상군은 서열 낮은 첩의 자식이었지만 자라면서 차츰 비범한 능력과 인품을 가진 청년이 되었고 여러 우여곡절을 끝에 마침내 아버지 전영의 후계자가 되었다. 그는 집안을 잘 다스렸고, 빈객들을 잘 거두어 천하에 명망이 자자해졌고, 지위도 재상에 이르렀다.

그에게도 이름난 식객이 많아 재미난 일화가 많다. 그가 남긴 그 유명한 계명구도(鷄鳴狗盜)의 이야기는 사람을 편견 없이 대하고 비록 보잘것없는 능력이라도 크게 쓰일 곳이 있다는 교훈을 후세에까지 널리 알리고 있다.

맹상군이 빈객을 잘 대접한다는 말이 널리 퍼지자 어느 날 풍환(馮驩)이라는 사람이 초라한 행색으로 찾아왔다. 헌 짚신과 남루한 의복에 긴 칼 하나를 달랑 차고 온 사나이였지만 맹상군의 골치 아픈 일을 해결하여 주어 나름대로 신임을 받게 되었다.

맹상군은 당시 제나라 재상의 직위에 있었으며, 또 아버지의 뒤를 이어 설 지방의 영주였다. 그런데 식객이 삼천이나 되니 그의 녹봉만으로는 도저히 먹여 살릴 수가 없었다. 그래서 수입을 늘리려고 설 지방 사람들을 대상으로 대금업을 하였다. 돈을 꾸어주고 받은 그 이자 수입으로 부족분을 채우려 했던 것이다. 그런데 이 사업이 생각대로 잘되지 않았다. 이자가 제대로 걷히지 않고 원금 관리도 마뜩잖았다. 골치가 아픈 맹상군이 설땅에 가서 이 일을 해결할 사람을 물색하던 중 누군가 풍환을 추천했다.

"풍채는 좋고 말주변도 그럴싸하니 보내 봅시다."

풍환이라면 성가시기만 하니 이번 일을 맡겨 보고 신통치 않으면 문책하여 돌려보내리라 마음먹고 그를 설땅으로 보냈다.

풍환이 맹상군을 대신하여 이자를 받으러 왔다는 소리를 듣고 설땅의 채무자들이 스스로 10만금을 모아 왔다. 그런데 풍환은 그 돈으로 소를 잡고 술을 준비시키고 채무자들을 모두 모이게 한 후 잔치를 베풀었다. 사람들은 영문을 모른 채 잔치에서 먹고 마셨다. 이윽고 잔치가 무르익은 뒤에야 풍환은 그들에게 본격적으로 자기가 온 목적에 대하여 운을 떼고는 업무를 시작하였다.

돈을 갚을 능력이 있는 사람은 차용증서를 확인한 후 원금과 이자 갚을 날을 다시 정하고, 가난해서 이자를 낼 수 없는 사람들에게는 그 증서를 받아 전부 태워버리고 이렇게 말했다.

"영주께서 설땅 사람들에게 돈을 빌려 준 까닭은 가난한 백성에게 생업의 밑천을 도와주고 그 이자로는 빈객들을 대접할 돈을 메우려고 한 때문이다. 그런데 이 일이 제대로 되지 않아 영주께서는 나를 보내어 원만히 해결하기를 바라고 계신다. 이제 다시 원칙을 정하겠다. 살림이 다소 넉넉한 자들에겐 기일을 연기해 주고, 너무 가난해서 갚기 힘든 사람들에게는 탕감해 주려 한다. 이제 그 차용증서를 불태우겠다. 채무자 여러분들은 맹상군 어른의 높으신 뜻과 그 은덕을 잊지 마시라."

백성들은 환호하며 맹상군의 은덕을 칭송하였다. 하지만 이 소식을 들은 맹상군은 어이가 없었다. 돈을 받아 오라고 보냈더니 증서를 소각하고 큰돈까지 들여 잔치도 하였다니 화가 머리끝까지 치솟았다. 그러나 풍환으로부터 그 자초지종과 이해득실에 관한 정연한 논리를 듣고는 감복하게 된다. 그리고 풍환을 새삼 높이 평가하고 자문으로 대접한다. 또 이 소식이 천하에 알려지며 여러 다른 나라 사람들조차 맹상군의 통 큰 조치에 감탄하였다.

많은 나라에서 식객들이 다투어 모여들어 맹상군의 덕망이 천하에 알려졌다. 그리고 대부업도 곧 제대로 운영되어 수입도 늘어났다. 이들에게 베푼 은덕으로 인해 나중에 맹상군은 정치적으로 큰 지원 세력을 갖게 된다. 잘 사용된 돈의 덕이 인심을 순화하며 세상을 풍요롭게 하고, 또 정치적 힘을 갖게 만든 사례이다.

시장(市場)이 좋아서 장에 가나

제나라에서 맹상군의 위세가 커지자 다소 불안한 생각을 가진 사람이 있었다. 바로 제나라 국왕인 민왕이었다. 그는 약간 질시하는 눈으로 맹상군을 경계하기 시작하였다. 또 제나라의 국력이 강해지는 것을 두려워한 주변 나라에서도 이간질이 시작되었다. 몇몇 나라에서는 세작들을 보내 유언비어를 퍼뜨렸다. 맹상군이 곧 왕위에 오를 것이라는 소문이었다. 이런 소문은 민왕의 귀에까지 들려왔다. 심지어는 '맹상군이 이미 왕위에 오른 것으로 알고 있는데' 하는 소문까지 떠돌았다.

민왕은 갈수록 불안했다. 그의 왕권이 위험하다는 생각에 잠을 이루지 못했다. 제2인자가 너무 권력을 휘두르면 최고위는 질시와 불안을 느끼게 되는 것이 당연한 심리다. 일이 이렇게 되니 제나라 민왕은 기민하게 맹상군을 제거해 버렸다. 바로 맹상군을 재상 자리에서 해임한 것이다. 천하에 명성을 떨치던 맹상군이 하루아침에 권좌를 잃고 야인이 된 것이다. 권력의 속성은 예나 오늘날이나 변함이 없다. 그런데 세상은 참 묘하기도 한 것이다.

어느 날인가부터 맹상군의 저택에서 식객들이 하나둘 떠나기 시작한 것이다. 실각한 지 며칠도 안 되었는데 세상인심이 바뀌고 있었다. 맹상군은 며칠 만에 세상인심이 변한 것을 절감하게 된다.

그가 제나라 군주의 신임을 받아 부와 권력을 누렸을 때는 그의 집에 수천 명의 식객이 들끓었다. 그러나 그가 군주에게서 배척당하여 재상 자리에서 물러나게 되자 그 많던 식객들이 썰물처럼 빠져나가는 것이 아닌가. 실각한 지 얼마 후 맹상군은 장터같이 붐비던 저택이 갑자기 썰렁해진 것을 보게 된다. 그렇게 끓던 사람들이 썰물처럼 빠져나가 버리고 허전해진 저택에서 그는 처절한 배신감을 느낀다.

'내가 무엇을 잘못했기에 사람들이 나를 버리고 떠나는가?'

맹상군은 군자이며 지략가로 천하의 덕망을 떨쳤던 인물이다. 그런데 실각 며칠 후에 세상은 그를 등지고 있었다. 야속한 세상의 인심에 너무나 화가 났다. 배신감을 느꼈다. 맹상군의 지위가 바뀌었을 뿐 아무것도 변한 것은 없다. 빈객들의 음식이나 잠자리가 간소화되지도 않았다. 맹상군이 그 덕을 훼손할 어떤 행동을 보인 것도 아니었다. 그런데 그들은 떠나고 있다.

맹상군 곁에는 풍환 정도가 남아 있을 뿐이었다. 일이 이 지경에 이르자 풍환은 곧 맹상군을 위하여 자기가 행동해야 할 때임을 알고 곧 한 계책을 수립했다. 그것은 맹상군의 위세를 복원하는 일이었다.

그는 맹상군의 허락을 받아 바로 맹상군을 다시 재상의 자리로 복직하게 하는 작전을 수행하였다. 풍환은 이웃의 강국 진(晉)나라로 달려갔다. 그리고 진왕을 면담하고는 맹상군을 재상으로 기용하라는 유세를 벌였다.

"맹상군은 유능하고, 여러 나라의 지원을 받을 수 있는 인물이다. 그는 제나라의 사정을 꿰뚫고 있으니 그를 고용하면 제나라와의 경쟁에서 엄청난 이득을 볼 수 있다."

청산유수 같은 풍환의 변설에 진나라 왕은 감복하여 당장 맹상군을 재상으로 맞으려 했다. 이 계획은 전격적으로 시행되었다. 맹상군을 초빙하기 위해 엄청난 예물을 실은 수많은 마차와 사절이 제나라로 향했다. 일이 이 정도 진척되었을 때, 풍환은 서둘러 제나라로 향했다.

진나라에서 공작을 어느 정도 성공시킨 그는 진의 사자들보다 한 걸음 앞서 제나라로 돌아온 것이다. 그리고 재빨리 제왕을 면담하고는 진나라가 맹상군을 재상으로 초빙했음을 알렸다.

"맹상군이 진의 재상이 되면 우리 제나라가 참 불리한 입장에 놓이게 된다. 이를 막아야 한다. 외교적 마찰 없이 해결하는 방법은 맹상군을 재빨리 복직시키는 길밖에 없다."

이런 내용의 변설로 제나라 민왕의 마음을 움직였다. 이에 민왕은 심각한 동요를 일으켰다. 맹상군을 견제하려는 의도가 적을 돕는 정황이 되었으니 난감해진 것이다. 맹상군 같은 인재가 경쟁국의 재상이 된다는 것은 곧 자신의 나라에 위험한 일임은 명약관화하다. 그렇다고 맹상군을 죽일 수도 없는 처지다. 그는 울며 겨자 먹기로 맹상군을 복직시키기로 하였다. 진의 초청 사절들이 닿기도 전에 재빨리 맹상군 복직이 일사천리로 진행되었다. 신속하게 이루어진 맹상군의 복직으로 놀란 건 진나라의 사자들이었다. 제왕의 기민한 선수에 진나라의 사신은 헛수고로 돌아갈 수밖에 없었다.

맹상군은 복직되었을 뿐 아니라 일천 호의 봉지를 추가로 받게 되었다. 맹상군은 거듭 풍환의 은혜를 입게 되었다. 온갖 우여곡절 끝에 맹상군은 화려한 복귀를 한 것이다. 그런데 세상의 인심은 참 야속하면서도 뻔뻔스럽기까지 한 것 같다. 맹상군이 벼슬에서 쫓겨났을 때, 그 많던 식객들은 아무런 미련도 없이 떠나버렸다. 그런데 다시 맹상군이 재상으로 복귀하자 그들은 뻔뻔스럽게도 되돌아 왔다. 맹상군은 기가 찼다. 그가 화가 나서 풍환에게 말했다.

"나는 늘 빈객들을 소중히 여기고 그들을 대접하는데도 별로 실수가 없었던 것으로 알고 있소. 그 증거로 빈객이 3천 명이나 되지 않았소.

그런 내가 일단 지위를 잃자 하루아침에 나를 버리고 떠나가 나를 돌아보려는 사람이 없었소. 다행히 이제 선생의 힘으로 다시 지위를 얻게 된 것인데 그들이 무슨 면목으로 돌아와 나를 만나려 하는지 모르겠소. 만일 뻔뻔스럽게 돌아와 다시 나를 만나려고 하는 자가 있으면 그 얼굴에 침을 뱉어 모욕을 주고 싶소."

그러자, 풍환이 머리를 깊이 숙여 예를 표했다. 맹상군도 답례하였다.

"그대가 손을 대신하여 사과하려 하는 거요?"

"아닙니다. 모든 사물에는 필연의 도리가 있다는 것을 말씀드리려 하는 것입니다."

풍환은 맹상군에게 천하의 이치를 들어 이야기했다.

"살아 있던 자가 죽게 되는 것은 만물의 필연적인 결과입니다. 마찬가지로 부귀한 몸이 되면 따르는 사람들이 많으며, 가난하고 지위가 낮으면 교우도 적어지는 것은 당연한 도리입니다. 시장을 왕래하는 사람들을 살펴보십시오. 아침 일찍 시장으로 가는 사람들은 어깨를 부딪치며 앞을 다투어 문으로 들어가지만, 해가 진 뒤에는 시장 따위는 모두 돌아보지도 않습니다. 그것은 저녁에는 그들이 구하는 물건이 시장에 없기 때문이지 시장에 대한 별다른 좋고 나쁜 마음이 있는 것이 아니기 때문입니다. 식객들이 오고 감도 같은 이치입니다. 그들을 미워할 이유는 없습니다. 예전과 마찬가지로 빈객들을 대우해 주십시오."

맹상군은 마음속으로 경의를 표했다. 그래서 두 번 절하고 말했다.

"정말 옳은 의견이요. 삼가 그대의 말씀대로 하겠소."

맹상군과 풍환의 인연과 전국 시대 인걸들의 대범하고도 속 깊은 의리는 새삼 감탄할 일이다. 그러나 나는 맹상군 이야기의 핵심을 시장에 대한 그들의 견해에다가 방점을 찍고 싶다. 그들은 풍운을 헤쳐가면서 살아온 전국 시대의 인물들이다. 하지만 그들은 인간이 가지는 상리(常理)에 대하여 깊이 있게 대화하고 있다.

주변의 사람이 오고 감은 맹상군의 덕의 유무가 아니다. 세상의 인심은 물화(物貨)를 따르게 마련이다. 그래야 그들은 생존할 수 있기 때문이다. 그들은 물화를 따라 그야말로 물결치는 대로 오고 가는 것이다. 그러한 세상 사람들을 모두 의리를 모르는 속물들이라고 폄하할 수는 없다. 그렇지 않으면 좋으련만 그렇게 되어버린 것이 인간이다. 인간은 그렇게 진화해 왔다.

4. 역사의 저류(底流)

　이런 점에서 역사를 통찰했던 사마천의 탁월한 견해가 돋보인다. 공자와 관중, 그리고 맹자에 이르기까지 그들의 삶과 정치에 대한 견해를 살피고 분석한 사마천은 정치가 꼭 드러난 현상들로만 진행되는 것이 아니라는 생각에 미쳤다. 보이지 않은 곳에서 조용히 흐르는 저류.

　역사의 저류를 찾아 인간 삶의 입체적 추적을 시도한 역사가가 사마천이다. 사마천은 역사의 저류에 흐르는 정신과 동력을 찾아보려 애쓴 역사가이다. 풍운을 몰고 다니며 역사의 전면을 찬란하게 조명하였던 영걸들의 이야기 뒤에, 조용하면서도 거대한 흐름을 열전 형식을 빌어 서술하였다. 협객, 방술사, 재력가 등, 보이지 않는 곳에서 은근히 민중의 삶에 영향을 끼친 인물들을 역사에 끼워 넣은 사람이 사마천이다.

　지금부터 재화가 인간 삶의 또 하나의 축임을 믿고 그 길을 따라간 인물들을 쫓아가려 한다. 사마천은 그들을 사기 화식열전이라는 곳에서 다루었다. 사마천은 경제를 일으킨 화식의 천재들을 소봉가(素封家)라고 말하였다. 그들을 무관(無冠)의 군후들이라고까지 높이고 있는 것이다. 소(素)는 없다 곧 무(無)라는 말이고 봉(封)은 봉토를 가진 영주를 말한다. 실재 작위나 영지는 없어도 그 내실은 왕후의 반열이라는 뜻이다.

　"인간은 누구나 자기의 재능에 따라 힘을 다하여 욕망을 채우려 한다. 이 인간의 본능적인 행위가 바로 경제활동인 것이다."

　이에 따라 물이 높은 곳에서 낮은 곳으로 흐르는 것처럼 자연스레 물자는 이동하고 재화는 확대되어 간다. 그러한 유통의 길목을 지켜 거금을 쌓은 화식의 대가가 바로 소봉가이다. 그는 사기 화식열전에 백규(白圭)라는 소봉가의 철학을 기술해 놓았다.

"내가 장사를 하는 것은 이윤(은나라의 명재상)이나 여상(태공망)이 정치를 하고, 손자(孫子)·오자(吳子)가 군을 지휘하고 상앙(商鞅)이 법을 제정하는 것과 다를 바 없다. 그러므로 임기응변의 지혜도 결단의 용기도 없으며, 호혜(互惠)를 베푸는 인정도, 또 어려움을 이겨내는 인내심도 없는 자는 내 방법을 배울 자격이 없다."

대단한 자부심이 아닐 수 없다. 장사하는 사람의 기상이 정치, 군사, 법률의 대가와 어깨를 나란히 할만하다는 의연함이 드러난 말이다. 2000년도 훨씬 넘는 시대에 경제활동을 하던 사람의 기업 정신이 오늘날 기업가들의 의식에 조금도 뒤지지 않고 오히려 능가하는 느낌이다.

정신이 실종된 부를 졸부라고 한다. 재화는 백성의 삶을 좌우하는 귀중한 원천이다. 그러나 한 톨의 쌀이라 하더라도 지혜와 용기와 인정과 인내 속에서 생산되는 것이다. 그것이 경제이다. 그것이 역사의 동력이다. 모두 이렇게 말하고 있는 것이다.

01 화식(貨殖)의 천재들

사마천이 쓴 사기의 화식열전(貨殖列傳)은 역대 부자들의 기록이다. 화식(貨殖)이라는 말은 재화를 늘인다는 말이다. 이들은 수만금의 부를 쌓아 무관의 제왕이라고 불릴 정도의 영화를 누린 사람들이다. 이에 대하여 사마천은 다음과 같이 평가하고 있다.

"세상을 가장 잘 다스리는 정치의 방법은 자연스러움을 따르는 것이고, 다음은 이익을 이용하여 이끄는 것이며, 다음은 가르쳐 깨우치는 것이고, 다음은 백성을 가지런히 바로잡는 것이고, 가장 못난 정치는(부를 놓고) 백성들과 다투는 것이다."

정치는 노자의 지론처럼 물 흐르듯 자연스러워야 하고, 백성들을 각자의 위치에서 생업에 힘써 안락하게 살도록 하는 것이 최상이다. 화식열전의 등장인물들은 권력이나 무모한 투기로 부를 쌓은 것이 아니다. 권력과 결탁하거나 백성을 수탈하는 고리대금업이나 매점 매석으로 부를 축적한 것이 아니다. 자연스러운 시장의 흐름과 물류의 이동을 포착하여 거만의 재화를 쌓은 사람들이다. 그들은 부를 창출하여 백성들에게 베풀고, 나라에 거금을 희사하여 국부에 도움을 주었다.

이런 부자들의 이야기를 통해 사마천은 인류에게 큰 화두를 던진 것이다. 나라와 백성을 위하는 길이 무엇인지, 정치가 무엇인지, 진정한 권력이란 어떤 것인지를 생각하게 한 것이다. 백성이 자유롭게 자신들의 생활을 영위하도록 만들어 나가는 자가 천하의 경영자다. 정치하는 제왕들이나 대부보다도 화식에 뛰어나 백성의 살길을 열어 간 그들이 이 세상을 이끄는 진정한 지도자다. 사마천은 이 이야기를 하고자 화식열전을 쓴 것이다.

화식열전에서 사마천은 화식의 근본정신부터 설파하고 있다.

"곡식이며 자료며 상품이며 땅, 이 네 가지는 백성들이 입고 먹고 쓰는 바탕이다. 이 바탕이 크면 백성들은 부유해지고, 작으면 가난해진다.”

부의 축적을 통해 경제의 규모를 키우고 유통으로 확대시켜야 나누어 먹을 것이 생긴다. 사마천은 한(漢)나라가 추구하던 중농정책에서 적극적 중상 정책을 제안하고 있다.

사마천은 농업보다는 공업이 이윤이 많고, 공업보다는 상업이 더욱 많은 부를 생산한다는 것을 알았다. 오늘날의 경제 개념으로 정리되는 1차산업에서 3차산업까지의 경제 구조를 2000년 전에 파악하고 그 흐름에 따라 부를 축적할 수 있다고 말한다. 바닷가에서는 소금이 넘치고 생선이 썩고 있고, 산골짜기에는 구리와 철이 쌓여 녹슬고 있다. 벌판의 곡식은 창고에서 싹이 나고, 짐승의 털가죽은 삭아 버린다. 유통이 되지 않으니 모두가 가난하다. 이곳과 저곳의 많은 것과 모자라는 것을 서로 맞바꾸면 모두가 부유해진다. 화식의 천재들은 이러한 유통으로 백성도 윤택하고 자신들도 거만의 재산을 모았다. 어찌 이들이 제후민 못한가?

또 사마천은 공자가 말한

“천하가 안정되어 있을 때는 가난한 것을 부끄러워하고, 천하가 어지러울 때 부유한 것을 부끄러워한다.”

는 처신에 대하여도 제대로 언급하고 있다.

“연로한 부모와 연약한 처자식을 부양하기 어렵고, 명절에 조상에게 제사를 올리지 못하면서 부끄러워할 줄 모른다면 못난 사람이다. 가난하고 천하게 살면서 인의를 말하는 것 또한 아주 부끄러운 일이다.”

사마천이 화식열전에서 말하고자 하는 것은 경제가 국가 경영의 초석이고 개인에게는 수신·제가·치국·평천하의 근본이 되는 것이라는 확신이다. 인간의 본성은 부귀를 지향한다. 그런데 부유해지는 데는 정해진 직업이 따로 없고, 재물 역시 정해진 주인이 없다. 능력이 있는 사람에게는 재물이 모이게 마련이다.

사마천은 경제 운용에서도 오늘날과 같은 이론을 밝히고 있다. 수요와 공급의 원칙을 앞질러 대처하면 돈을 벌지 않을 수 없다는 견해를 아득한 옛날에 밝히고 있는 것이다.

"물건 값이 싼 것은 장차 비싸질 조짐이며, 값이 비싸면 다시 싸질 조짐이다."

때를 놓치지 않고 대처하면 앉아서 천하의 부를 손에 넣을 수 있다.

공자로부터 시작된 정치란 무엇인가? 덕은 무엇인가? 하는 논점이 마침내 화식의 대가들에게까지 이르렀다. 세상을 움직이는 힘은 무엇인지를 역사를 헤쳐나간 인물들의 추적을 통해 그 단편이나마 알아보자는 의도가 여기까지 이른 것이다. 화식열전의 여러 인물을 통해 역사 발전이 무엇인가를 파헤쳐 보자.

이 글에서는 화식열전의 인물 중 자공과 범려를 초빙하려 한다. 둘은 화식의 천재이며, 대단한 정치인이었던 공통점이 있다. 그들은 정치가로부터 화식의 대가로 변신하였다. 그 근저에 어떤 정신이 숨어 있는 것일까? 정치와 화식. 이 둘을 동시에 살펴보기에 좋은 사례가 될 것이다.

02 범려, 그 신비스런 인물

사기 화식열전에는 범려(範蠡)가 비상한 능력을 발휘한 변신의 귀재로 기록되어 있다. 그는 오월의 치열한 전쟁의 한 복판에 있던 와신상담의 주연 중의 한 사람이었다. 또 전쟁이 끝난 후에는 미련 없이 모든 것을 버리고 떠나, 전혀 새로운 삶을 시작하여 놀라운 성공을 이룬 경영의 달인이었다. 치열한 전쟁을 치러 춘추의 역사를 바꿔 놓았던 자가 어느 날 전혀 다른 곳에서 사업을 벌여 천하제일의 거부가 되는 불가사의한 능력을 발휘하였다.

사마천은 범려를 월나라의 책사, 장군, 대부 등의 역할을 할 때의 기록보다 그가 변신하여, 치이자피(鴟夷子皮)나 도주공(陶朱公) 등의 이름으로 거부를 쌓았던 행적에 더 비중을 두고 다루고 있다. 사마천이 화식열전에서 별도의 장을 만들어 평가할 만큼 범려는 탁월한 이재(理財), 경영 능력을 발휘한 사람이다.

천재 전략가이며 이재가(理財家). 천문·역법·지리·군사·전략·재정 등 모든 방면에 두루 통달했던 박학지사(博學之士)이자 희대의 경세가(經世家)였던 범려를 사기 등의 기록을 통해 추적해 보자.

'얼음같이 차가운 이지(理智)'

'나라를 위해 뜨거운 사랑을 누른 정인(情人)'

범려라는 인물은 이 두 가지의 상반되는 인간상으로 세인들을 수천 년 후까지 농락하고 있는 것 같다. 그는 목적을 위해 모든 것을 희생하고서라도 결단하고 추진하였던 냉혹한 정치인인가?

나라에 대한 충성과 국왕과의 의리 때문에 사랑하던 연인을 사지로 보내 놓고 오매불망 그리워하며 그 여인을 되찾아 오겠다는 열정으로 오롯이 삶을 불사른 뜨거운 가슴의 소유자였던가?

범려는 유명한 고사를 남겼다.

"교활한 토끼가 죽으면 사냥개가 삶기고, 날아다니는 새가 없어지면 좋은 활을 창고에 감춘다.(狡兔死良狗烹 飛鳥盡良弓藏)"

이 이야기는 한나라의 회음후 한신 열전에도 등장한다. 월왕 구천의 심복으로 춘추의 파란만장한 혈투를 끝내자 곧바로 정치판을 떠나버린 변신의 귀재가 범려이다. 오나라와의 처절한 전쟁을 마감하고 월왕 구천이 천하의 패자가 되는 순간, 재상의 자리를 헌신짝처럼 버리고 홀연히 사라지며 그는 위의 말처럼 유명한 처세훈을 남겼다.

부귀영화를 내던지고 떠날 때, 친구이며 동지였던 대부 문종에게 남긴 말이라고 한다. 범려는 냉철한 판단력으로 미래의 권력 추이를 내나보고는 과감하게 떠났다. 그러나 문종은 머뭇거리다 결국 구천에게 사냥개처럼 삶긴다.

범려는 비범한 인물이었다. 그는 법가(法家) 쪽과 병가(兵家) 쪽을 두루 공부한 치밀한 두뇌의 소유자였다. 월왕 구천이 오나라와의 일차 전쟁에서 싸워 이긴 후 기고만장해 있을 때, 그에게 그다음의 작전 계책을 일렀지만 구천은 듣지 않았다.

그 후 얼마 안 되어 이를 갈고 있던 오왕 부차는 손무와 오자서라는 탁월한 병법가의 도움으로 나라를 부강하게 한 다음 일거에 월나라를 무너뜨리고 구천을 포로로 잡아갔다. 끌려간 구천은 처참하게 오왕의 노예로 전락해 온갖 수모를 겪게 된다. 사기에는 구천이 감내하기 어려울 정도의 치욕을 겪었다고 기록하고 있다.

구천은 마침내 오왕의 똥까지 핥아야 하는 처절함을 견디어야 했다. 오왕을 안심시켜 조금도 배반의 의지가 없음을 알리고, 빠른 귀환을 노리는 극약 처방으로 구천은 오왕의 똥을 핥는 쇼를 벌이기까지 한 것이다. 오왕이 몸이 편치 않을 때 구천은 오왕의 변을 보면 병세를 알 수 있으니 변을 보여주기를 청하고 왕의 앞에서 변을 핥아 맛을 보기까지 하였다. 살아남으려는 자의 처절한 몸부림이었다.

이때 같이 끌려갔던 범려는 치밀한 보필과 조언으로 구천을 돌보았다. 천신만고 끝에 월왕 구천은 겨우 살아 돌아온다. 그리고 10여 년 후 마침내 오나라에 복수를 하게 된다. 물고 물리는 전쟁의 아수라장에서 구천이 최후의 승리를 거둔 것이다. 와신상담의 고사성어 그대로 복수 혈전이 전개되었다. 이 와중을 헤쳐나간 최고의 전략가는 범려였다. 또 최후의 승자 또한 범려인 셈이다.

모두에 제시된 범려라는 인물의 상반된 평가 가운데 먼저 그의 냉철한(冷徹漢)으로서의 면모를 살펴보자.

범려는 오와의 마지막 전쟁 때 특공대를 투입하는 전략을 세웠다. 그런데 범려의 특공대는 물불을 가리지 않고 적진에 투입되어 싸우는 여느 특공대들과는 전혀 딴판인 기상천외의 특공대였다.

그들은 자살 특공대였다. 범려는 전혀 구원해 줄 수 없는 살인범들을 모조리 불러 모았다. 기록에는 수천 명이었다고 한다. 그리고 그들을 설득하여 훈련했다. 이윽고 전쟁이 벌어지자 이 특공대가 제일 먼저 적진 앞으로 달려나갔다. 그리고는 적진 아래에서, 적들의 눈앞에서 칼을 들어 스스로의 목을 내리쳐 자결을 감행했다.

　오나라 병사들은 영문을 몰랐다. 그런데 또 다음의 대열이 달려와서 똑같이 자결을 감행했다. 이런 자살 특공대를 바라보던 오나라 병사들이 동요하기 시작했다.

　'저들은 모조리 죽을 각오로 싸우려 하는구나.'

　오나라 병사들은 오금이 저리고 턱이 덜덜 떨렸다. 기선을 제압한 것이다. 곧바로 월나라 병사들이 함성을 지르고 쳐들어 왔다. 제대로 싸우지도 않고 오나라 진지가 무너졌다. 오나라 병사들은 혼비백산하여 흩어지고 전투는 순식간에 종료되었다.

　이때 범려는 사형수들에게

　"너희는 어차피 사형 당하게 되어 있다. 이왕 죽을 몸, 적진에서 당당하게 죽어라. 너희들의 공적으로 우리는 승리할 것이고, 그러면 너희 부모 형제와 처자식이 제대로 삶을 영위하게 된다. 남은 가족은 나라에서 보살필 것이다. 죽어 나라와 가족을 지키는 길을 찾아라."

　범려의 설득과 작전은 성공을 거두었다. 적에게 공포를 조장하는 심리작전이 주효하였다. 월나라는 마침내 그 전쟁에서 승리한다. 그러나 그의 작전에는 참으로 소름이 끼치는 섬뜩함이 배어 있다. 오직 승리. 이것이 춘추의 전쟁 양상이다.

　범려는 그 중에도 가장 냉혈적인 작전을 수행한 것이다. 이뿐만이 아니다. 그는 오나라를 안에서부터 붕괴시킬 작전을 은밀히 구사하여 왔었다. 미인계와 이간질이었다. 이때 그 유명한 서시가 등장하는 것이다. 범려는 고르고 고른 미인단을 오왕에게 선물하였다. 그중 최고의 미녀는 서시였다. 오왕은 서시의 요염함과 꼬드김에 나라를 말아먹고 말았다. 향락에 날 새는 줄을 몰랐다. 국정은 문란해지고 재정은 바닥났다. 바로 이간질이 뒤따랐다.

오나라 대부 백비에게 뇌물을 퍼부어 오자서와 오왕을 갈라놓는 데 성공한다. 중국 역사상 최고의 간신 콘테스트에서 백비는 항상 수위권의 반열에 오르는 자다. 여자에게 속고, 간신에게 속고. 오왕은 수족이 잘리고 알몸이 된 것도 모르고 국제무대에서 패자가 되어보겠다는 허영까지 부리다가 온갖 고통과 치욕을 당한다. 결국에는 자신의 목숨을 잃고 나라까지 소멸된다. 역사에 길이 남는 어리석음을 범하고 만 것이다.

우리는 이 과정에서 서시를 이용한 범려의 냉정함을 짚어 보자. 서시는 미인 중의 미인이었을 뿐 아니라 범려의 연인이었다고 보는 견해가 우세하다. 자신이 사랑하는 여자를 적의 왕에게 바칠 정도의 차갑고 매서운 사람. 그가 범려인 것이다.

그들의 사이에 진정한 애정 관계가 유지되고 있었는지 자세히 알 수는 없다. 하지만 서시는 범려가 누항에서 찾아낸 여자이고, 그가 그녀를 성숙된 미인으로 교육시켰다고 한다. 깊은 내막은 알 수 없지만 서시가 처음에는 범려의 여자였던 것은 분명해 보인다.

서시는 중국 역사상 최고의 미인 자리를 내놓은 적이 없는 미인 중의 미인이다. 그 정도의 미모를 지닌 자기 여자를 선뜻 내놓은 남자가 범려다. 남자의 가장 큰 치욕은 자기 여자를 빼앗기는 것이다. 마지못해 내주었던, 자의적 계책으로 내주었던 자기 여자를 보낸 것은 예사로운 일이 아니다.

서시(西施). 그녀는 효빈(效顰), 빈축(嚬蹙)이라는 성어를 낳은 여인이다. 그녀는 속앓이를 하여 가끔 얼굴을 찌푸릴 때가 있었다. 그런데 그런 그녀의 모습이 더욱 아름다웠다. 이웃 마을의 추녀가 이를 본떠 눈살을 찌푸리며 마을을 돌아다니자 동네 사람들이 혼비백산하여 한두 집씩 마을을 떠나기 시작했다. 이것이 효빈이고 남의 눈살을 찌푸리게 하는 것이 빈축을 사는 일이다. 또 서시가 강가에 앉아 빨래를 하면 물고기가 강물에 비친 그녀의 아름다움에 반해 헤엄치는 것을 잊고 강바닥으로 가라앉았다고 한다. 이로 인해 '침어(侵魚)'라는 성어가 생겨났다. 정말 대단한 미모임에 틀림없다.

범려는 오왕에게 바칠 미인을 찾아 각지를 돌아다니다가 저라산 약야계(若耶溪)에 이르러 천하절색을 찾았다. 바로 서시(西施)였다. 범려는 서시에게 기예와 이성을 유혹하는 교태를 익히도록 했다. 방중술까지 가르쳤을지도 모른다. 이때부터 둘 사이에는 애정이 깊어져 잊지 못하다가 임무가 끝난 후 둘은 재회하게 되고, 범려는 그녀를 데리고 월나라를 떠나 둘이 말년을 함께 보냈다는 이야기도 전한다.

범려는 오자서를 죽음에 이르게 하는 또 다른 냉혈적 작전을 수행한다. 본래 범려는 천하의 영걸이며, 전략가인 대장수 오자서를 매우 존경하였다. 그가 월왕 구천과 더불어 오나라에 포로로 잡혀와 온갖 곤경에 처해 있을 때, 오자서를 동경하고 직간접적인 가르침도 받았다고 한다. 오자서는 월나라를 완전히 지워 버려야 한다고 오왕 부차에게 연일 다그쳤지만 범려 따위는 크게 안중에 두지 않고 인간적 대우를 해준 통 큰 사나이였다.

범려도 그에 대한 깊은 애정을 갖고 있었다. 그러나 범려에게는 오자서는 적장일 뿐이었다. 그를 오왕과 갈라놓고, 마침내 죽음에 이르도록 하는 공작을 범려는 끈질기고 냉혹하게 수행한다. 그리고 일세의 영웅, 손오병법의 전략가는 처참하게 생을 마감하게 된다.

범려의 냉혹한 이지(理智)는 여기서 끝나지 않는다. 월왕이 천하의 패자로 군림하는 회맹 의식을 마무리하자 범려는 미련 없이 월나라를 떠난다. 범려가 월나라를 떠난 것을 두고 사람들은 부귀에 연연하지 않는 그의 현명한 결단에 찬탄을 금하지 못한다. 그러나 이런 과단성은 아무나 흉내 내지 못한다. 왜냐하면 우리는 인간의 상식적 삶을 선호하는 착한 갑남을녀이기 때문이다. 버리고 떠난다는 것은 독한 사람이 아니면 쉬운 일이 아니다.

임금과 신하의 연 또한 중하기 그지없다. 구천은 떠나는 범려에게 나라의 반쪽을 떼어 줄 테니 남아주길 당부하나 범려는 떠나간다. 친우, 문종도 버리고, 친지, 지인, 고향 산천을 버리고 떠나는 사람. 이지가 그를 선도하지 않는다면 불가능한 일이다.

냉철한 이지의 사나이. 그가 범려라는 사람이다. 살펴볼수록 참 독한 사람이다. 범려가 뜨거운 열정으로 이웃이나 왕, 서시 등을 사랑하고 그들을 위해 격렬한 삶을 산 것으로는 보이지 않는다. 그는 얼음같이 냉철하게 판단하고, '이것이다.' 싶을 때는 인정사정 두지 않고 결단을 내리는 사내였다. 이런 그였기에 월나라를 떠날 수 있었다. 이름까지 바꾸며 변신을 모색했다. 이름을 바꾼다는 것은 지금까지의 정체성을 부정하는 것이고 새로운 삶을 시도하겠다는 것을 말하는 것이다.

　스스로 이름을 치이자피(말가죽으로 만든 술 부대)로 바꾸고 해변으로 이주하여 농사와 목축, 상업에 뛰어들어 거만금을 모은다. 그러나 그는 그릇이 넘치도록 두지 않는 지혜를 발휘한다. 넘치는 것은 모자람만 못한 줄을 그는 알고 있었다.

　그의 변신과 보신 DNA는 빠르게 작동되었다. 그는 모은 재산을 대부분 주변 사람들에게 나누어 준 후 그곳을 떠난다. 떠날 때는 미련 없이, 말 그대로다.

　도(陶)라는 곳으로 옮겨가서 새로운 삶의 터전을 잡는다. 얼마 안 되어 거기서도 그는 거부가 된다. 스스로 호를 도주공(陶朱公)이라 하고 유유자적하며 지냈다. 그는 얼마 이상의 재물이 쌓이면 주변과 나라에 아낌없이 내주었다. 제나라에서 재상으로 영입하려 했으나 사양하고 조용히 은둔하여 여생을 보냈다.

　정치보다 더한 정치가 역사의 이면에서 연출된 것이다. 범려는 19년에 걸쳐 삼치천금(三致千金)하여 이를 다시 빈민에게 재분산(再分散)하였기에 이를 두고 '삼취삼산(三聚三散)'이란 고사성어가 생겼다. 세 번이나 애써 모은 재물을 또 세 번이나 사람들에게 흔쾌히 베풀었다는 것은 예나 오늘이나 참으로 드문 일이다.

서양에서 들어온 노블레스 오블리주라는 근사한 말은 2500년 전에 벌써 중국인 범려가 실행했던 미덕이었다. 후대의 상인들은 그를 재신(財神)으로 숭상하였다. 또 그의 비범한 덕행을 존경하여 '상성(商聖)'으로까지 부르며 높이 받들었다.

범려는 그의 스승 계연의 가르침대로 경제사상 면에서도 자연의 순환에 주목하였다.

"귀한 것이 극에 이르면 도리어 천한 것으로 바뀐다."

이러한 원칙을 확고하게 인식하고 있었다. 그래서 가진 부를 스스럼없이 사람들에게 나누어줄 수 있었던 것이다.

'군자는 부유하면 덕을 즐겨 행해야 한다.'

그는 말년에 자손들에게 가업을 분배하여 주었다. 그 자손들도 생업을 잘 관리하여 그 재산이 수만금에 이르렀다고 한다. 그래서 부자를 일컬을 때 그 첫 자리에 도주공(陶朱公)을 매김하는 것이다.

범려의 성공 비결은 무엇일까? 먼저 범려는 물러날 때를 잘 알았던 자이다. 그리고 버릴 줄을 알았던 사람이다. 그가 다양한 지식과 경험을 가진 것은 분명하지만 시류를 읽는 눈과 차면 버린다는 과감한 결단. 이 점에서 그가 최고였기에 이렇게 인구에 회자되는 것이다.

범려는 스승 계연에 대하여 말한 것이 있다. 계연의 일곱 가지 계책 중에 다섯을 시행하여 월나라가 천하의 패자가 되었다. 나머지 두 가지를 가지고 가정에 적용해 보겠다. 이것이 월을 떠날 때 범려가 한 말이다.

"전쟁이 일어날 것을 알면 미리 군비를 정돈해야 한다. 언제, 어떤 물건이 필요할 지를 미리 파악해야 한다. 경제도 마찬가지다. 물건 값이 오르면 썩은 흙 버리듯 처리하고 싼 물건은 주옥을 줍듯 사야 한다. 재물과 화폐는 흐르는 물과 같이 움직이는 속성이 있으니 그 원리를 파악하는 것이 중요하다."

계연의 계책이 지금의 경영 논리로 보면 별 것은 아닌 것 같다. 하지만 그때 이것을 실연해 보려는 의지와 그 추동의 노력은 높이 사야 할 것이다. 범려는 정치에서 손을 뗐지만 사람의 삶의 기본이 재화이고 이를 만들어내고 분배하는 노하우가 바로 정치보다 더한 정치임을 보여준 사람이다. 사람의 생존에 재화가 있어야 하고 누가 그것을 인민에게 많이 고르게 제공할 수 있는가에 대한 답을 보여주었다.

03 자공, 천하를 휘젓다

범려와 자공, 두 천재의 만남. 여기서 우리는 필연적으로 범려와 지혜를 다투었을 문제의 한 인물과 맞닥뜨리게 된다. 그는 바로 공자의 애제자 자공(子貢)이다. 자공은 범려와 같은 시대 인물로 오월의 쟁패에 직접 참여한 인물이다. 두 사람은 아마도 만났을 것이다. 둘이서 대담을 나누고 술이라도 한잔했을 가능성은 99% 이상이다. 뿐만 아니라 둘은 내밀한 음모(?)를 꾸몄을 것이다. 시대의 두 천재의 만남은 춘추의 저울추를 완전히 기울어지게 만든 사건이었다.

자공은 노나라의 위기를 구하려 공자의 명을 받아 천하를 누비며 유세를 한 적이 있다. 그때 자공은 마지막 단계의 유세지로 월나라를 방문한다. 월왕 구천은 자공을 제후의 수준으로 대접하며 맞이한다. 자공을 위해 도로를 깨끗이 치우고, 교외까지 출영하였다. 스스로 마차를 몰고 숙소까지 안내하기도 하였다. 그리고 자공에게 가르침을 청한다.

"이런 만이(蠻夷)의 나라에 일부러 찾아오셨을 때는 무언가 가르침이 있으시겠지요."

자공은 월왕 구천에게 오를 격파할 계책을 진언하여 마침내 성공하게 된다. 오를 멸망시키고 구천이 천하의 패자가 된 마지막 계책은 자공에게서 나왔다. 이때 범려는 구천의 최고 책사로 자공과 만나지 않을 수 없는 위치에 있었다. 두 영걸은 아마 의기투합하였을 것이다. 나는 이 회담을 제갈공명과 주유의 담판 이상으로 평가한다. 공명과 주유가 회동하여 공동의 지혜로 적벽대전을 승리하여 천하 전사에 기록되게 한 것과 같은 수준이라고 본다. 자공이 움직여 천하의 판도가 달라졌다고 역사는 기록하고 있다.

유세의 달인 자공이 천하를 주유하였다. 위에서 언급한 대로 자공은 천하를 누비며 유세를 벌여 춘추의 종말을 당기게 한 인물이다.

알다시피 그는 공자의 사랑을 받은 최고의 제자다. 공문십철 중에 덕행으로는 안연, 민자건, 염백우, 중궁을 들고, 정사에는 염유, 계로를, 언어에는 재여와 자공을, 문학에는 자유, 자아를 들었다. ─논어 선진편 자공은 언변이 좋고 사람 사귀는 법을 알아 공자의 대변인 역할을 많이 수행한 인물이다. 자공은 논어에 가장 많이 등장하는 공자의 제자다. 그는 공자보다 약 서른 살 연하이다(BC 520년 출생). 위나라 출신으로 부유한 가정에서 자라 공자의 제자 중 경제 사정이 가장 좋았다. 좋은 옷에 화려한 마차를 타고 다녔다 한다. 공자의 재정적 뒷바라지를 많이 한 인물로도 알려져 있다. 이는 사마천도 사기에서 언급한 바다. 공자는 그를 호련(제사 때 쓰는 귀한 그릇)이라고 평한 적도 있고, 정치나 덕에 대하여 많은 가르침도 주었다.

　정치의 핵심은 가난 구제에 있다.
　어느 날 자공이 공자에게 인(仁)에 대하여 말했다.
　"백성을 가난에서 구제하여 생활을 안정하게 할 수 있다면 그것이 바로 인이 아닐까요?"
　"어찌 인이라고만 할 수 있겠는가? 거기까지 가면 그것은 바로 성인이다. 요순도 그것을 성취하지 못해 안타까워 했었다." ─(논어 옹야편)
　두 사람의 대화에서 정치의 요체가 잘 드러나 있다. 백성을 배부르게 먹이고 편안하게 살게 하는 일이 정치의 본질이요, 그것은 요순조차도 이루고 싶었던 복지국가다. 인이란 입으로 떠들어 되는 것이 아니다. 화식의 근본이 백성들을 위한 것임을 은근히 내비치는 대목이다. 자공은 이러한 자질을 본래부터 갖추고 있었던 사람이었다. 그는 곳곳에서 상업을 벌여 큰돈을 벌었다고 한다.
　부(富) 곧 재화에 대한 자공의 생각은 공자의 제자들과 많이 달랐다.

안회와 원헌은 매우 가난했지만 자공은 달랐다. 재화에 관한 안목도 확실히 달랐다. 그는 뛰어난 사업 수완으로 조(曹)나라와 위(衛)나라의 국경 지역에서 운수업을 해서 많은 돈을 벌어들였다고 한다.

공자의 제자가 된 이후에도 여전히 재산을 늘리는 일을 게을리 하지 않았다. 그의 재력은 스승 공자가 천하를 떠돌며 유세할 때에 많은 도움을 주었다. 공자의 물질적 후원자가 되어 제후들에게 선물 등의 선심 공세를 펼쳐 스승의 입지를 넓혀 주기도 했다 한다.

어떤 연구자들은 자공이 공자와 나이 차이가 많이 나서 공자를 도왔다는 사기의 기록이 낭설일 수도 있다는 의문을 제기하기도 하지만 대체로 많은 연구자가 사기 등의 기록을 인정하고 있다.

앞에서 언급한 바 있듯이 하루는 자공이 정치에 대하여 묻자 공자가 답했다.

"양식을 충분하게 하고, 군비를 확충하며, 백성들로부터 신임을 얻어야 한다. 이 세 가지가 가장 중요하다."

정치가 백성에게 충분한 먹거리를 확보하게 도우고 그러기 위해서는 국방을 튼튼히 하여 평화를 유지해야 하고 그리고 이 모든 것은 믿음에서부터 나온다. 위정자와 백성 간의 믿음의 토대 위에서 안정과 평화가 오게 된다. 믿음의 정치로 백성을 먹이는 일. 정치는 이로부터 시작된다는 공자의 가르침을 자공은 흔쾌히 받아들이고 이를 위해 스스로의 길을 열어 간 것이다. 식(食), 병(兵), 신(信) 세 가지의 논리적 위상에 다소 혼란이 있어 보이기는 하나 정치의 요체를 집어낸 것만은 탁견이 아닐 수 없다.

어느 날, 또 자공이 물었다.

"가난하게 살아도 아첨하지 않고, 부자로 살아도 교만하지 않으면 어떨까요?"

공자가 대답했다.

"물론 훌륭하다. 그러나 가난하더라도 도를 즐길 줄 알고, 부자라도 예를 좋아하는 것만은 못하다."

자공이 공자의 대답을 유도한 것 같다. 부자인 자신은 그렇게 하고 있으니 스승께서 은근히 공인해 달라는 주문 같아 귀여운 맛이 난다. 자공의 언변은 매우 격이 있고, 여유가 있었다. 그러나 스승 공자가 한 수 위임은 부정할 수가 없다.

'넉넉하면서도 예를 좋아하는 것이 뽐내지 않는 것보다 윗길이다. 겸양(謙讓)뿐 아니라 인애(仁愛)의 예를 지킬 줄 알아야 한다.' 이러한 마음가짐이어야 졸부가 아닌 진정한 부자라고 할 수 있다. 화식하는 사람들이 무엇을 해야 하고 어떤 마음가짐을 해야 하는 것인 가를 둘은 주고받았다.

이러한 품격을 갖춘 자공이었기에 공자는 기꺼이 그를 특사로 삼아 국제무대를 누비게 하였다. 공자는 말년에 고국인 노나라로 돌아와 제자들을 가르치고 있었다. 그즈음의 어느 때 이웃 제나라가 노나라로 쳐들어오려는 기미가 포착되었다. 전쟁의 위험을 간파한 공자는 이 문제를 외교적으로 해결할 요량으로 제나라에 개인적 특사를 보내려 하였다.

비록 관직에 있지는 않지만 나라가 위태하니 그냥 보고 있을 수만은 없었다. 또 노나라의 실권자들에게는 그 일을 처리할 능력도 의지도 없다고 공자는 판단하였을 것이다. 그래서 자신과 제자들의 활약으로 이 위기를 수습해야겠다고 판단한 것이다. 누군가를 보내야 하는데 자로, 자하 등 지원자가 많았다. 그러나 결국 공자는 자공을 점지하고 그에게 큰일을 맡겼다. 자공은 기꺼이 그 책무를 수용하고 길을 떠나 천하를 누비고 다녔다.

공자의 요청을 받은 자공은 제나라로 달려가서 실권자 전상(田常)에게 노나라보다는 오나라를 치는 것이 제나라에 있어 얼마나 이득인지 설득하였다. 제나라는 자공의 정연한 논리(사실은 궤변)에 설득당해 오나라를 향해 창끝을 돌렸다. 자공은 재빨리 오나라로 달려가서 오왕 부차에게 제나라가 쳐들어올 것이다. 대비해야 한다. 오나라도 지키고 노나라도 구하는 전쟁이니 선제공격이 주효하다고 설득한다. 제나라로부터 노나라를 구해 주는 것이 패자가 되는 길이라고 꼬드긴 것이다. 그리고 오왕이 제나라와 전쟁을 벌이면 배후의 월나라가 걱정된다고 하자 그 점을 해결하러 월나라로 간다.

월나라로 간 자공은 월왕 구천에게 일단 오나라를 안심시킬 것을 권한다. 우선 오나라를 돕는 척해야 한다. 오왕 부차는 배후에 있는 월나라를 걱정하고 있다. 그가 마음 놓고 제나라와 전쟁을 하도록 그를 도우는 척해라. 오나라에 원병을 보내 오가 월에 대한 걱정을 하지 않도록 해야 한다.

오나라가 제와의 전쟁에 발목이 묶여 있을 때, 월나라에게 기회가 온다. 월왕 구천은 자공의 진언에 감격해하며 그대로 실행하였다. 그리고 는 자공은 바로 진나라에까지 가서 오의 팽창 정책에 대비하여 군비를 갖출 것을 권고한다. 이윽고 모든 흐름은 자공의 구상대로 진행되었다.

오왕 부차는 일단 제와의 전쟁에서 승리한다. 그리고는 곧장 여세를 몰아 진나라를 향해 진격하였다. 자공의 조언으로 만반의 전비를 갖춘 진나라에게 오군은 여지없이 패한다. 이 패착을 학수고대하고 있던 월 나라는 전광석화같이 군사를 휘몰아 일거에 오를 궤멸시켰다. 뒤통수 를 친 월왕 구천의 승리였다.

오월의 쟁패는 마침내 종식되었다. 오왕 부차는 처연하게 자결하였다. 그리고 오나라는 춘추에서 소멸되고 말았다. 결국 자공이 국제무대에 한 번 등장하니 노를 구하고, 제를 뒤흔들고, 오를 멸망시키고, 진을 강 대하게 해주고, 월을 패자로 만들었다(存魯, 亂齊, 破吳, 彊晋, 覇越). 자공 한 사람이 열국을 휘젓자 다섯 나라가 요동친 것이다. 자공, 그는 천하 를 뒤흔든 웅변가였다.

사마천은 사기 중니제자열전에서 자공을 상당히 비중 있게 다루고 있다. 그러나 중니제자열전에서보다 화식열전에서 더욱 자공을 크게 부각시키고 있다. 자공은 이야깃거리가 되는, 충분히 매력 있는 사내였 다. 부자에, 매너 좋고, 인물이 훤한데다 말솜씨조차 탁월하니 요즘 시 각으로 바도 짱인 사내다. 그는 공자의 제자 중에서도 매우 특별한 존 재였다.

문(文)이냐 질(質)이냐

이러한 자공이니만치 더러는 비난을 받기도 하였다. 논어 안연편에서 극자성(棘子成)이란 인물과의 논변을 통해 세인들의 이목에 대한 자공의 소신을 살펴보자. 위나라의 극자성이란 자가 자공의 화려한 언변과 외양에 대하여 시비를 걸었다. 극자성이 포문을 열었다.

"군자는 질(質)일 뿐이니 문(文)을 어디에 쓰겠습니까?"

("君子質而已矣, 何以文爲?")

위의 글에서 질(質)과 문(文)이라는 대립된 개념이 쓰이고 있다. 대체로 질은 본질 곧 바탕이란 개념이고 문은 무늬 곧 형식이란 의미로 해석하고 있다. 자공의 화려한 말이나 옷차림 등을 겨냥해 군자는 겉치레보다 내면의 충실이 중하다는 지적이었다. 이에 대하여 자공이 논박하였다.

"안타깝다. 바탕이 곧 무늬이고, 무늬가 곧 바탕인 것이다. 호랑이와 표범의 가죽도 털이 없으면 개와 양의 가죽과 다를 것이 없다."

("惜乎, 文猶質也 質猶文也 虎豹之鞹 猶犬羊之鞹")

사람의 겉모습과 내면. 둘을 하나로 보는 자공의 심력이 대단하다. '나는 외양만 갖춘 게 아니다.'라는 자긍심에다가 사물의 본질을 규명함에 외형과 내용은 서로 배제할 수 없는 수단임을 밝힌 철인의 지적이다. 이 이야기는 '털과 가죽의 관계'로 회자된다. '표리는 일치한다.' 또는 '적어도 보완적이다.'라는 관계 설정으로 논란되고 있다.

이 문제는 늘 사람들을 혼란하게 하였다. 나 역시 마찬가지였다.

"여기 '개 같은 호랑이'가 있다. 이 짐승은 개인가 호랑이인가?"

또 "여기 '호랑이 같은 개가 있다.' 이 짐승은 호랑이인가? 개인가?"

'호랑이 같이 사나운 성질을 지닌 개', '개 같이 온순하기만 한 호랑이'. 겉은 호랑이인데 속은 개, 겉은 개인데 속은 호랑이.

우리는 종종 형식을 무시하거나, 형식에 너무 집착하거나 하는 오류를 범할 때가 많다. 이는 가역적이다. 우리는 내용에만 집착하거나 내용을 등한히 하는 오류를 범한다. 그러나 결국에는 형식과 내용은 불가분의 관계라는 평범한 진리에 도달할 수밖에 없다.

논어 옹야편에서 공자도 이 점에 대하여 언급한 것이 있다.

子曰, "質勝文則野, 文勝質則史. 文質彬彬, 然後君子."

(바탕이 형식적인 것을 앞서면 거칠어지고, 형식적인 것이 바탕을 앞서게 되면 겉치레가 된다. 문과 질이 적절히 배합된 연후에 군자가 된다.)

형식과 내용은 동전의 양면이다. 한쪽을 무시할 수가 없다. 자공이란 인물은 그 둘을 고루 생각하며 자신의 정체성을 지켜나간 위인이다.

형식과 내용, 안과 밖, 나와 세계가 분리할 수 없는 절대적 인과 관계임은 불교의 불이품(不二品)에서도 강조하는 바이다.

사마천은 자공을 이렇게 평하고 있다.

"천명의 구속을 받지 않고 장사를 잘하여 재산을 모았으며 예측과 시세 파악을 기막히게 잘했다."

자공은 지략가, 유세가, 경제가의 전범이 되는 인물이다. 중국인들은 그를 유상(儒商)의 선구자로 받든다. 유학의 정신을 가진 상인. 유상이란 돈벌이에만 매몰된 인간이 아닌 사회적 책무를 아는 상인이라는 의미가 내포되어 있다.

'以文促商(이문촉상) 以商養文(이상양문)'

학문으로써 상업을 촉진하고, 다시 그 상업으로써 학문을 양성한, 학(學)과 상(商)의 상생의 길을 제시한 사람. 근사하지 않은가? 이러한 사람이 유상(儒商)이라고 불릴 수 있는 것이다. 이러한 정신을 사마천은 높이 평가하여 사기라는 대저서에 경제를 부흥시킨 사람들의 이야기를 매우 비중 있게 서술하고 있다.

화식열전을 장식한 소봉가들은 의연한 정신의 소유자들이었다. 그들은 내면과 외면을 두루 닦은 경세가(經世家)였다. 자공 역시 공자 문하에서 최고의 덕성을 닦은 철인이었다.

하루는 공자가 자공에게

"너는 무엇을 미워하느냐?"

라고 물었다.

"저는 남의 생각을 알아맞히는 것을 지혜인 줄 아는 것을 미워하고, 불손함을 용감한 것인 줄 아는 것을 미워하고, 남의 결점을 폭로하는 것을 정직한 것인 줄 아는 것을 미워합니다."

공자의 하문에 자공이 답한 말이다. 그 스승에 그 제자다운 수양된 인격의 향기가 배어 있다.

'남의 생각을 알아맞히는 것을 지혜인 줄로 아는 것'

'불손함을 용감한 것인 줄 착각하는 것'

'남의 결점을 폭로하는 것을 정직한 것인 줄 아는 것'

모골이 송연해짐을 느끼는 것은 나만의 자책일까? 요즘 우리 사회의 통념과는 너무나 다른, 깊은 철인의 사유가 그 속에 있다. 어쩌면 오늘날을 살고 있는 한국인은 거의 모두가 자공이 미워하는 인간들뿐인 것 같다.

　자공의 명성이 널리 퍼지고, 그의 정치적 비중도 높아졌다. 여러 나라에서 재상으로 서로 모셔 가려할 정도였다. 그 정도 되니까 여러 사람이 자공을 치켜세우며

　"당신이 스승 공자보다 훨씬 낫다."

　라고 알랑거리기도 했다. 또 자공 앞에서 공자를 깎아내리기도 했다. 그러나 스승에 대한 자공의 존경심은 추호도 흔들림이 없었다.

　"스승님은 해와 달과 같소이다. 아무리 맞서 싸워 보려 한들 해와 달에 무슨 영향을 줄 수 있겠소? 그것은 자신의 분수를 모른다는 점을 드러낼 뿐이오."

　또 이런 말도 했다.

　"스승님을 능가할 수 없는 것은 마치 사다리를 놓고 하늘에 올라갈 수 없는 것과 같다."

　깊은 믿음과 의리에서 우러난 심중의 토로이다.

　"군자가 잘못을 저지르는 것은 마치 일식과 월식과 같다. 잘못을 저지르면 세상 사람들이 모두 보고, 잘못을 시정하면 모두가 우러러 본다."

　잘못은 해와 달이 빛을 잃는 것과 같다. 모두가 보고 있다. 그러나 잘못을 시정하는 것은 해와 달이 다시 나오는 것과 같다. 또 모두가 우러러본다. 의연하고 정의로운 삶의 자세가 공자의 사랑을 받을 만한 덕인

이다.

공자는 임종에 달했을 때 자공이 찾아오자 왜 이렇게 늦었냐고 기다리던 심중을 드러낸다. 그리고 저 유명한 거세가를 불렀다.

'태산은 무너지는가?

기둥은 부러지는가?

철인은 사라지는가?'

자공은 공자 사후에 그의 무덤 옆에서 삼 년의 시묘살이를 하고도 또 3년을 더하여 6년이나 그 무덤을 지켰다.

자공의 경세 철학은 물론 스승 공자의 가르침에서 비롯되었을 것이다. 그러나 소봉가로서의 면모는 그 스승과는 다른 길이었다. 그가 철인(哲人)으로서 상재에 탁월한 재능을 보인 데는 그 나름의 신념이 있었을 것이다.

정(政)과 재(財)의 불가분의 관계를 그는 파악하고 있었다. 관중을 인(仁)한 자가 아니라고 폄하한 때도 있었으나 백성을 부요(富饒)하게 하는 길이 물화의 증식임을 그는 파악하고 있었다.

이재(理財)에 대한 그의 수완은 입지(立地)와 기선(機先)과 믿음이었다. 요처를 확보하고 먼저 판단하여 행동하고 그다음에는 서로의 관계를 믿음의 끈으로 묶는 것이다. 신의는 곧 경제활동의 알파와 오메가다. 나만의 지나친 이익 추구가 아니라 공동의 이익 확보가 상업의 전제 조건이다. 이는 사회적 정의의 추구이고 구현이다.

'의로써 이득을 취하고〈이의취리(以義取利)〉, 이익으로서 세상을 구제

한다〈이리제세(以利濟世)〉.' 이는 중국 화식대가들의 전통을 이어가는 화상(華商)들의 표어다. 바르게 번 돈으로 세상을 구제하는데 쓴다는 유상(儒商)의 이상인 것이다. 그들은 '무신불립(無信不立)과 이의취리(以義取利)의 정신으로 세계로 뻗어 갔다.

자공을 비롯한 유상들의 이런 식견과 지혜는 바로 전국시대 위료자가 언급한 '천시불여지리, 지리불여인화(天時不如地利 地利不如人和)'와 판박이다. 그러나 현재 중국은 그 정신을 잃고 오로지 부만 추구하는 이상한 국민과 국가가 되어 있다. 중국이 생산해내는 상품 중에는 질이 좋고 견고하고, 창의적인 것이 있기는 하나 조악하거나, 외국의 상품을 베낀 짝퉁이 너무 많다. 가짜 상품, 눈속임 상품, 유해한 자재의 사용, 불결한 생산 현장, 노동자를 착취한 생산 시설에서 만든 물건….

현재의 중국인들은 과거 조상들이 쌓아온 대국적 풍도를 잃어버린 것 같다. 중국인들의 느긋함과 통 큰 스타일을 세계인들은 부러워하였다. 그러나 지금은 그런 전통적 스타일에서 많이 벗어나고 있지 않나 우려하고 있다. 그들은 매우 다혈질적으로 변하고 있고, 언제든지 분노할 준비를 하고 있는 것 같다.

리중텐이 지적한 대로 성난 중국의 젊은이 즉 분청(憤靑)이 중국에 넘치고 있다. 그러나 그들은 국내 문제에서는 대체로 침묵한다. 언론의 통제 때문인지 밖에서는 알 수가 없다. 하지만 이웃 나라와의 문제에서는 걷잡을 수 없는 분노를 표출하고 있다. 애국심을 재는 측정기는 얼마나 화를 내는 정도가 높은가로 드러나도록 설계되어 있는 듯하다. 화를 잘 내거나 크게 내는 것은 전혀 중국적이지 않다.

특히 그들은 자신들의 자유, 노사 문제, 빈부 격차, 소수 민족 문제 등 지켜야 할 많은 가치를 '강한 중국 건설'이라는 미명으로 모두 유보시켜 놓고 있는 것 같다. 그러나 국제적 사안에서는 중국의 자존심을 건드리면 용서하지 않는 용맹을 과시하고 있다.

중국인들은 명심해야 할 것이 있다.

그들은 친구를 잃어 가고 있다. 그들의 중화 중심 세계관이 남을 존중하지 않는 편협을 드러내고 있는 것이다.

필리핀, 베트남, 인도네시아와, 인도 등 중국 주변국들 중 지금 중국과 사이좋은 나라가 별로 없다. 일본과는 조그마한 섬 하나를 놓고 서로 허연 이빨을 드러내며 다투고 있다. 아시아의 패권국이라는 자존심도 작동하였을 것이다. 한국과는 사드 문제로 그동안의 친화감을 완전히 내동댕이 쳐버렸다. '너희가 그따위 짓을 하니 어디 맛 좀 봐.' 이것이 오늘날 중국의 지도층이나 젊은이들의 일관된 자부심인 모양이다. '받는 대로 갚는다'가 요즘 중국 정신이 되기라도 한 것일까?

중국은 근래에 와서 주변 어느 한 나라와도 잘 사귀지 못하고 있다. 그 넓은 땅을 가지고 있으면서도 조그마한 섬 하나를 두고 친구를 외면하려 한다. 내부적으로 타이완과 홍콩, 티벳, 신장이라는 폭탄을 안고 있으면서.

'중국이 결정하면 따라야 한다.' 결코 아닐 것이다. 아프리카, 남미 등에 무한한 애정을 쏟아붓고 있으면서 이웃과 잘 사귀지 못하는 것도 중국식 작전인가?

소진과 장의가 합종과 연횡으로 전국을 소용돌이치게 한 역사처럼 먼 곳의 친구를 사귀어 가까이 있는 나라를 압박하려는 것까지는 아니길 바란다. 원교근공(遠交近攻)이 득이 될까? 독이 될까?

옛 중국인들은 친구를 좋아했다.

'멀리서부터 친구가 찾아오니 기쁘지 아니한가?'

중국은 그들이 자랑하는 공자를 그들 스스로가 좀 더 속속들이 체화(體化)시켜 나가야 할 것이다. 몇 번이나 공자를 지우려다가 이제 다시 공자를 환생시키려는 중국인들은 아이러니하게도 그들 스스로가 공자를 닮으려 하지 않고 다른 나라 사람들에게 공자를 팔고 있다.

04 공자아카데미에 공자 없다

지금 중국은 세계 각국의 대학에 공자아카데미라는 것을 개설하여 중국의 지평을 넓혀 가고 있다. 한국, 일본을 비롯하여 아프리카, 남미, 동남아시아, 아랍까지 파죽지세로 뻗어 가고 있다. 중국어는 물론 중국 문화를 교육하거나 소개하면서 중국적 세계관과 가치관을 확산시키는 데 분주하다. 공자아카데미라고 말하지만 사실 공자에 대한 커리큘럼은 별로 없다. 중국적 문화와 사상의 외연을 확충하는 과정일 뿐이다.

2007년까지 미국 평화 봉사단이 세계 곳곳에서 미국적 문화와 가치관에 바탕한 봉사 활동으로 미국의 영향력을 제고하는데 크게 기여한 바가 있다. 이는 케네디 미국 대통령의 제안으로 시작되었다.

"젊을 때 인생의 2년을 개도국에서 봉사해 세계 평화에 기여하자."

이러한 구호 아래 1961년에 설립된 미국 평화 봉사단은 이후 2007년까지 140여 개국에 18만7000명의 봉사단원을 파견했다. 개도국을 돕는 프로젝트이면서 미국적 문화와 가치관과 상품이 함께 따라다닌 아메리카 정신의 선봉적 역할을 했다고 봐야 할 것이다. 이제 중국이 이와 유사한 작업을 서두르고 있다.

2004년 최초의 공자학원이 대한민국 서울에서 공자아카데미란 이름으로 설립된 이래 아프리카, 아시아, 남북아메리카 대륙, 중동, 호주와 극동 지역까지 세계 곳곳의 100여 개 국가와 지역에 이미 300여 개의 공자학원과 100여 개 공자교실이 설립되었다.

각국의 대학에 잇따라 공자아카데미가 개설되어 이곳에서 수학한 젊은이들이 수백만을 넘고 있다. 대체로 개발도상국이나 빈국의 젊은이들을 주 교육 대상으로 설정한 것 같다. 중국 교육부가 세계 각 나라의 대학교들과 교류해, 중국의 문화나 중국어 등의 교육 및 전파를 위해 세워진 교육 기관이다. 중국 정부가 운영비의 상당 부분을 지원하고 있다.

세계의 언론들도 이 공자아카데미를 주목하고 있다. '공자학원은 현재 중국의 가장 좋은 수출상품'이라고까지 평가 받을 정도이다. 중국의 조용하면서도 저변을 다져가는 미래지향적 포석이 놀랍다. 언어와 문화 교육이라지만 세계의 많은 젊은이가 중국적 가치관과 세계관에 길들여지고 있음을 부정할 수 없다.

중국인들은 항상 장기적 포석을 은근 슬쩍 던져 놓는 일에 능하다.

평화적이며 문화적인 교류일 뿐이라고 늘 말한다. 중국 국가의 직간접 지원으로 이 사업은 더욱 맹렬히 전개될 것이다.

나는 10여 년 전에 여름휴가 기간을 이용해 중국의 모 대학에 개설된 공자아카데미에서 10여 일간 강좌를 들은 적이 있다. 워낙 짧은 기간이었고 수강생들의 중국어 실력이 한참 모자라서 문화 체험과 역사 현장 방문 등으로 교육 과정이 진행되었다.

공자의 정신이나 그의 철학은 그 과정에서 거의 다루지 않았다. 공자 정신이 빠진 공자아카데미. 그런데 이러한 현상은 우리뿐만이 아니라 다른 나라에서 온 젊은이들을 대상으로 하는 교육에서도 거의 비슷한 사정인 것 같았다. 언어의 장벽을 넘지 못하고 있었다.

공자아카데미가 공자의 이름을 빌어 운영되는 중국적 세계화 전략으로 비춰진 것은 나만의 느낌이었을까? 공자아카데미에 공자의 정신이 뚜렷이 버티고 있어야 중국의 세계 지도 이념이 정립되리라 본다.

먹고 사는 문제가 한 개인의 문제가 아닌 세계적 문제로 확산되고 있다. 각 나라마다 경제를 활성화시키고 교역을 통해 부를 축적하는데 사활을 걸고 있다. 지난 세계 대전도 시장을 쟁탈하려는 욕심에서 비롯되었다. 무역 전쟁은 소리 없는 전쟁으로 일컬어졌다. 그러나 이제 소리가 나기 시작했다.

세계 2차 대전 이후 국지전은 있었으나 대전쟁은 일어나지 않았다. 그러나 70여 년을 지나서 지구촌이 다시 끓기 시작했다. 조용하던 물밑 전쟁이 수면 위로 부상하고 있다. 먼저 무역 쪽에서 사단이 일고 있다. 미국 쪽에서 기선을 제압하고 나섰다. 중국에 밀리면 미국의 미래가 위태롭다는 인식에서다.

두 고래의 싸움에 작은 나라는 등이 터질까 걱정이다. 이럴 때일수록 중국이나 미국은 주변의 이웃 나라들과의 관계를 험하게 만들어 나가서는 안 될 것이다.

5. 논어와 현대적 경략

01 사혼상재(士魂商才)

근대 일본의 경제와 국가 체제를 서구화하는데 선구적 역할을 한 인물 시부사와 에이이치(涉沢栄一)를 탐색하며 논어가 현대적 국가 경략에도 훌륭한 방편임을 살피면서 글을 끝맺으려 한다. 시부사와 에이이치라는 일본 기업가가 쓴 '논어와 주판'이라는 책은 1927년에 초판이 나왔다. 일본인들에게는 경영의 바이블처럼 읽혔던 책이다. 논어와 주판이라는 상이해 보이는 대상을 결합한 정신이 시부사와의 경영 철학이다. 논어는 '도덕경영'을, 주판은 '이윤추구'를 대변한다.

그는 이 둘을 하나로 합일시켰다. 견실한 도덕적 기반이 없는 기업과 기업인은 절대로 대성하지 못한다는 것을 이 책은 생생히 증언하고 있다. 시부사와의 '논어와 주판'이라는 책이 일본에서는 필독서로 자리 잡은 지 수십 년이 지났으나 세계적 관심을 집중하게 된 계기는 아이러니하게도 중국의 입을 통해서였다.

중국은 문화대혁명 시절 비림비공(批林批孔)이라 하며 공자를 쓰레기 취급하였다. 그러다가 2000년대 들어와서 갑자기 공자를 중국 정신의 위대한 표상으로 돌변시켰다. 그러면서 공자적 가치관을 지닌 경영의 달인 시부사와의 책을 조명하였다.

중국의 CCTV가 특별기획한 다큐멘터리 '대국굴기'를 통해 시부사와의 경영 정신이 공자의 철학에서 비롯되었음을 널리 알렸다. 이로 인해 이 책이 세계적 열독서로 복귀하여 새삼 회자되었다. 시부사와는 중국 인들로서는 별로 달갑지 않게 생각하는 일본 제국주의 시대의 인사였 지만 공자라는 상품을 세계에 내놓는 데는 그만한 매개물을 찾기 힘들 었기 때문이었을 것이다.

시부사와 에이이치는 1840년 무사시 번에서 부농의 장남으로 태어났 다. 여섯 살 때부터 아버지에게서 효경과 소학 등을 배웠고, 오다카 아 쓰다로부터 사서와 오경 등을 배웠다. 현실 정치에 관심을 가지고 실학 적인 사상을 추구했던 오다카에게서 단순한 고전 학습이 아닌 사고력 을 키우고 현실 세계와 접목할 수 있는 안목을 배웠다. 그리고 청년으 로 성장하면서 시부사와는 관료와 귀족들이 상인에게 재정을 의존하고 있음에도, 상인이라는 신분 때문에 하대를 받거나 불합리한 내우를 받 는 것을 부조리하다고 느끼기 시작했다.

1866년 막부의 관리로 등용되어, 파리 만국박람회에 고위층의 수행 원 자격으로 따라가서 유럽과 미국을 견학하게 되었다. 만국박람회는 서구 근대 자본주의의 발전을 전시 홍보하는 장이었다. 시부사와는 이 곳에서 근대화된 증기 기관, 방적 기계 등을 보고 큰 감동을 받았다.

그에게 무엇보다 인상적이었던 것은 기업가와 정부 관리가 대등하게 대화를 나누고 토론하던 모습이었다. 그때까지 상인으로서 관리들에게 멸시받던 일본의 풍토와는 달랐다.

시부사와에게 이는 엄청난 충격이었다. 이러한 경험은 그가 경제인으로서 일본의 산업을 발전시켜 나가는 바탕이 되었다. 그는 서구 자본주의를 일본에 이식하여 산업을 발전시켜야만 부국강병이 이룩될 것이라고 나름 생각했다.

시부사와는 서구 자본주의의 토대가 은행과 주식회사 제도에 있다고 생각하고 금융업에 큰 관심을 기울였다. 사절 임무를 마친 후 스위스, 네덜란드, 이탈리아, 유럽 등지를 순방하면서 공업은 물론 은행과 주식거래소 등 경제 제도들을 유심히 관찰하고, 프랑스에서 근대 회계법과 금융 제도, 주식회사 제도 등을 배웠다.

시부사와는 1868년 막부가 몰락하고 메이지 신정부가 수립된 후 일본으로 귀국했다. 시부사와는 곧 대장성 관료로 등용되었다. 그의 주도 아래 1871년 화폐 개혁이 일어났다. 량에서 엔으로 바뀐 것이다. 1872년에는 미국의 국립은행 제도를 모방한 국립은행조례 제정을 주도하였다. 그러나 시부사와는 관 주도의 실업 개편에 한계를 느껴 1873년 대장성을 사직하고 실업계에 투신했다.

장차 대장상감이니 미래의 총리감이니 하는 기대를 떨쳐버리고 관계를 떠났다. 1873년 제일국립은행을 설립하고 1875년 총재에 취임했다.

이후 42년간 제일은행이 각지에 보통은행을 설립하는 일 대부분에 관계했는데, 그는 단순히 은행을 설립했다기보다는 일본의 금융 제도 그 자체를 세운 것이었다. 이에 따라 그는 '일본 근대 은행 제도의 창시자'라고도 불린다.

시부사와 에이이치는 은행, 철도, 해운, 제조업, 무역회사 등 거의 전 분야에 걸쳐 평생 동안 약 500여 개의 기업을 일으킨 인물로 일본 근현대 기업사에 가장 큰 영향을 미친 기업가로 꼽힌다. 한편으로는 일본 기업의 특징인 재계 협조주의, 속칭 담합이라는 독특한 특성을 만들어 낸 인물이기도 하다는 평을 듣기도 한다.

그는 공자 사상의 핵심인 인의(仁義)와 도덕(道德)을 부를 증진시키는 핵심 키워드로 믿었다. 그는 의(義)와 이(利)의 합일이 사회를 번영시킨다고 확신하였다. 그의 신념은 한마디로 사혼상재(士魂商才)였다. 이는 선비의 정신으로 상인의 재능을 꽃피운다는 의미이다.

주판과 논어는 완벽한 경지에 도달하기 위한 상호 보완적인 개념이고 불가분의 관계로 보았다. 이런 상호 관계를 무시하고 이(利)에만 집착하면 개인도 사회도 국가도 공도공멸(共倒共滅)에 처하는 것이다.

중국 고전의 '덕이 바탕이고, 재물은 말단이다.'라는 가르침에 대해 시부사와는 이것이 재물을 경시하는 의미가 아니라고 보았다. 세상살이에서 적어도 돈에 대한 자신만의 철학을 정립하고 행동해야 한다는 의미로 해석해야 한다고 풀이하였다.

시부사와는 인간의 욕망인 이식(利殖)을 추구하는 마음이 없으면 물질의 진보를 이룰 수 없다고 믿었다. 공리공론에 빠져 허덕이고 있는 국민에게는 미래가 없다. 사회를 발전시키는 기본 동력은 부(富)다. 그리고 그 부를 근원적으로 증진시키는 바탕은 인의도덕이라고 명쾌하게 정리하였다.

논어에 바탕 한 시부사와의 경제 철학은 우리가 그 동안 계속 추적해 왔던 관중의 사상이나 범려, 자공, 백규의 정신과 하등 다를 바가 없다.

2500년 전의 구세(救世) 철학과 20세기 자본주의 시대의 그것과 아무런 변화가 없는 것이다. 왜 그럴까? 그것이 진리이기 때문이다.

부는 인간 삶의 근원이다. 합당한 부. 고르게 분배되는 부. 지속 가능한 부. 이것이 정의이다. 하지만 사상은 끊임없이 변한다. 그래서 그것을 조류(潮流)라고 한다. 조류는 밀려왔다가 밀려가고 하는 것이다. 그런 변화무쌍함 때문에 사상적 조류라고 표현하는 것이다. 역사 속에 수많은 사상이나 이념이 부침하여 왔지만 국민에게 먹거리를 제공하지 못하는 정치는 정치가 아니라는 엄연한 진실만은 여전히 유효하다.

일본계 미국인 프랜시스 후쿠야마가 '역사의 종언'에서 언급한 그대로다. 어떤 제도나 이념도 마침내 종언을 고했다. '자유 민주주의'와 '시장 경제'로 모든 것은 정리되었다. 이러한 결론은 후쿠야마가 찾아낸 탁견이 아니다. 지금까지 우리가 다루어 온 수천 년 역사 속의 경세가들이 몸으로 겪으며 실증한 진실이다.

시부사와는 일찍이 그 원리를 파악하고 그것을 실현한 인물이다. 그는 목적에 매몰되지 않았다. 바른길이 바른 결과를 낳는다고 확신했다. '올바른 도리로써 얻은 부만이 지속적이다.'는 주장을 하였다. 이는 맹자의 사상 속에도 그대로 나타나는 가르침이다.

"의를 뒤로 하고 이익을 앞세우면 남의 것을 빼앗지 않고서는 만족하지 못하게 된다."

탐욕으로 지구촌은 곧 파멸되리라는 진단을 하는 미래학자들의 견해가 점점 현실적 공감으로 확산되고 있다. 위기 앞에서 인간은 지혜를 발휘해야 한다. 바르게 번 돈을 바르게 쓸 때 개인과 사회는 공존 가능

해진다. 이것이 곧 공자의 균재론이고, 범려의 삼취삼산(三聚三散) 정신
이다.

02 자본주의의 최대 적

개인과 사회 둘 간의 균형 없이는 국가는 발전할 수 없고 이 둘 간의
균형이 이루어졌을 때 비로소 조직은 건전하게 발달한다. 둘은 순환적,
상보적 관계이다. 그러나 이 둘의 친화를 가로막는 것이 있다. 그것은
탐욕이라는 괴물이다. 소수의 자본가가 지구촌의 부를 독점하고 있다.
그 비율은 점점 높아만 간다. 거대 기업과 자본가들의 탐욕은 가속 페
달을 더욱 강하게 밟고 있다. 자본주의의 병폐가 극도에 달하고 있다.
지본주의의 최대 적은 자본가라는 말이 실감있게 들리고 그 위험도는
높아지고 있다.

마르크스는 너무 성급했다. 자본주의의 최고 정점을 잘 못 짚은 것이
다. 1848년은 근대 자본주의가 겨우 태동되는 시기였다. 지금부터 170
년 전에 성급하게 '자본주의의 모순'과 '자본주의 필연적 멸망'을 예측하
고 프롤레타리아에 의한 공산 혁명을 외친 것은 너무 서두른 사상적 과
오였다. 자본주의는 지금이 가장 타락적 수준의 형태를 보이고 있는 것
이 아닐까? 타락한 자본주의는 극도의 갈등과 분열을 초래할 수밖에
없다.

사람이 필요 없는 생산 체계. 산업 시스템의 스피드한 변환. 글로벌화

된 시장. 모든 조건에서 자본가들이 우위에 있도록 경제 시스템이 굴러 가고 있다. 여기에 탐욕까지 보태져 가진 자의 위세는 갈수록 가중되고 있다. 물론 모두가 그렇지는 않다. 아직도 정도 경영을 표방하고 있는 견실하면서도 사회적 공헌도를 높여 가는 훌륭한 기업들이 많이 있다.

그들에 의하여 자본주의는 소멸되지 않는 것이다. 도덕적 인의(仁義) 경영의 패러다임이 무너지면 지구는 와해될 것이다. 우리가 시부사와 같은 사람을 조명해 보는 것도 이런 심각성을 자각하고 제대로 살아보 자는 절실한 소망 때문이다.

시부사와의 경제 입국 정신이 일본을 세계 강국으로 키웠다 해도 과 언이 아니다. 그는 현재 경제 대국 일본을 일으킨 일본적 위인이다. 그 가 시종일관 시도해 온 기업의 사회적 공헌과 역할은 우리 기업인들도 많이 주창하여왔다. 한국 경제 부흥기의 초창기 인물들은 대부분 일제 강점기 때 교육을 받은 사람들이었다.

그들은 일본식 자본주의를 학문적으로나 실용적으로 익히어 이 땅에 뿌리 내리게 한 사람들이었다. 그들은 시부사와를 잘 알고 있었다. 시 부사와의 영향 때문인지 잘 모르겠지만 우리 기업인 중에도 논어를 삶의 지침서로 여기고 그 책을 항상 숙독한 분들이 더러 있다.

S그룹의 창업자인 L회장은 논어 애독자의 수준을 넘어 논어 예찬자 라고 알려져 있다.

"나라는 인간을 형성하는 데 가장 큰 영향력을 미친 책은 바로 논어 이다. 나의 생각이나 생활이 논어의 세계에서 벗어나지 못한다고 하더 라도 오히려 만족한다."

논어의 깊은 속내를 들여다보고 그 가르침을 육화(肉化)한 사람의 술회로 보인다. 논어깨나 읽었다고 식자연하는 사람들의 현학하고는 냄새가 다르다. 그는 또 '00자전'에서 이렇게 잇고 있다.

"논어에는 내적 규범이 있다. 간결한 말 속에 사상과 체험이 농축되어 있어 인간이 사회인으로 살아가는데 불가결한 마음가짐을 알려준다."

그분이 가장 감명 깊게 읽고 항상 곁에 두었다는 책, 다음의 후계자에게도 물려주었다는 책이 논어이다.

또 K그룹의 CEO 중의 한 분인 M씨는 기업경영인이면서 논어 연구가이다. 기업 경영과 논어에 대한 연구를 한 데 모아 '논어 경영'이라는 책을 내었다. 논어를 기반으로 한 기업 경영을 자신의 신조로 삼고 매진해 왔다고 술회하고 있다. 그는 논어를 1000번 이상 읽으며 그 깊은 맛에 함몰되었다고 말한다. 그의 논어 경영이라는 책은 경영 전문서라기보다 철학서같이 느껴질 정도로 내밀한 맛이 있다. 논어의 전 항목을 분석하고 기업 경영의 사례와 연결시킨 저서는 매우 신뢰감을 주었다.

우리는 위의 두 분 외에도 우리나라의 많은 기업 총수들이 기업 경영에서 논어적 가치관을 매우 중시한다는 이야기를 들어 왔다. 이런 분들이 실제로 기업에서 이룬 성과는 막대하다. 그동안 한국의 기업들은 많은 일자리를 창출하여 노동자의 삶을 돕고, 이익과 세금으로 국부를 증진하는 데 도움을 주는 큰 역할을 하였다.

일본식 기업 경영 체제를 많이 도입하여 상당한 성과를 거둔 것도 사실이다. 그리고 시부사와의 저서에 영향을 받았기 때문인지 논어를 애독하고 그 정신 대로 경영해 보려 애썼다는 것도 그분들의 입을 통해서 알려졌다. 부분적으로는 맞기도 할 것이다. 그러나 한국의 기업가들이 시부사와와 같은 정신으로 일관하였는지에 대하여는 다소의 의문이 남는다.

시부사와는 우리의 아픈 과거를 생각하면 별로 호감 가는 인물은 아니다. 다만 우리는 그의 경영자적 면모에 주안점을 두고 이야기할 뿐이다. 그리고 그는 어디까지나 일본인이라는 전제를 가지고 설명되어야 할 인물이다. 그는 일본에서 근대 경영의 영도자이고, 일본 금융의 창시자이고, 일본 현대화를 이끈 인물로 평가 받고 있다.

시부사와의 책임, 인의에 바탕한 동양적 경영 기법은 서양에서도 많은 연구가 있었다. 세계 경영학의 대부라던 피터 드러커(Peter F. Druker)도 시부사와에 심취하였고, 그의 경영 정신을 극찬하였다. 'Five Most important Questions' 등의 저서로 경영학의 패러다임을 정립했다는 드러커가 그의 저서 Managenent(1974)에서

"시부사와 에이이치는 누구보다도 먼저 경영의 본질이 책임과 신뢰라는 것을 꿰뚫어 보았다. 기업의 복적이 부의 창출일 뿐만 아니라 사회적 기여라는 것을 그에게서 배울 수 있다."고 말할 정도였다.

시부사와의 경영 철학은 일본의 근대화의 뿌리가 되었다. 그러나 일본식 기업 유형을 답습해온 한국의 자본주의와 기업들이 시부사와의 도덕성을 얼마나 흡입했는지에 대하여는 긍정적 시선을 보내기가 어렵다. 기업의 사회적 책임이라는 것이 거저 소비자의 환심을 사고, 정부의 견제를 모면해 보려는 제스처 정도여서는 도덕성 확보와는 거리가 멀 것이다.

사회에 대한 기업의 책무가 선심성이거나 생색내기에 그치는 간헐적

처방이 아니고 경영의 구조나 경영자의 기본 인식이 '속이지 말고, 지나치지 말자.'는 엄중한 도덕성에서 약자를 위한 배려가 있어야만 가능할 것이다.

기업이 가문의 전유물이라는 편협에서 벗어나 사회 전체의 공동 재산으로 인식하면 모두로부터 사랑받을 수 있을 것이다.

왜 갑질이 논란되는가?

불공정한 게임을 하면서 도덕적으로 용납할 수 없는 행태를 보이기 때문이다. 기업을 일으킨 창업자의 고난과 노력과 집념을 우리는 인정한다. 우리는 그들이 엄청난 투자를 하고 모험을 하고 창의적 열정을 쏟았다는 사실을 이해하고 수용적 자세를 가지기도 한다. 하지만 세습되는 과정이 공정하고, 같이 노력하여 회사를 일군 구성원들의 권익을 인정해야 하고, 사회와 공존하려는 의지가 드러나야 서로 존중하고 사랑할 수 있다. 공적을 싹쓸이하거나 특권적 일탈을 보이면 공분을 살 뿐이다. 노동자, 빈곤층의 아픔을 딛고 무엇을 더 가지고 더 누리겠다는 것인가?

우리는 여전히 기업의 역할에 대하여 선기능적 기대를 많이들 하고 있다. 기업이 국민 속에서 상생의 조화로움에 더 가열한 기여가 있기를 모두 바라고 있다. 이런 것을 금상첨화라고 하지 않는가? 기업 존속과 사회 환원과의 손익 분기점은 기업 자신이 알고 있을 것이다.

천민자본주의라는 이상한 용어가 사라지길 바란다. 도덕 경영이 제대로 된다면 기업하는 사람을 야유하거나, 질시의 눈으로 보거나, 배 아파할 일도 없을 것이고, 작은 약점이라도 찾아내 침소봉대로 매도하는 일도 사라질 것이다. 정치든, 종교든, 경제든 맘모니즘(mammonism, 황금만능주의)에 빠지면 파국이 오는 것을 역사는 증언하고 있다.

우리는 논어를 존중하여 기업 경영의 기본 정신으로 삼았다는 분들의 면모들을 살펴보았다. 기업이건 한 개인이건 제대로 존속하여 평화롭고 아름답게 살아가기가 쉽지는 않을 것이다. 그러나 논어에서 가르치고 있는 균(均)과 화(和)를 그 기반으로 삼고 서로가 존중하며 살면 안(安)은 절로 찾아들 것이다. 나는 사람들이 가끔 어떻게 사는 것이 바람직하냐? 라는 질문을 해 올 때 공직자든, 기업가든, 종교 지도자든, 부모든 한 가지만 지키면 된다고 말한다.

"해야 할 일은 꼭 하고, 하지 말아야 될 일은 결코 하지 말라."

아주 명쾌한 처세훈이다. 하지 말아야 될 짓을 하고 해야 할 일은 하지 않으면서 제대로 살아남기를 바란다면 그는 이상한 사람이다. 결코 안존하지 못할 것이다.

"부유함과 귀함은 사람들이 바라는 것이지만 정당한 방법으로 얻은 것이 아니라면 그것을 누려서는 안 된다."

논어는 참 바른 말 잘하는 선생님이시다.

"올바른 세상에서 가난하고 천하게 사는 것은 부끄러운 일이며, 올바르지 못한 세상에서 부귀한 것도 또한 부끄러운 일이다." -논어 태백편

세상이 바를 때와 바르지 않을 때에 따라 부의 쏠림 현상은 다를 것이다. 바르지 않은 세상에서 그 바르지 않음을 이용하거나 부추겨 부를 쏠리게 하는 자들을 우리는 미워한다. 부유함과 귀함은 누구나 바라는

인간의 근원적 욕구다. 이것을 버려야 한다고 말하는 자는 종교적 수행을 평범한 백성들에게 강요하고 있을 뿐이다. 최소한의 것만 먹고, 최소한의 것만 입고, 최소한의 공간에서 살면 욕망은 사라질까? 그리고 인간은 구원 받을 수 있을 것인가?

인간은 일회용 주입으로 만족하는 단세포적 삶을 사는 것이 아니다. 오늘도 먹어야 하고 내일도 먹어야 한다. 비가 와도 바람이 불어도 먹어야 한다. 여름에도, 겨울에도. 저만 먹는 것이 아니라 새끼도 먹어야 하고 늙은 어버이도 먹어야 한다. 먹은 다음에는 문화, 예술과 정신의 세계에서 자유하기를 바란다. 그래서야 사람답게 사는 것이기 때문이다.

공자는 정의로운 부(富), 같이하는 부를 추구했다. 도덕과 인에 바탕한 부라면 누가 해치고 싶겠는가?

다행스럽게 근래에 젊은 경영인들의 마인드가 그게 바뀌고 있고, 세계화와 다국적화에 따른 기업 풍토가 선명해지고 있다. 오늘날은 지구 전체가 한 배를 탄 것 같은 공동운명체적 환경이 강화되고 있다. 이런 판국에서 우리식의 소아적이거나 빈부, 지역, 성별에 따른 편협함이나 특권과의 유착이라는 우를 범할 수는 없는 것이다.

아름다운 기업 환경은 기업이 주도해야 할 것이다. 무역 전쟁이 지구의 주도권 경쟁으로까지 치닫는 상황에서는 약은꾀보다는 정도 경영의 정신으로 외연을 넓혀야 할 것이다. 첨단기술과 지속적 신뢰가 그 바탕일 것이다.

맺으며

공자는 2600년 전에 인간 구원의 방법으로 바른 정치를 염원했던 사람이다. 그는 지상에서 바르게 다스려지는 사회가 이상적 세계임을 믿었다. 그에게는 그러한 세계가 태평성국이며 곧 천국이라는 확신을 가졌었다.

하늘이 성군을 내려 천하를 경영하고 그 성인은 선양이라는 거룩한 의식을 통해 후계를 잇는다. 천자는 후덕한 인재를 찾아 나라의 정치를 일임하고 자신은 아름답고 기품 있는 위치에서 만백성의 어버이가 된다. 천자로부터 정치 운영을 위임 받은 재상은 사욕 없이 관리를 이끌어 목민에 전념한다.

군자로서의 수양을 닦은 관리들은 백성 보살피는 소임에 신명을 바친다. 백성들은 땀 흘려 농공상에 전념하여 가족을 부양하고 국가 경영의 재원을 충당해 준다. 나라는 그들에게 안전과 평화를 보장한다. 재해나 외적으로부터의 안전 기제를 확보하는 것이다.

참 이상적 사회다. 요즘 말대로 '참 쉽죠' 수준이다. 이런 쉬운 흐름을 방해하는 것이 바로 인간이 끌어안고 사는 욕망이라는 괴물이다. 이 괴물을 제어하고 평화롭고 유연한 삶을 운영하는 끈은 무엇일까?

공자는 그 비책으로 예(禮)를 소환하였다. 공자 이전에도 그런 시스템을 모색한 시도가 없었던 것은 아니었다. 그러나 이를 체계화하고 운영

가능한 실사적 제도로 정착시키려는 노력은 공자가 정립하였다.

예. 관계 유지의 의식적 의례가 그 본질이 아니다. 위에서 아래까지 자신의 위치에서 자신에게 주어진 범위까지 최선을 다하는 한계 설정과 책무 부여가 공자가 기획한 예였다.

'군은 군답게, 신은 신답게, 민은 민답게.' 여기서 '~답게'라는 의미는 권한과 그 범위를 함께 아우르는 말이다. 그러나 공자는 현실에서 쓰라린 패배만을 맛보았다. '상갓집 개'라는 비하를 감수해야 했다. 그의 이상적 국가 경영의 시스템은 철저히 무시되고 배척되었다. 그를 무너뜨린 주된 세력은 늘 그랬듯이, 석가도 예수도 처절하게 싸웠던 인간의 원초적 욕망이었다.

공자 역시 이놈들 하고도 수없이 싸웠다. 자기 수신을 통해 의(義), 신(信), 충(忠), 효(孝), 덕(德), 지(知), 지(智)를 쌓아야 한다고 몸소 실행하며 깨우쳤다. 그러나 역부족이었다.

선양은 결코 이루어지지 않았다. 재상정치는 회복되지 않았다. 권력은 세습되며 횡포해졌다. 권력은 욕망을 충족하는 제일 쉽고도 빠른 길이라고 믿었다. 왕은 왕대로, 신하는 신하대로, 부자는 부자대로 백성은 백성대로, 부모는 부모 대로, 자식은 자식 대로 겉돌았다. 충혈된 눈으로 서로를 노려보았다. 그야말로 '제멋대로'의 세계가 뒤죽박죽으로 전개되는 것이다.

이 책은 공자의 치세 경륜을 추적하며 그의 부침을 살펴보았다. 그의 도전과 낭패의 전말을 살펴보며 천하 경영의 정도는 무엇인가를 조명해 보았다. 공자가 사람을 살리는 정치로 내세운 것은 '예'와 '실용'이었다.

전반부에서 그의 예를 중심으로 언술하였고, 후반부에서는 실용적 국가 경영에 대하여 추적하여 보았다.

예는 국가 조직과 관계 설정의 바탕이고 이를 근간으로 바르고 넉넉하게 재화를 산출하여 공정하게 제공하는 것이 정치라는 결론에 도달하였다. 공허한 이념보다 관중이나 화식가들이 백성의 삶을 도탑게 한 것을 실증하려 했다.

덕은 숭고한 것이다. 도덕은 우리 삶의 근간이다. 덕과 도덕은 삶의 방향추이다. 이념에 대한 집착보다 실사구시에 힘쓴 정치가가 백성을 구하였다.

자공이 그 답을 말하였다.

질(質)과 문(文). 둘은 조화롭게 나아가야 한다. 먹고 입는 것에 경도하면 천민주의에 함몰된다. 자기 세계에만 집착하면 안연처럼 굶주리다 죽게 된다.

무엇이 바른길인가?

여기서 붓을 거둔다.